Benito Pérez Galdós

Torquemada
en el purgatorio

Barcelona **2024**
Linkgua-ediciones.com

Créditos

Título original: Torquemada en el purgatorio.

© 2024, Red ediciones S.L.

e-mail: info@linkgua.com

Diseño de cubierta: Michel Mallard.

ISBN rústica: 978-84-9007-903-4.
ISBN ebook: 978-84-9007-601-9.

Sumario

Brevísima presentación

La vida

Galdós era el décimo hijo de un coronel del ejército, Sebastián Pérez, y de Dolores Galdós. En 1852 ingresó en el Colegio de San Agustín, que aplicaba una pedagogía muy avanzada para la época.

Obtuvo el título de bachiller en Artes en 1862, en el Instituto de La Laguna, y empezó a publicar poemas satíricos, ensayos y cuentos en la prensa local. También se destacó por su interés por el dibujo y la pintura.

En septiembre de 1862 Galdós se fue a vivir a Madrid y se matriculó en la universidad. Allí conoció al fundador de la Institución Libre de Enseñanza, Francisco Giner de los Ríos, que le alentó a escribir y le hizo conocer el krausismo. Por entonces frecuentó los teatros de Madrid y organizó la «Tertulia Canaria».

En 1865 empezó a escribir en los periódicos *La Nación* y *El Debate*, y en la Revista del Movimiento Intelectual de Europa.

Hacia 1867 hizo su primer viaje al extranjero, como corresponsal en París en la Exposición Universal. Volvió con obras de Balzac y de Dickens y tradujo de éste, a partir de una traducción francesa, *Los papeles póstumos del Club Pickwick*. Un año después abandona sus estudios universitarios.

Galdós publicó en 1870 *La Fontana de Oro*, su primera novela. *La Sombra* fue publicada en noviembre de 1870 por entregas en *La Revista de España*. Y en 1873 comenzó a publicar la que se puede considerar su obra maestra, los *Episodios nacionales*, donde refleja la vida íntima de los españoles del siglo XIX y los acontecimientos de la historia nacional que marcaron el destino de España. La obra tiene cuarenta y seis episodios en cinco series de diez novelas cada una, salvo la última, inconclusa. Empiezan con la batalla de Trafalgar y terminan con la Restauración borbónica en España.

Galdós tuvo una hija natural en 1891 de una madre que se suicidó, Lorenza Cobián. Y se relacionó con la actriz Concha Morell y la novelista Emilia Pardo Bazán.

En 1919 se realizó una escultura suya. Galdós, que había perdido la vista, pidió ser alzado para palpar la obra y lloró emocionado.

Galdós murió en su casa de la calle Hilarión Eslava de Madrid el 4 de enero de 1920. El día de su entierro unas 20.000 personas acompañaron su ataúd hasta el cementerio de la Almudena.

Primera parte

I

Cuenta el Licenciado Juan de Madrid, cronista tan diligente como malicioso de los *Dichos y hechos de don Francisco Torquemada*, que no menos de seis meses tardó Cruz del Águila en restablecer en su casa el esplendor de otros días, y en rodearse de sociedad honesta y grata, demostrando en esto, como en todas las cosas, su consumada discreción, para que no se dijera ¡cuidado! que pasaba con famélica prontitud de la miseria lacerante al buen comer y al visiteo alegre. Disiente de esta opinión otro cronista no menos grave, el *Arcipreste Florián*, autor de la *Selva de Comilonas y Laberinto de Tertulias*, que fija en el día de Reyes la primera comida de etiqueta que dieron las ilustres damas en su domicilio de la calle de Silva. Pero bien pudiera ser esto error de fecha, disculpable en quien a tan distintos comedores tenía que asistir por ley de su oficio, en el espacio de Sol a Sol. Y vemos corroborada la primera opinión en los eruditísimos *Avisos del Arte Culinario*, del Maestro López de Buenafuente, el cual, tratando de un novísimo estilo de poner las perdices, sostiene que por primera vez se sacó a manteles este guisado en una cena que dieron los nobles señores de Torquemada, a los diez días del mes de Febrero del año tal de la *reparación cristiana*. No menos escrupuloso en las referencias históricas se muestra el *Cachidiablo* que firma las *Premáticas del Buen vestir*, quien relatando unas suntuosas fiestas en la casa y jardines de los señores Marqueses de Real Armada, el día de Nuestra Señora de las Candelas, afirma que Fidela Torquemada lucía elegante atavío de color de orejones a medio pasar, con encajes de Bruselas. Por esta y otras noticias, tomadas en las mejores fuentes de información, se puede asegurar que hasta los seis meses largos de la boda, no empezaron las Águilas a remontar su vuelo fuera del estrecho espacio a que su mísera suerte por tanto tiempo las había reducido.

Ni se necesita compulsar prolijamente los tratadistas más autorizados de cosas de salones, para adquirir la certidumbre de que las señoras del Águila permanecieron algún tiempo en la oscuridad, como avergonzadas, después de su cambio de fortuna. *Mieles* no las cita hasta muy entrado Marzo, y el *Pajecillo* las nombra por primera vez enumerando las mesas de petitorio en

Jueves Santo, en una de las más *aristocráticas iglesias* de esta Corte. Para encontrar noticias claras de épocas más próximas al casamiento, hay que recurrir al ya citado Juan de Madrid, uno de los más activos y al propio tiempo más guasones historiógrafos de la vida elegante, hombre tan incansable en el comer como en el describir opulentas mesas, y saraos espléndidos. Llevaba el tal un Centón en que apuntando iba todas las frases y modos de hablar que oía a don Francisco Torquemada (con quien trabó amistad por Donoso y el Marqués de Taramundi), y señalaba con gran escrúpulo de fechas los progresos del transformado usurero en el arte de la conversación. Por los papeles del Licenciado sabemos que desde Noviembre decía don Francisco a cada momento: *así se escribe la historia, velis nolis, la ola revolucionaria*, y *seamos justos.* Estas formas retóricas, absolutamente corrientes, las afeaba un mes después con nuevas adquisiciones de frases y términos no depurados, como *reasumiendo, ínsulas, en el actual momento histórico* y el *maquiavelismo*, aplicado a cosas que nada tenía de maquiavélicas. Hacia fin de año, se daba lustre el hombre corrigiendo con lima segura desatinos usados anteriormente, pues observaba y aprendía con pasmosa asimilación todo lo bueno que le entraba por los oídos, adquiriendo conceptos muy peregrinos, como: *no tengo inconveniente en declarar... me atengo a la lógica de los hechos.* Y si bien es cierto que la falta de principios, como observa juiciosamente el Licenciado, le hacía meter la pata cuando mejor iba discurriendo, también lo es que su aplicación y el cuidado que ponía al apropiarse las formas locutorias, le llevaron en poco tiempo a realizar verdaderas maravillas gramaticales, y a no hacer mal papel en tertulia de personas finas, algunas superiores a él por el conocimiento y la educación, pero que no le superaban en garbo para sostener cualquier manoseado tema de controversia, *al alcance*, como él decía, *de las inteligencias más vulgares.*

Es punto incontrovertible que dejó pasar Cruz todo Septiembre y parte de Octubre, sin proponer a su hermano político reforma alguna en la disposición arquitectónica de la casa; pero llegó un día en que con toda la suavidad del mundo, sabiendo que ponía las primeras paralelas para un asedio formidable, lanzó la idea de derribar dos tabiques, con objeto de ampliar la sala haciéndola salón, y el comedor *comedorón...* Esta palabra empleó don Francisco, amenizándola con burlas y cuchufletas; mas no se acobardó la dama, que al punto, con chispeante ingenio, hubo de contestar a su cuñado en esta forma:

«No digo yo que seamos príncipes, ni sostengo que nuestra casa sea el *regio alcázar*, como usted dice. Pero la modestia no quita a la comodidad, señor don Francisco. Paso por que el comedor sea hoy por hoy de capacidad suficiente. ¿Pero me garantiza usted que lo será mañana?

—Si la familia aumentara, como *tenemos derecho a esperar*, no digo que no. Venga más comedor, y yo seré el primero en agrandarlo cuando sea menester. Pero la sala...

—La sala es simplemente absurda. Anoche, cuando se juntaron los de Taramundi con los de Real Armada, y sus amigos de usted el bolsista y el cambiante de moneda, estábamos allí como sardinas en banasta. Inquieta y sofocadísima, yo aguardaba el momento en que alguno tuviera que sentarse sobre las rodillas de otro. A usted le parecerá que esta estrechez es decorosa para un hombre a cuya casa vienen personas de la mejor sociedad. ¿Por mí qué me importa? No deseo más que vivir en un rincón, sin más trato que el de dos o tres amigas íntimas... Pero usted, un hombre como usted, llamado a...

II

—¿Llamado a qué? —preguntó Torquemada, manteniendo ante su boca, sin catarlo, el bizcocho mojado en chocolate, con lo cual dicho se está que en aquel momento se desayunaba—. ¿Llamado a qué? —volvió a decir, viendo que Cruz, sonriente, esquivaba la respuesta.

—No digo nada, ni perderé el tiempo en demostrar lo que está bien a la vista, la insuficiencia de esta habitación —manifestó la dama, que, al dar vueltas alrededor de la ovalada mesa, afectaba no hallar fácil paso entre el aparador y la silla ocupada por don Francisco—. Usted, como dueño de la casa; hará lo que guste. El día en que tengamos un convidado, que bien podríamos tenerlo para corresponder a las finezas que otros gastan con nosotros, y quien dice un convidado, dice dos o cuatro... pues ese día tendré yo que comer en la cocina... No, no reírse. Ya sale usted con su tema de siempre: que exagero, que yo...

—Es usted la *exageración personificada* —replicó el avaro, engulléndose otro bizcocho—. Y como yo *blasono* de ser el justo medio *personificado*, pongo todas las cosas en su lugar, y rebato sus argumentos por lo que toca al actual momento histórico. Mañana no digo...

—Lo que se ha de hacer mañana deprisa y corriendo, debe hacerse hoy, despacio —dijo la dama apoyando las manos en la mesa, al punto que el don Francisco acababa de desayunarse. Ya sabía ella por dónde iba a salir en la réplica, y le esperó tranquila, con semblante de risueña confianza.

—Mire usted, Crucita... Desde que me casé, vengo *realizando*... sí, esa es la palabra, realizando *una serie de transacciones*. Usted me propuso reformas que se daban de cachetes con mis costumbres de toda la vida, por ejemplo... ¿Pero a qué poner ejemplos ni verbigracias? Ello es que mi cuñada proponía y yo trinaba. Al fin he transigido, porque como dice muy bien nuestro amigo Donoso, vivir es transigir. He aceptado un poquito de lo que se me proponía, y usted cedía un *ápice*, o dos *ápices* de sus pretensiones... El justo medio, *vulgo* prudencia. No dirán las señoras del Águila que no he procurado hacerles el gusto, desmintiéndome, como quien dice. Por tener contenta a mi querida esposa y a usted, me privo de venir a comer en mangas de camisa, lo que era muy de mi gusto en días de calor. Se empeñaron después en traerme una cocinera de doce duros. ¡Qué barbaridad! ¡Ni que fuéramos arzobispos! Pues transigí con admitir la que tenemos, ocho durazos, que si es verdad nos hace primores, bien pagada estaría con cien reales. Para que mi señora y la hermana de mi señora no se alboroten, he dejado de comer salpicón a última hora de la noche, antes de acostarme, por que, lo reconozco, no está bien que vaya delante de mí el olor de cebolla, abriéndome camino como un batidor. Y *reasumiendo*: he transigido también con el lacayito ese para recados y limpiarme la ropa, aunque a decir verdad, días hay en que para evitarle reprimendas al pobre chico, no solo me limpio yo mi ropa, sino también la suya. Pero en fin, pase el chaval de los botones, que, si no me equivoco, no presta servicios en consonancia con lo que consume. Yo lo observo todo, señora mía; suelo darme una vuelta por la cocina cuando está comiendo la servidumbre, *vulgo* criados, y he visto que ese ángel de Dios se traga la ración de siete; amén del mal tercio que hace a la familia levantando de cascos a las criadas de casa, y a las de toda la vecindad. En fin, ustedes lo quieren: sea. *Adopto esta actitud* para que no digan que soy la *intransigencia personificada*, y para cargarme de razón ahora, negándome, como me niego, al derribo de tabiques, *etcétera*... que eso de estropear la finca va contra la lógica, contra el sentido común, y contra la conveniencia de *propios* y *extraños*.

Contestole Cruz con gracejo, afectando sumisión a la primera autoridad de la familia, y se dirigió a la alcoba de su hermana, que no dejaba el lecho hasta más tarde. Ambas charlaron alegremente de la misma materia, conviniendo en que aquello y aún más se conseguiría de don Francisco, esperando la ocasión favorable, como habían podido observar en el tiempo que llevaban de convivencia. Torquemada, después de darse un buen atracón de *La Correspondencia* de la mañana, se fue al lado de su esposa, periódico en mano, pisando con suavidad por evitar el ruido, y ladeándose la gorra de seda negra, para rascarse el cráneo. No tardó Cruz en acudir a despertar al ciego y llevarle el desayuno, y quedó el matrimonio solo, acostada ella, él paseándose en la alcoba.

«¿Y qué tal? —le preguntó don Francisco con cariño no afectado—. ¿Te sientes hoy más fuerte?

—Me parece que sí.

—Probarás a dar un paseíto a pie... Yo, si te empeñas en darlo en coche, no me opongo, ¡cuidado! Pero más te conviene salir de *infantería* con tu hermana.

—A patita saldremos... —replicó la esposa—. Iremos a casa de las de Taramundi, y para la vuelta, ellas nos traerán en su berlina. De este modo te ahorras tú ese gasto.

Torquemada no chistó. Siempre que se entablaban discusiones sobre reformas que desnivelaran el bien estudiado presupuesto de don Francisco, Fidela se ponía de parte de él, bien porque anhelara cumplir fielmente la ley de armonía matrimonial, bien porque con femenil instinto, y casi sin saber lo que hacía, cultivara la fuerza en el campo de su propia debilidad, cediendo para triunfar, y retirándose para vencer. Esto es lo más probable, y casi por seguro lo da el historiador, añadiendo que no había sombra de malicia premeditada en aquella estrategia, obra pura de la naturaleza femenina, y de la situación en que la joven del Águila se encontraba. A los tres meses de matrimonio, no se había disipado en ella la impresión de los primeros días, esto es, que su nuevo estado era una liberación, un feliz término de la opresora miseria y humillante oscuridad de aquellos años maldecidos. Casada, podía vestirse con decencia y asearse conforme a su educación, comer cuantas golosinas se le antojaran, salir de paseo, ver alguna función de teatro, tener amigas y disfrutar aquellos bienes de la vida que menos afectan al orden espiritual. Porque lo primero, después de tan larga pobreza y ahogos, era respirar, nutrirse, restablecer las funciones animales y vegetativas. El contento del cambio de medio, favorable para la vida orgánica y un poco para la social, no le permitía ver los vacíos que aquel matrimonio pudiera determinar en su alma, vacíos que incipientes existían ya, como las cavernas pulmonares del tuberculoso, que apenas hacen padecer cuando empiezan a formarse. Debe añadirse que Fidela, con el largo padecer en los mejores años de su vida, todo lo que había ganado en sutilezas de imaginación, habíalo perdido en delicadeza y sensibilidad, y no se hallaba en disposición de apreciar exactamente la barbarie y prosaísmo de su cónyuge. Su linfatismo le permitía soportar lo que para otro temperamento habría sido insoportable, y su epidermis, en apariencia finísima, no era *por dentro* completamente sensible a la ruda costra del que, por compañero de vida, casa y lecho, le había dado la sociedad de acuerdo con la Santa Iglesia. Cierto que a ratos creía enterarse vagamente de aquellos vacíos o cavernas que dentro se le criaban; pero no hacía caso, o movida de un instinto reparador (y va de instintos) defendíase de aquella molestia premonitoria, ¿con qué creeréis? con el mimo. Haciéndose más mimosa de lo que realmente era, fomentando en sí hábitos y remilgos infantiles, en lo cual no hacía más que aceptar los procedimientos de su hermana y de su marido, se curaba en salud de todo aquel mal probable y posible de los vacíos. Era, pues, de casada, más golosa y caprichuda que de soltera; hacía muecas de niño llorón; enredaba, variando de sitio las cosas fáciles de transportar; entretenía las horas con afectaciones de pereza que agrandaban su ingénita debilidad; afectaba también un cierto desdén de todo lo práctico, y horror a los trajines duros de la casa; extremaba el aseo hasta lo increíble, eternizándose en su tocador; ansiaba los perfumes, que eran una nueva golosina, no menos apetecida que los bombones con agridulce; gustaba de que su marido la tratase con extremados cariños, y ella le llamaba a él *su borriquito*, pasándole la mano por el lomo como a un perrazo doméstico, y diciéndole: «*Tor, Tor...* aquí... fuera... ven... la pata... idame la pata!».

Y don Francisco, por llevarle el genio, le daba la mano, que para aquellos casos (y para otros muchos) era pata, recibiendo el hombre muchísimo gusto de tan caprichoso estilo de afecto matrimonial. Aquella mañana no ocurrió nada de esto; charlaron un rato, encareciendo ambos las delicias del pasear a pie, y por fin Fidela le dijo: «Por mí no necesitas poner coche. No faltaba más. iEse gasto por evitarme un poquito de cansancio...! No, no, no lo pienses. Ahora, por ti, ya es otra cosa. No está bien que vayas a la Bolsa en clase de peatón. Desmereces, cree que desmereces entre los hombres de negocios. Y no lo digo yo, lo dice mi hermana, que sabe más que tú... lo dice también Donoso. No me gusta que piensen de ti cosas malas, ni que te llamen cominero. Yo me paso muy bien sin ese lujo: tú no puedes pasarte, porque en realidad no es lujo, sino necesidad. Hay cosas que son como el pan...

Don Francisco no pudo contestarle porque le avisaron que le esperaba en su despacho el agente de Bolsa, y allá se fue presuroso, revolviendo en su caletre estas o parecidas ideas: «iEl condenado cochecito! Al fin habrá que *echarlo... velis nolis*. No es idea, no, de esa pastaflora de mi mujer, que jamás discurre nada tocante al aumento de gastos. La otra, la *dominanta*, es la que quiere andar sobre ruedas. Ni qué falta me hace a mí ese armatoste, que... ahora que me acuerdo... se llama también *vehículo*. iAh! isi yo pudiera gastarlo, sin que esa déspota de Cruz lo catara!... Pero no, *iñales!* tiene que ser para todos, y mi mujer la primera, sobre cojines muy blandos para que no se me estropee, *máxime* si hay sucesión... Porque, aunque nada han dicho, yo, *atento a la lógica del fenómeno*, me digo: sucesión tenemos.

III

iQué cosas hace Dios! En todo tenía una suerte loca aquel indino de Torquemada, y no ponía mano en ningún negocio que no le saliese como una seda, con limpias y seguras ganancias, como si se hubiese pasado la vida sembrando beneficios, y quisiera la Divina Providencia recompensarle con largueza. ¿Por qué le favorecía la fortuna, habiendo sido tan viles sus

15

medios de enriquecerse? ¿Y qué Providencia es esta, que así entiende *la lógica del fenómeno*, como por cosa muy distinta decía el avaro? Cualquiera desentraña la relación misteriosa de la vida moral con la financiera o de los negocios, y esto de que las corrientes vayan a fecundar los suelos áridos en que no crece ni puede crecer la flor del bien. De aquí que la muchedumbre honrada y pobre crea que el dinero es loco; de aquí que la santa religión, confundida ante la monstruosa iniquidad con que se distribuye y encasilla el metal acuñado, y no sabiendo cómo consolarnos, nos consuela con el desprecio de las riquezas, que es para muchos consuelo de tontos. En fin, sépase que la previsora amistad del buen Donoso, había rodeado a don Francisco de personas honradísimas que le ayudaran en el aumento de sus caudales. El agente de Bolsa, de quien era comitente para la compra y venta de títulos, reunía a su pasmosa diligencia la probidad más acrisolada. Otros correveidiles que le proporcionaban descuentos de pagarés, pignoraciones de valores y negocios mil, sobre cuya limpieza nadie se habría atrevido a poner la mano en el fuego, eran de lo mejorcito de la clase. Verdad que ellos, con su buen olfato mercantil, comprendieron desde el primer día que a Torquemada no se le engañaba fácilmente, y en esto tal vez se afirmaba el cimiento de su moralidad; al paso que don Francisco, hombre de grandísima perspicacia para aquellos tratos, les calaba los pensamientos antes que los revelara la palabra. De este conocimiento recíproco, de esta compenetración de las voluntades, resultaba el acuerdo perfecto entre compinches, y el pingüe fruto de las operaciones. Y aquí nos encontramos con un hecho que viene a dar explicación a las monstruosas dádivas de la suerte loca, y al contrasentido de que se enriquezcan los pillos. No hay que hablar tanto de la ciega fortuna, ni creer la pamplina de que esta va y viene con los ojos vendados... ¡invención del simbolismo cursi! No es eso, no. Ni se debe admitir que la Providencia protegiera a Torquemada para hacer rabiar a tanto honrado sentimental y pobretón. Era... las cosas claras, era que don Francisco poseía un talento de primer orden para los negocios, aptitud incubada en treinta años de aprendizaje usurario a la menuda, y desarrollada después en más amplio terreno y en esfera vastísima. La educación de aquel talento había sido dura, en medio de privaciones y luchas horrendas con la humanidad precaria, de donde sacó el conocimiento

16

profundísimo de las personas bajo el aspecto exclusivo de tener o no tener, la paciencia, la apreciación clara del tanto por ciento, la limadura tenaz, y el cálculo exquisito de la oportunidad. Estas cualidades, aplicadas luego a operaciones de mucha cuenta, se sutilizaron y adquirieron desarrollo formidable, como observaron Donoso y los demás amigos pudientes que se fueron agregando a la tertulia.

Reconocíanle todos por un hombre sin cultura, ordinario y a veces brutalmente egoísta; pero al propio tiempo veían en él un magistral golpe de vista para los negocios, un tino segurísimo que le daba incontestable autoridad, de suerte que, teniéndose todos por gente de más valía en la vida general, en aquella rama especialísima del *toma y daca* bajaban la cabeza ante el bárbaro, y le oían como a un padre de la Iglesia... crematística. Ruiz Ochoa, los sobrinos de Arnaiz y otros que por Donoso se fueron introduciendo en la casa de la calle de Silva, platicaban con el prestamista aparentando superioridad, pero realmente espiaban sus pensamientos para apropiárselos. Eran ellos los pastores, y Torquemada el cerdo que olfateando la tierra descubría las escondidas trufas, y allí donde le veían hocicar, negocio seguro.

Pues, como digo, fue don Francisco a su despacho, donde estuvo como un cuarto de hora dando instrucciones al agente de Bolsa, y volvió luego a engolfarse en los periódicos de la mañana, lectura que le interesaba en aquella época, ofreciéndole verdaderas revelaciones en el orden intelectual, y abriendo horizontes inmensos ante su vista, hasta entonces fija en objetos situados no más allá de sus narices. Leía con mediano interés todo lo de política, viendo en ella, como es común en hombres aferrados a los negocios, no más que una comedia inútil, sin más objeto que proporcionar medro y satisfacciones de vanidad a unos cuantos centenares de personas; leía con profunda atención los telegramas, porque todas aquellas cosas que en el extranjero pasaban parecíanle de más fuste que las de por acá, y porque los nombres de Gladstone, Goschen, Salisbury, Crispi, Caprivi, Bismarck, le sonaban a grande, revelando una raza de personajes de más circunstancias que los nuestros; se detenía con delectación en el relato de sucesos del día, crímenes, palos, escenas de amor y venganza, fugas de presos, escalos, entierros y funerales de personas de viso, estafas, descarrilamientos, inundaciones, etcétera. Así se enteraba de todo, y de paso aprendía *cláusulas* nuevas y elegantes para irlas soltando en la conversación.

Por lo que pasaba como gato sobre ascuas era por los artículos pertinentes a cosa de literatura y arte, porque allí sí que le estorbaba lo negro, es decir, que no entendía palotada, ni le entraba en la cabeza la razón de que tales monsergas se escribieran. Pero como veía que todo el mundo, en la conversación corriente, daba efectiva importancia a tales asuntos, él no decía jamás cosa alguna en descrédito de tales artes liberales. Eso sí, a discreto no le ganaba nadie, en *el nuevo orden de cosas*, y tenía el don inapreciable del silencio siempre que se tratara de algún asunto en que se sentía lego. Tan solo daba su asentimiento con monosílabos, dejando adivinar una inteligencia reconcentrada, que no quiere prodigarse. Para él hasta entonces, *artistas* eran los barberos, albañiles, cajistas de imprenta y maestros de obra prima; y cuando vio que entre gente culta solo eran verdaderos artistas los músicos y danzantes, y algo también los que hacen versos y pintan monigotes, hizo mental propósito de enterarse detenidamente de todo aquel *fregado*, para poder decir algo que le permitiera pasar por hombre de luces. Porque su amor propio se fortalecía de hora en hora, y le sublevaba la idea de que le tuvieran por un ganso; de donde resultó que últimamente dio en aplicarse a la lectura de los artículos de crítica que traían los periódicos, procurando sacar jugo de ellos, y sin duda habría pescado algo, si no tropezara a cada instante con multitud de términos cuyo sentido se le indigestaba. «¡Ñales! —decía en cierta ocasión—, ¿qué querrá decir esto de *clásico*? ¡Vaya unos términos que se traen estos señores! Porque yo he oído decir el *clásico* puchero, la *clásica* mantilla; pero no se me alcanza que lo clásico, hablando de versos o de comedias, tenga nada que ver con los garbanzos, ni con los encajes de Almagro. Es que estos tíos que nos sueltan aquí tales *infundios* sobre el más o el menos de las cosas de literatura, hablan siempre en figurado, y el demonio que les entienda... ¿Pues y esto del *romanticismo*, qué será? ¿Con qué se come esto? También quisiera yo que me explicaran la *emoción estética*, aunque me figuro que es como darle a uno un soponcio. ¿Y qué significa *realismo*, que aquí no es cosa del Rey, ni Cristo que lo fundó?

Por nada de este mundo se aventuraba a exponer sus dudas ante la autoridad de su esposa o cuñada, pues temía que se le rieran en sus barbas, como una vez que le tentó el demonio, hallándose en una gran confusión, y fue y les dijo: «¿Qué significa *secreciones*?». ¡Dios, qué risas, qué chacota, y qué sofoco le hicieron pasar con sus *ínsulas* de personas ilustradas!

Interrumpió la lectura para ir al cuarto de su mujer, resuelto a ponerla en planta, pues Quevedito recomendaba que se combatiese en ella la pereza, favorecedora de su linfatismo; y cuando iba por el pasillo, oyó voces un poco alteradas que de la estancia próxima al salón venían. Era aquella la habitación que ocupaba el ciego; y como a este, comúnmente, no se le oía en la casa una palabra más alta que otra, siendo tal su laconismo que parecía haber perdido, con el de la vista, el uso de la palabra, alarmose un tanto don Francisco, y aplicó su oído a la puerta. Mayor que su alarma fue su asombro al sentir al ciego riendo con gran efusión, y ello debía de ser por motivo impertinente, pues su hermana le reprendía con severidad, elevando el tono de su indignación tanto como él el de sus risotadas. No pudo el tacaño comprender de qué demonios provenía júbilo tan estrepitoso, porque el tal Rafaelito, desde la boda, no se reía ni por muestra, y su cara era un puro responso, siempre mirando para su interior y oyéndose de orejas adentro. Torquemada se retiró de la puerta, diciendo para sí: «Con buen humor amanece hoy el caballero de la Chancla y Gran Duque de la Birria... Más vale así. Téngale Dios contento, y habrá paz.

IV

Es el caso que aquella mañana, al entrar Cruz en el cuarto de su hermano con el desayuno, no solo le encontró despierto, sino sentado en el lecho, pronto a vestirse solo, como hombre a quien llaman fuera de casa negocios urgentes. «Dame, dame pronto mi ropa —dijo a su hermana—. ¿Te parece que es hora esta de empezar el día, cuando lo menos hace seis horas que ha salido el Sol?

—¿Tú qué sabes cuándo sale y cuándo entra el Sol?

—¿Pues no he de saberlo? Oigo cantar los gallos... Y que no faltan gallos en esta vecindad. Yo mido el tiempo por esos relojes de la Naturaleza, más seguros que los que hacen los hombres, y que siempre van atrasados. Y para asegurarme más, pongo atención a los carros de la mañana, a los pregones de verduleras y ropavejeros, al afilador, al alcarreño de la miel, y por oírlo todo, oigo cuando echan el periódico por debajo de la puerta.

—¿De modo que no has dormido la mañana? —preguntole su hermana con tierna solicitud, acariciándole—. Eso no me gusta, Rafael. Ya van muchos días así... ¿Para qué espoleas tu imaginación en las horas que debes dedicar al descanso? Tiempo tienes, de día, de hacer tus cálculos, y entretenerte con los acertijos que a ti mismo te propones.

—Cada uno vive a la hora que puede —replicó el ciego, volviendo a echarse en la cama; pero sin intenciones de recobrar el sueño perdido—. Yo vivo conmigo a solas, en el silencio de la mañana oscura, mejor que con vosotras en el ruido de la tarde, entre visitas que me aburren, y algún relincho del búfalo salvaje que anda por ahí.

—Ea, ya empiezas —indicó la dama amostazándose—. A desayunarse pronto. La debilidad te desvanece un poquito la cabeza, y te la desmoraliza, insubordinando los malos pensamientos y reprimiendo los buenos. ¿Qué tal la figura? Tómate tu chocolatito, y verás cómo te vuelves humano, indulgente, razonable... y desaparece de tu cabeza la cólera vil, la injusticia, y el odio a personas que no te han hecho ningún daño.

—Bueno, hija, bueno —dijo el ciego incorporándose de nuevo y empezando a reír—. Venga ese chocolate que, según tú, restablecerá en mi cabeza la disciplina militar, digo, intelectual. Es gracioso.

—¿Por qué te ríes?

—Toma, porque estoy contento.

—¿Contento tú?

—¿Ahora salimos con eso? ¡Pues, hija!... Cuatro meses hace que me estáis sermoneando por mi tristeza, porque no hablo, porque no me entran ganas de reír, porque no me divierto con las mil farsas que inventáis para distraerme. Vamos, que me tenéis loco... «Rafael, ríete; Rafael, ponte de buen humor». Y ahora que la alegría me retoza en el alma y me sale por ojos y boca, me riñes. ¿En qué quedamos?

—Yo no te riño. Me sorprendo de esa alegría desenfrenada, que no es natural, Rafael, vamos, que no es verdadera alegría.

—Yo te juro que sí; que en este momento me siento feliz, que me gustaría verte reír conmigo.

—Pues dime la causa de esa alegría. ¿Es alguna idea original, algo que has pensado?... ¿O te ríes mecánicamente nada más?

—¡Mecánicamente! No, hija de mi alma. La alegría no es una cosa a la cual se da cuerda, como a los relojes. La alegría nace en el alma, y se nos manifiesta por esta vibración de los músculos del rostro, por esta... no sé cómo decirlo... Vaya, me tomaré el chocolate para que no te enfades...

—Pero contén la risa un momentito, y no me tengas aquí con la bandeja en una mano y la rebanada de pan en otra...

—Sí; reconozco que es conveniente alimentarse; más que conveniente, necesario. ¿Ves? Ya no me río... ¿Ves? Ya como. De veras que tengo apetito... Pues... querida hermana, la alegría es una bendición de Dios. Cuando nace de nosotros mismos, es que algún ángel se aposenta en nuestro interior. Generalmente, después de una noche de insomnio, nos levantamos con un humor del diablo. ¿Por qué me pasa a mí lo contrario no habiendo pegado los ojos?... Tú no entiendes esto, ni lo entenderás si yo no te lo explico. Estoy alegre porque... Antes debo decirte que paso mis madrugadas calculando las probabilidades del porvenir, entretenimiento muy divertido... ¿Ves? Ya he concluido el chocolate. Ahora venga el vaso de leche... Riquísima... Bueno, pues para calcular el porvenir, cojo yo las figuras humanas, cojo los hechos pasados, los coloco en el tablero, los hago avanzar conforme a las leyes de la lógica...

—Hijo mío, ¿quieres hacerme el favor de no marearte con esas simplezas? —dijo la dama, asustada de aquel desbarajuste cerebral—. Veo que no se te debe dejar solo, ni aun de noche. Es preciso que te acompañe siempre una persona, que en las horas de insomnio te hable, te entretenga, te cuente cuentos...

—Tonta, más que tonta. Si nadie me entretiene como yo mismo, y no hay, no puede haber cuentos más salados que los que yo me cuento a mí propio. ¿Quieres oír uno? Verás. En un reino muy distante, éranse dos pobres hormigas, hermanas... Vivían en un agujerito...

—Cállate: me incomodan tus cuentos... Será preciso que yo te acompañe de noche, aunque no duerma.

—Me ayudarías a calcular el porvenir, y cuando llegáramos al descubrimiento de verdades tan graciosas como las que yo he descubierto esta noche, nos reiríamos juntos. No, no te enfades porque me ría. Me sale de muy adentro este gozo para que pueda contenerlo. Cuando uno ríe fuerte, se saltan las lágrimas, y como yo nunca lloro, tengo en mí una cantidad de llanto que ya lo quisieran más de cuatro para un día de duelo... Deja, deja que me ría mucho, porque si no reviento.

—Basta, Rafael —dijo la dama creyendo que debía mostrar severidad—. Pareces un niño. ¿Acaso te burlas de mí?

—Debiera burlarme, pero no me burlo. Te quiero, te respeto, porque eres mi hermana, y te interesas por mí; y aunque has hecho cosas que no son de mi agrado, reconozco que no eres mala, y te compadezco... sí, no te rías tú ahora... te compadezco porque sé que Dios te ha de castigar, que has de padecer horriblemente.

—¿Yo? ¡Dios mío! —exclamó la noble dama con súbito espanto.

—Porque la lógica es lógica, y lo que tú has hecho tendrá su merecido, no en la otra vida, sino en esta, pues no siendo bastante mala para irte al infierno, aquí, aquí has de purgar tus culpas.

—¡Ay! Tú no estás bueno. ¡Pobrecito mío!... ¡Yo culpas, yo castigada por Dios!... Ya vuelves a tu tema. La mártir, la esclava del deber, la que ha luchado como leona para defenderos de la miseria, castigada... ¿por qué? por una buena obra. ¿Ha dicho Dios que es malo hacer el bien, y librar de la muerte a las criaturas?... ¡Bah!... Ya no te ríes... ¡Qué serio te has puesto!... Es que una razón mía basta para hacerte recobrar la tuya.

—Me he puesto serio, porque pienso ahora una cosa muy triste. Pero dejémosla... Volviendo a lo que hablábamos antes y al motivo de mi risa, tengo que advertirte que ya no me oirás vituperar a tu ilustre cuñado, no digo mío, porque mío no lo es. No pronunciaré contra él palabra ninguna ofensiva, porque como su pan, comemos su pan, y sería indigno que le insultáramos después que nos mantiene el pico. Los infames somos nosotros, yo más que tú, porque me las echaba de inflexible y de mantenedor caballeresco de la dignidad; pero al fin, ¡qué oprobio! disculpándome con mi ceguera, he concluido por aceptar del marido de mi hermana la hospitalidad, y esta bazofia que me dais, y la llamo bazofia con perdón de la cocinera, porque solo moralmente, ¿entiendes? moralmente, es la comida de esta casa como la sopa boba que en un caldero, del tamaño de hoy y mañana, se da a los pobres mendigos a la puerta de los conventos... Con que ya ves... No le vitupero, y cuando me reía, no me reía de él ni de sus gansadas, que tú vas corrigiendo para que no te ponga en ridículo... porque ese hombre acabará por hablar como las personas; de tal modo se aplica y atiende a tus enseñanzas; digo que no me río de él, ni tampoco de ti, sino de mí, de mí mismo... Y ahora me entra la risa otra vez: sujétame... Bueno, pues me río a mis anchas, y riéndome te aseguro que he calado el porvenir... y veo, claro como la luz del alma, única que a mí me alumbra... veo que transigiendo, transigiendo y abandonándome los hechos, sacerdote de la santa inercia, acabaré por conformarme con la opulencia infamante de esta vida, por hacer mangas y capirotes de la dignidad... Si esto no es cómico, altamente cómico, es que la gracia ha huido de nuestro planeta. ¡Yo conforme con esta deshonra, yo viéndoos en tanta vileza, y creyéndola no solo irremediable, sino hasta natural y necesaria! ¡Yo vencido al fin de la costumbre y hecho a la envenenada atmósfera que respiráis vosotras! Confiésame, querida hermana, que esto es para morirse de risa, y si conmigo no te alegras ahora será porque tu alma es insensible al humorismo, entendido en su verdadera acepción, no en la que le dio tu cuñadito el otro día, cuando se quejaba del mucho *humorismo de la chimenea*.

Llegaron a su punto culminante las risotadas en esta parte de la escena, y en tal momento fue cuando Torquemada oyó desde fuera el alboroto.

V

«No se te puede tolerar que hables de esa manera —dijo la hermana mayor, disimulando la zozobra que aquel descompuesto reír iba levantando en su alma. Nunca he visto en ti ese humor de chacota, ni esas payasadas de mal gusto, Rafael. No te conozco.

—De algún modo se había de revelar en mí la metamorfosis de toda la familia. Tú te has transformado por lo serio, yo por lo festivo. Al fin seremos todos grotescos, más grotescos que él, pues tú conseguirás retocarle y darle barniz... Pues sí, me levantaré: dame mi ropa... Digo que la sociedad concluirá por ver en él un hombre de cierto mérito, un tipo de esos que llaman *serios*, y en nosotros unos pobres cursis, que por hambre hacen el mamarracho.

—No sé cómo te oigo... Debiera darte azotes como a un niño mañoso... Toma, vístete; lávate con agua fría para que se te despeje la cabeza.

—A eso voy —replicó el ciego, ya en pie y disponiéndose a refrescar su cráneo en la jofaina—. Y puesto que no tiene ya remedio, hay que aceptar los hechos consumados, y meternos hasta el cuello en la inmundicia que tu... vamos, que la fatalidad nos ha traído a casa. Ya ves que no me río, aunque ganas no me faltan... Te hablaré seriamente, contra lo que pide lo jocoso del asunto... Y de esto dan fe las inflexiones de sátira que se notan... ¿no las has notado?... que se notan, digo, en el acento de todas las personas que han vuelto a entablar amistad con nosotros, después del paréntesis de desgracia.

—Yo no he notado eso —afirmó Cruz resueltamente—; y no hay tal sátira más que en tu descarriada imaginación.

—Es que a ti te deslumbran los destellos de esta opulencia de similor, y no ves la verdad de la opinión social. Yo, ciego, la veo mejor que tú. En fin, déjame que me fregotee un poco la cara y la cabeza, y te diré una cosa que ha de pasmarte.

—Lo mejor sería que te callaras, Rafael, y no me enloquecieras juzgando de un modo tan absurdo los hechos más naturales de la vida... Toma la toalla. Sécate bien... Ahora te sientas, y te peinaré.

—Pues quería decirte... Se me ha despejado la cabeza; pero es el caso que ahora me retoza otra vez la risa, y necesito contenerme para no estallar... Quería decirte que cuando se pierde la vergüenza, como la hemos perdido nosotros...

—¡Rafael, por amor de Dios...!

—Digo que lo mejor es perderla toda de una vez, arrancarse del alma ese estorbo, y afrontar a cara descubierta el hecho infamante... Cuando más, debe usarse en la cara el colorete de las buenas formas, una vez perdido el santo rubor que distingue las personas dignas de las que no lo son... (*conteniendo la risa.*) Tú, autora de todo esto, debes ir ya hasta el fin. No te detengas a medio éxito. Fuera escrúpulos, fuera delicadezas que ya resultarían afectadas. ¿No has conseguido aún que el amo os dé coche para salir publicando por calles y paseos la venta que habéis hecho de...? ¡Oh! no me tires del pelo. Me haces daño.

—Es que me pones nerviosa... ¡Pobre ser delicado y enfermo, a quien no se puede aplicar el correctivo de una azotaina!

—Decía que la venta... Bueno: retiro la palabra. ¡Ay!... Ello es que harás muy bien en sonsacarle el gasto del coche. El otro, mascando las palabras finas con las ordinarias, tascará el freno que tú le pones con tu talento y tu autoridad. A cambio de la representación social con que alimentas su orgullo de pavo... no digo de pavo real, sino de pavo común, de ese que por Navidad se engorda con nueces enteras... a cambio de la representación social, él te dará cuanto le pidas, renegando, eso sí, porque tiene la avaricia metida en los huesos y en el alma; pero cederá, como tú sepas trastearlo, y ¡vaya si sabes! Y conseguirás el abono en el Real y en la Comedia, y las reuniones y comidas en determinados días de la semana. Hartaos de riqueza, de lujo, de vanidad, de toda esa bazofia que ha venido a sustituir el regalo fino de los sentimientos puros y nobles. ¡Que os pague en lo que valéis, que no descanse en sus arcas una sola peseta de las que continuamente trae a ellas el negocio, sucio como alma de condenado! Apenas entre la santa peseta, escamoteadla vosotras, para gastarla en trapos, comistrajes, diversiones públicas y privadas, objetos artísticos, muebles de lujo. Duro con él, a ver si revienta y os quedáis dueñas de todo, que esa sería vuestra jugada.

—Rafael, ya no más —dijo la dama vibrando de cólera—. He oído tus disparates con mi santa paciencia; pero esta se agota ya. Tú la crees inagotable; por eso abusas... Pero no lo es, no lo es. Ya no puedo acompañarte más. Pinto acabará de vestirte... (*Llamando.*) Pinto... chiquillo... ¿Qué haces?

Acudió al instante el lacayito, cargado de ropa, que el sastre acababa de traer.

«Estaba recogiendo el traje nuevo del señorito Rafael. El sastre dice que quiere vérselo puesto.

—Pues que pase. (*A Rafael.*) Ya tienes entretenimiento para un rato. Volveré a verte vestido, y como alguna prenda no esté bien, se le devuelve para que la reforme. (*Al sastre.*) Pase usted, Balboa... Hay que probar todo. Ya sabe usted que este caballero es muy escrupuloso y exigente para la ropa.

Conserva el sentido del buen corte y del ajuste, como si pudiera apreciarlos por la vista. (*A Pinto.*) Anda, ¿qué haces? Quítale el pantalón.

—Sí, señor Vasco Núñez de Balboa —dijo Rafael tocado otra vez de su jocosidad nerviosa—. Me basta ponerme una prenda, para conocer por el tacto, por el roce de la tela, hasta las menores imperfecciones de la hechura. Con que... a mí no me traiga usted chapucerías, fiándose de mi ceguera. Venga el pantalón... Y a propósito, amigo Balboa: mi hermana y yo hablábamos ahora... ¿Se ha ido mi hermana?

—Aquí estoy, hombre... Ese pantalón me parece que va muy bien.

—No está mal. Pues decía que necesito más trapo, señor Balboa. Otro terno de entretiempo, un gabán como el que lleva Morentín, ¿sabe usted? y tres o cuatro pantalones de verano, ligeros. ¿Qué dice mi señora hermana?

—¿Yo? Nada.

—Me pareció que protestabas de esta pasión mía de la ropa buena y abundante... Pues te digo que alfo me ha de tocar a mí del cambio de fortuna... Y te digo más: quiero un frac... ¿Que para qué lo necesito? Yo me entiendo. Necesito un frac.

—¡Jesús!

—Ya lo sabe usted, Vasco Núñez... ¿Se ha ido mi hermana?

—Aquí estoy... y está conmigo toda mi paciencia.

—Me alegro mucho. La mía se ha evaporado, llevándose otra cosa que no quiero nombrar. Y en el hueco que dejó, se ha metido un ardiente apetito de los bienes materiales... No tengo la culpa de ello, ni soy yo quien ha traído a casa esta desmoralización mansa. Maestro, el frac prontito... Y tú, hermana querida... ¿Pero se ha ido...?

—Ahora sí... Se fue la señora —indicó tímidamente el sastre—, y me parece que un poquitín incomodada con usted.

Y era verdad que salió del cuarto la dama, no solo por librarse de aquel suplicio, sino porque suponía, con algún fundamento, que su presencia era lo que excitaba más al desdichado joven. Allá le dejó con Pinto y el sastre todo el tiempo que duraron las probaturas y el quita y pon de ropa. A la hora de almorzar, volvió don Francisco de la calle, y sorprendió a su cuñada con los ojos encendidos, suspirona y triste.

«¿Qué hay, qué ocurre? —le preguntó alarmadísimo.

—Esto nos faltaba... Le aseguro a usted, amigo mío, que Dios quiere someterme a pruebas demasiado duras... Rafael está enfermo, muy enfermo.

—Pues si esta mañana se reía como un descosido.

—Precisamente... ese es el síntoma.

—¡Reírse... síntoma de enfermedad! Vaya, que cada día descubre uno cosas raras en este *nuevo régimen* a que ustedes me han traído. Siempre he visto que el enfermo lloraba, bien porque le dolía algo, bien por falta de respiración, o por no poder romper por alguna parte... Pero que los enfermos se desternillen de risa, es lo único que me quedaba que ver.

—Lo mejor —indicó Fidela ocupando su asiento en la mesa, y mirando con sereno y apacible rostro a su marido—, será llamar a un médico especialista en enfermedades nerviosas... Y cuanto más pronto mejor...

—¡Especialista! —exclamó Torquemada, perdiendo repentinamente el apetito—. Es decir, un medicazo de mucha fanfarria, que después de dejar a tu hermano peor que estaba, ponga unos *emolumentos* que nos partan por el eje.

—No podemos consentir que tome cuerpo esa neurosis —dijo Cruz ocupando su sitio.

—¿Esa qué?... ¡Ah! ya, neurosis *paparruchosis*... Mire usted, Cruz, lo que no haga mi yerno, no lo hará ningún facultativo de esos que se dan importancia desvalijando al género humano, después de llenar de cadáveres nuestros *clásicos* cementerios.

—No te pongas cargante, querido Tor —arguyó Fidela con dulzura—. Hay que llamar a un especialista, dos especialistas, aunque sean tres.

—Con uno basta —manifestó Cruz.

—No, mejor será traer acá un rebaño de doctores —agregó don Francisco, recobrando el apetito—. Y luego que acaben de recetar, nos iremos todos a los Asilos del Pardo.

—Es usted la misma exageración, señor mío —díjole Cruz festivamente.

—Y usted el maquiavelismo en persona, o personificado... Y entre paréntesis, señoras mías, esa cocinera de ocho duros será la octava maravilla; pero a mí no me la da. Estos riñones me saben a quemado.

—Si están riquísimos.

—Mejor los ponía Romualda, a quien despidieron ustedes porque se peinaba en la cocina... En fin, me resigno a este orden de cosas, y transigiremos...

—Transacción —dijo Fidela, pasando la mano por el hombro de su marido—. En vez de llamar los tres especialistas...

—¿Tres nada menos? Di más bien las tres plagas de Faraón, y la langosta médico-farmacéutica.

—Pues en vez de llamar al especialista, llevamos a Rafael a París para que le vea Charcot.

VI

—¿Y quién es ese peine? —preguntó Torquemada, cuando hubo tragado el pedazo de carne, que al oír *Charcot* se le atravesó sin querer pasar ni para arriba ni para abajo.

—No es peine. Es el primer sabio de Europa en enfermedades cerebrales.

—Pues yo —afirmó el tacaño, dando un golpe en la mesa con el mango del tenedor—, yo, yo le digo al primer sabio de Europa que se vaya a freír espárragos... y que si quiere enfermos ricos, que vaya a recetarle a la gran puerquísima de su madre.

—¡Hombre, qué cosas dices...! —manifestó Fidela con dulce severidad, y blando mimo—. Francisco, por Dios... Mira, tontín, con el viaje a París matamos dos pájaros de un tiro.

—No, si yo no quiero matar pájaros de un tiro, ni de dos.

—Llevamos a Rafael a que le vea Charcot.

—Si no hiciera más que verle... Pues con mandarle el retrato...

—Digo que curaremos a Rafael, y de paso, verás tú a París, que no lo has visto.

—Ni falta que me hace.

—¿Que no? ¿Te parece que no es desairado tener que decir, cuando se habla de grandes poblaciones: «pues señores, yo no he visto más que Madrid... y Villafranca del Bierzo»?... No te hagas el zafio, que no lo eres. ¡París! Si tú lo vieras, se ensancharía el círculo de tus ideas.

—*El círculo de mis ideas* —dijo Torquemada, recogiendo con avidez la frase, que le pareció bonita, y quedó encasillada en su archivo de locuciones—, no es ninguna manga estrecha para que nadie me la ensanche. Cada uno en su círculo, y Dios en el de todos.

—Y una vez en París —añadió la esposa con ganas de trastear dulcemente a su marido—, no nos volveríamos sin dar una vueltecita por Bélgica, o por el Rhin.

—Sí, para vueltecitas estamos...

—Si es baratísimo... Y también nos llegaríamos a Suiza.

—Sí, y a las Ventas de Alcorcón.

—O haríamos la excursión del Palatinado bávaro, de Baden y la Selva Negra.

—Sí, y la de la selva blanca; y luego nos llegaremos al Polo Norte y a la Patagonia, y volveríamos a casa por la Osa Mayor. Y al llegar aquí, yo tendría que pedir un jornal en las obras del Ayuntamiento para mantener a la familia, o una plaza de Orden Público...

Las dos damas celebraron con francas risas esta ocurrencia, y Cruz puso fin a la contienda del modo más razonable:

«Esto del viaje es una broma de Fidela, para asustarle a usted, don Francisco. No necesitamos acudir a Charcot. ¡Buenos están los tiempos para gastos de viaje, y consultas con eminencias europeas! Lo que Rafael necesita principalmente es distracción, tomar mucho el aire, pasear lejos del infernal bullicio de estas calles...

—Vamos, hablando en plata, señora mía, eso es otro memorial para el coche. Al fin tendré que apencar con el *vehículo*.

—Pero si no hemos dicho nada de vehículo —observó Fidela entre veras y bromas.

—¡Pasear lejos!... Sí, se va a curar Rafael con el zarandeo de la berlina... Bueno... a correrla, y no paréis hasta Móstoles.

—El coche —dijo Cruz con el tono de autoridad que no admitía réplica las pocas veces que lo empleaba, mayormente si iba acompañado de la vibración del labio—, debe ponerlo usted, y lo pondrá, yo se lo aseguro, no por nosotras ni por nuestro hermano, que bien enseñados estamos a andar a pie, sino por usted, señor don Francisco Torquemada. Es indecoroso que ande hecho un azacán por esas calles un hombre de su crédito y de su respetabilidad.

—¡Ah!... ¡Ah!... amiga mía —exclamó don Francisco en voz muy alta, y en tono que tanto tenía de festivo como de airado—. No me engatusa usted a mí con ese jabón que quiere darme. *Seamos justos*: yo soy un hombre humilde, no una *entidad* como usted dice. Fuera *entidades* y biblias... Con esa mónita, lo que hace usted es *dar pábulo* a los gastos. Yo no *doy pábulo* más que a la economía, y por eso tengo un pedazo de pan. Pero con *la actitud* que ustedes toman, pronto tendremos que pedirlo prestado, y no te quiero decir... ¡Deudas en mi casa!... ¡Oh! nunca... Si viene la bancarrota, *vulgo* miseria, usted, Crucita de mi alma, tiene la culpa... ¡Con que coche! Pues habrá coche, no para mí, que sé ganar la santísima rosca andando en el de San Francisco mi patrono, sino para ustedes, a fin de que se den todo el pisto compatible con su nueva *entidad*...

—Pero yo no he pedido...

—¿Cómo no? ¡Si parece que le hizo la boca un fraile! ¡Si no hay día que no me traiga una socaliña! Tirar tabiques, derribarme media finca para hacer salones... Que si la modista, que si el sastre, que si el tapicero, que si el almacenista, que si la biblia en pasta... Pues ahora, con eso de que el hermanito tiene ganas de reír, voy yo a tener que llorar, y lloraremos todos. Ya estoy viendo una *serie no interrumpida* de antojos, y *por ende* de nuevos gastos. Que es preciso distraerle; y como le gusta, tanto la música, tendremos que traer aquí la orquesta del Teatro Real, y al zángano aquel, que con una varita les señala el golpe de lo que han de tocar. (*Risas.*) Que hay que traer un facultativo. Pues venga todo San Carlos, y lluevan honorarios... Que hay que convidar a Juan, Pedro y Diego, los amigotes que vienen a darle tertulia, poetas los unos, danzantes los otros. Pues allá te van doce o catorce cubiertos, y la mar de platos extraordinarios para que saquen el vientre de mal año esos... *pará*...

Se le atravesó la palabra, que, como de adquisición reciente, no podía ser pronunciada sin cierta precaución y estudio.

«*Parásitos* —le dijo Fidela—. Sí que lo son algunos. Pero no hay más remedio que convidarles alguna vez, para que no vayan por ahí hablando de si en esta casa hay o no hay tacañería.

—Nuestras relaciones —afirmó Cruz—, no dicen eso. Son personas distinguidísimas.

—No pongo en duda su *distinguiduría* —asentó Torquemada—; pero *profeso el principio* de que cada *quisque* debe comer en su casa. ¿Voy yo a comer a casa de nadie?

—Hay que confesar, señor maridito —le dijo Fidela pasándole la mano por el lomo—, que hoy estás graciosísimo. Si yo no quiero que gastes; si no nos hace falta coche, ni lujo, ni bambolla... Guarda, guarda tus ahorritos, bribón... ¿Sabes lo que dijo anoche Ruiz Ochoa? Que en un mes habías ganado treinta y tres mil duros.

—¡Qué barbaridad! —exclamó el usurero, levantándose impaciente después de probar el café—. Lo diría en broma. Y con esas cuchufletas *da pábulo*... sí, *pábulo*, a vuestras ideas exageradas sobre lo que yo tengo. En fin, me voy por no incomodarme. *Reasumiendo*: es preciso economizar. La economía es la religión del pobre. Guardaremos *el óbolo*; que nadie sabe lo que vendrá el día de mañana, y cosas podrán venir que exijan este y el otro y todos los óbolos del mundo.

Metiose gruñendo en su despacho, cogió sombrero y bastón, que era, por más señas, con puño de asta de ciervo bruñida por el uso, y se marchó a la calle, a *evacuar sus* negocios. Hasta más allá de la Puerta del Sol le fueron burbujeando en el magín las ideas de la viva disputa con su esposa y cuñada, y seguía disparando contra ellas una dialéctica irresistible: «Porque no me sacarán ustedes, con todo su *maquiavelismo*, del sistema de gastar solo una parte mínima, *considerablemente mínima*, de lo que se gana. ¡Ya...! como ustedes no tienen que discurrir para traerlo a casa, no saben lo que cuesta... Solo me correría más de lo acordado en caso de sucesión... Eso sí, la sucesión merece cualquier dispendio *considerable*. Por eso me decía Valentinico anoche, cuando me quedé dormido en mi cuarto, caldeada la cabeza de tanto afilar el reverendo guarismo... Me decía dice: «Papá, no sueltes un cuarto hasta que no sepas si nazco o no nazco... Esas bribonas de Águilas me están engañando... que hoy, que mañana, y así no puedo estar... Un pie en la eternidad y otro pie en la vida esa... vamos, que esto cansa... duele todo el cuerpo, o toda el alma; que si el alma no tiene huesos, tiene coyunturas... y sin tener carne ni tendones, tiene cosquillas, y sin tener sangre, tiene fiebre, y sin tener piel, tiene gana de rascarse.

VII

Casi todo el día lo pasaron las dos hermanas procurando normalizar el destemplado meollo de Rafael, para lo cual corregían la palabra descompuesta con la palabra juiciosa, y la incongruente risa con la seriedad razonable y amena. Fidela pudo más que Cruz, por disponer de más paciencia y dulzura, y tener sobre su hermano cierto poder sugestivo, cuyo origen ignoraba, conociendo muy bien sus efectos. A la caída de la tarde, hallándose las dos cansadas de la lucha, aunque satisfechas del buen resultado, pues Rafael hablaba ya con más sentido, les llegó un refuerzo que ambas agradecieron mucho, y gozosas salieron a saludarle: «Hola, Morentín, gracias a Dios...». «¡Pero qué caro se vende usted!». «Adelante. No sé las veces que este ha preguntado hoy por usted.

Érase un galancete como de treinta y tres años, guapo, de hermosura un tanto empalagosa, barba rubia, ojos rasgados, cabellera escasa anunciando ya precoz calvicie, regular estatura, y vestir atildado y correctísimo. Después de saludar a las dos damas con el desembarazo de un trato frecuente, fue a sentarse junto al ciego, y dándole un palmetazo en la rodilla; le dijo: «Hola, perdido, ¿qué tal?

—Hoy comerá usted con nosotros... No, si no se admiten excusas. No venga usted ya con sus trapacerías de siempre.

—Me esperan en casa de la tía Clarita.

—Pues la tía Clarita que se fastidie. ¡Qué egoísmo el suyo! No, no le soltamos a usted. Proteste todo lo que quiera, y vaya haciendo acopio de resignación.

—Mandaremos un recado a Clarita —indicó Fidela conciliando las opiniones—; se le dirá que le hemos secuestrado.

—Bueno. Y añadan, en el recadito, que ustedes toman sobre sí la responsabilidad de mi falta. Y si hay chillería...

—Nosotras contestaremos con otra chillería mayor.

—Convenido.

Pepe Serrano Morentín había sido, en otros tiempos, el inseparable amigo de Rafael y su compañero de estudios desde las primeras letras hasta el grado en la Universidad; y si en la época terrible, aquella amistad pareció extinguida, y apenas, de higos a brevas, se veían los dos muchachos y refrescaban con cariñosa efusión los recuerdos estudiantiles, fue porque las Águilas esquivaban toda visita, ocultándose en su triste y solitario albergue, como si creyeran rendir tributo, con la ausencia de todo testigo, a la dignidad de su miseria. El cambio material de existencia abrió las puertas del escondrijo; y de cuantas amistades lentamente se restablecieran entonces por mediación de Donoso, de Ruiz Ochoa o de Taramundi, ninguna era tan grata al pobre ciego como la de su caro Morentín, que sabía llevarle el genio mejor que nadie, y despertar en él simpatía muy honda en medio de la indiferencia o desdén que hacia todo el género humano sentía.

Conocedoras Fidela y Cruz de esta preferencia, o más bien absoluto imperio de Morentín en la voluntad del pobre ciego, vieron aquel día en su visita una providencial aparición. Y como sabían que Rafael gustaba de platicar holgadamente con su amigo, referirle sus tristezas, provocarle a discusiones en que el humorismo se enredaba con la psicología más sutil, corriéndose a veces a terreno un tanto escabroso, determinaron, después de los cumplidos de rúbrica, dejarlos solos, que así descansaban ellas de la guardia, y el ciego estaría más a gusto.

«Querido Pepe —le dijo Rafael haciéndole sentar a su lado—. No sabes con cuánta oportunidad vienes. Deseo consultarte una cosa... una idea, que ayer apuntó en mí, y hoy, en el momento que entraste, cuando oí tu voz, ¡ay! me hirió la mente, así como si entrara de golpe, dándose de cabezadas con todas las demás ideas que hay en el cerebro, y espantándolas y dispersándolas... no te lo puedo explicar.

—Comprendido.

—¿A ti te acomete alguna idea en esta forma y con esta insolencia...?

—Ya lo creo.

—No; en ti entran con el capuchón de la hipocresía. No sabes que están dentro hasta que se descubren la cara y alzan la voz. Morentín, hoy voy a hablarte de un asunto muy delicado.

—¿Muy delicado?

Al decir esto, el amigo de la casa sintió un súbito golpetazo hacia la región cardíaca, como de aviso, como de alarma, como de lo que en lenguaje truhanesco se designa con el feo vocablo de *escama*. Conviene ahora más que nunca dar alguna noticia de este Morentín y registrarle y filiarle con la mayor exactitud posible.

Era el tal soltero, plebeyo por parte de padre, aristócrata por la materna, socialmente mestizo, como casi toda la generación que corre; bien educado, bien avenido con el estado presente de la sociedad, que su proporcionada riqueza le hacía ver como el mejor de los mundos posibles; satisfecho de haber nacido guapo y de poseer algunas cualidades de las que generalmente no excitan envidia; sin bastante inteligencia para sentir las atracciones dolorosas de un ideal, sin bastante rudeza de espíritu para desconocer los placeres intelectuales; privado de las grandes satisfacciones del orgullo triunfante, pero también de las tristezas del ambicioso que no llega nunca; hombre que no poseía en alto grado ni virtudes ni vicios, pues no era un santo, ni tampoco un perdido, y se conceptuaba dichoso viviendo cómodamente de sus rentas, representando un distrito rural de los más dóciles, disfrutando de preciosa libertad y de un buen caballo inglés para pasearse. Bien quisto de todo el mundo, pero sin despertar en nadie un cariño muy vivo, veíase libre de toda pasión ardiente, pues ni siquiera la pasión política sintió nunca, y aunque afiliado al partido canovista, reconocía que lo mismo lo estaría en el sagastino, si a él le hubiera llevado el acaso; ni conocía tampoco la pasión viva por ningún arte, ni por el *sport*, pues aunque cabalgaba dos o tres horas cada día, jamás le inflamó el entusiasmo hípico, ni el delirio del juego, ni el de las mujeres, fuera de un cierto grado que no llega al drama, ni traspasa los límites de un discreto desvarío, elegante y urbano. Era hombre, en fin, muy de su época, o de sus días, informado espiritualmente en una vulgaridad sobredorada, con docena y media de ideas corrientes, de esas que parecen venir de la fábrica, en paquetitos clasificados, sujetos con un elástico.

Fama de juicioso gozaba Morentín, como que no desentonó jamás en lo que podríamos llamar la social orquesta, ni contrajo deudas, ni dio escándalos, salvo algún duelo de los de ritual, con arañazo, acta y almuerzo, ni sintió nunca alegrías hondas, ni decaimientos aplanantes, tomando de todas las cosas lo que fácilmente podía extraer de ellas para su particular provecho, sin arriesgar la tranquilidad de su existencia. Respetaba la fe religiosa sin tenerla, y no poseyendo a fondo ninguna rama del saber, sobre todas sabía dar una opinión aceptable, siempre dentro del criterio circunstancial o de moda. Y en cuanto a moral, si Morentín defendía en público y en privado las buenas costumbres, no por eso se hallaba libre de la relajación mansa que apenas sienten los mismos que en ella viven.

Era uno de esos casos, no muy raros por cierto, del contento del vivir, pues poseía moderada riqueza, pasaba justamente por ilustrado, y su trato era muy agradable a todo el mundo, particularmente a las señoras. Colmaba su ambición el ser diputado, simplemente por lucir la investidura, sin pretensiones de carrera política, ni de fama oratoria. Si se ofrecía hablar como individuo de cualquier comisión, hablaba, y bien, sin arrebatar, pero cumpliendo discretamente. Bastábanle a su orgullo los oropeles del cargo. Por último, su ambición en el terreno afectivo se cifraba en que le quisiera una mujer casada; si esta mujer era dama, miel sobre hojuelas. Pero sus aspiraciones se detenían en la línea del escándalo, pues esto sí que no le hacía maldita gracia, y todo iba bien, y él muy a gusto en el machito, hasta que apuntaba el drama. Dramas, ni por pienso; los aborrecía en la vida real lo mismo que en el teatro, y cuando desde su butaca veía que lloraban, o que blandían puñales, ya estaba el hombre nervioso, con ganas de salir y pedirle al revendedor que le devolviera el dinero. Pues para que nada le faltase, hasta aquella vanidad de adúltero templado y sin catástrofe se le había satisfecho al pícaro, y nada tenía que ambicionar ya ni que pedir a Dios... o a quien se pidan estas cosas.

VIII

«Sí, de un asunto delicadísimo... y muy grave —repitió el ciego—. Ante todo, ¿mis hermanas no andan por aquí?

—No, hombre, estamos solos.

—Asómate a la puerta, a ver si en el pasillo...

—No hay nadie. Puedes hablar todo lo que quieras.

—Desde anoche pienso en ello... ¡Cuánto deseaba que vinieras!... Y esta mañana, la rabia que sentía, el miedo y la tristeza, se me manifestaron en una risa estúpida, que alarmó a mi hermana. No estaba loco, no, ni lo estaré nunca. Es que me reía, como deben de reírse los condenados por burlones de mala ley. Su suplicio ha de consistir en que los diablos les hagan cosquillas con cepillos de alambres al rojo...

—¡Eh... qué tontería! ¿Ya empiezas?

—Bueno, bueno; no te enfades... Quiero preguntarte una cosa. Pero mira, Pepe: has de prometerme ser conmigo de una sinceridad y una lealtad a prueba de vergüenzas. Me has de prometer contestarme a lo que te pregunte, como contestarías a tu confesor, si es que lo tienes, o a Dios mismo, si Dios quisiera explorar tu conciencia, fingiendo que la desconoce.

—Patético estás. Habla de una vez, que en verdad me pones el alma en un hilo. ¿Qué es ello?

—Apuesto a que te lo figuras.

—¿Yo? Ni remotamente.

—¿Y me prometes también no enfadarte, aunque te diga... cosas demasiado fuertes, de esas que si espantan oídas por ti, más deben espantar pronunciadas por esta boca mía?

—Vamos... que hoy estás de buen temple —replicó Morentín disimulando su desasosiego—. Porque al fin, ya lo estoy viendo, vas a salir con alguna humorada...

—Ya lo verás. La cuestión es tan grave, que no me lanzo a formularla sin una miajita de preámbulo. Allá va: José Serrano Morentín, representante del país, propietario, paseante en corte y *sportman*, dime: en el momento presente, ¿cómo está la sociedad en punto a moralidad y buenas costumbres?

Rompió a reír el buen amigo, seguro ya de que Rafael, como otras veces, después de anunciar aparatosamente una cuestión peliaguda, salía con cualquier cuchufleta.

«No te rías, no. Ya te irás convenciendo de que esto no es broma. Te pregunto si en el tiempo en que yo he vivido apartado del mundo, dentro de este calabozo de mi ceguera, a donde apenas llegan destellos de la vida social, han variado las costumbres privadas, y las ideas de hombres y mujeres sobre el honor, la fidelidad conyugal, *etcétera*. Me figuro que no hay variación. ¿Acierto? Sí. Porque en mi tiempo, que también es el tuyo, allá cuando tú y yo andábamos por el mundo, divirtiéndonos todo lo que podíamos, las ideas sobre puntos graves de moral eran bastante anárquicas. Ya recordarás que tú y yo, y todos nuestros amigos, no pecábamos de escrupulosos, ni de rigoristas, y que el matrimonio no nos imponía ningún respeto. Es esto verdad, ¿sí o no?

—Es verdad —replicó Morentín, que había vuelto a escamarse—. ¿Pero a qué viene eso? El mundo siempre es el mismo. Antes que nosotros hubo jóvenes de dudosa virtud, y en nuestro tiempo, no nos cuidamos de mejorar las costumbres. La juventud es juventud, y la moral sigue siendo la moral, a pesar de las transgresiones que se cometen con la intención o con el hecho.

—A eso voy. Pero nuestros tiempos creo que excedían en depravaciones a los anteriores y a los que vinieron después. Yo recuerdo que creíamos como artículo de fe, pues el pecado tiene también dogmas impuestos por la frivolidad y el vicio... creíamos que era nuestra obligación hacer el amor a toda mujer casada que por delante nos caía... creíamos usar de un derecho inherente a nuestra juventud rozagante, y que el matrimonio que perturbábamos... casi casi debía agradecérnoslo... no te rías, Pepe; mira que esto es muy serio, pero muy serio.

—Como que va parando en sermón. Querido Rafael, yo te aseguro que si estuviéramos en aquel momento histórico, como diría quien yo me sé, tu santa palabra obraría prodigios sobre las conciencias de tanto perdulario. Pero, chico, el mundo ha variado mucho, y ahora tenemos tanta moralidad, que las picardías conyugales han venido a ser un mito.

—No es verdad eso. Ahora, como antes, los hombres, sobre todo si están entre la juventud y la madurez, profesan los principios más contrarios a la buena organización de la familia. Hoy, por ejemplo, ha de correr muy válido entre los perdidos como tú, el principio... lo llamo principio para expresar mejor la fuerza que tiene... el principio de que la mujer unida por vínculo indisoluble a un hombre viejo, feo, antipático, grosero, avaro y brutal, está autorizada para consolarse de su desgracia... con un amante.

—Hombre, ni antes ni ahora se ha creído eso.

—Autorizada, sí, por esa moral de circunstancias, que profesáis los hombres de mundo, ley que os permite dar bulas para deshonrar, para robar y cometer mil infamias. No me lo niegues. Hay indulgencias, revestidas de lástima piadosa, para la mujer que se halla en la situación que he dicho, quizás sacrificada a intereses de familia...

—¿Pero a qué viene todo eso, Rafael? —dijo Morentín, ya receloso y sobresaltado, deseando cortar a todo trance una cuestión que le iba resultando muy desagradable—. Hablemos de cosas más amenas, más oportunas, no traídas por los cabellos, ni...

—¡Oh! ninguna más oportuna que esta —gritó Rafael, que si hasta entonces había hablado con serenidad, ya comenzaba a encalabrinarse, inquieto de manos y pies, balbuciente de palabra, como que iba llegando al punto que quemaba—. No necesito buscar ejemplos, ni teorizar tontamente, porque la triste realidad me da la razón. Voy a tratar de un hecho, Pepe, y ahora necesito de toda tu sinceridad, y de todo tu valor.

—Hombre, ¿quieres irte a donde fue el padre Padilla? —dijo Morentín sulfurado, como queriendo ahogar la cuestión—. He venido aquí a pasar un rato agradable contigo, no a discurrir sobre abstracciones quiméricas.

—¿Qué... te vas? (*Levantándose.*)

—No, estoy aquí. (*Deteniéndole.*)

—Un momento más, un momento, y luego te dejo en paz. Me sentaré otra vez. Hazme el favor de ver si andan por ahí mis hermanas.

—Que no... Pero podrían venir...

—Pues antes que vengan, te digo que una lógica inflexible, la lógica de la vida real, que hace derivar un hecho de otro hecho, como el hijo se deriva de la madre, y el fruto de la flor, y esta del árbol, y el árbol de la simiente... esa lógica, digo, contra la cual nada puede nuestra imaginación, me ha revelado que mi infeliz hermana... ¡Triste cosa es descubrir estas realidades vergonzosas dentro de nuestra propia familia; pero es más triste desconocerlas estúpidamente!... Soy ciego de vista, pero no de entendimiento. Con los ojos de la lógica veo más que nadie, y les añado el lente de la experiencia para ver más... Pues he visto, ¿cómo lo diré? he visto que a mi pobre hermana la coge de medio a medio aquel principio, llamémoslo así, y que alentada por la indulgencia social, se permite...

—¡Calla! ¡Esto no se puede tolerar! —exclamó Morentín furioso, o hablando como si lo estuviera—. ¡Injurias infamemente a tu hermana!... ¿Pero has perdido el juicio?

—No lo he perdido. Aquí lo tengo, y bien seguro... Dime la verdad... confiésalo... Ten grandeza de alma.

—¿Qué he de confesarte yo, desdichado, ni qué sé yo de tus locuras?... Déjame, déjame. No puedo estar contigo, ni acompañarte, ni oírte.

—Ven acá, ven acá... —dijo el ciego, asiéndole el brazo, y apretando con tan nerviosa fuerza que sus dedos parecían tenazas.

—Basta de tonterías, Rafael... ¿Qué delirio es este? (*Forcejeando.*) Te digo que me sueltes.

—No te suelto, no. (*Apretando más.*) Ven acá... Pues me levanto yo también, y me llevarás pegado a ti como tu remordimiento... ¡Farsante, libertino, oye, quiero decírtelo en tu cara, pues no tienes tú valor para confesarlo!...

—¡Majadero, lunático...! ¿yo...? ¿qué dices?

—Que mi hermana... no lo repito; no...

—Un amante... ¡qué sandez!

—Sí, sí, y ese amante eres tú. No me lo niegues. Si te conozco. Si sé tus mañas, tu relajación, tu hipocresía. Amores ilícitos, siempre que no se llegue al escándalo...

—Rafael, no me irrites... No quiero ser severo contigo. Merecías...

—Confiésalo, ten grandeza de alma.

—No puedo confesarte lo que es invención de tu mente enferma... Vamos, Rafael, suéltame...

—Pues confiésamelo.

Enlazados brazo con brazo, jadeantes y enardecidos los dos, Rafael queriendo atenazar a su amigo con nerviosa fuerza, el otro defendiéndose sin gran vigor por no provocar una escena ruidosa, por fin pudo más Morentín, obligando al ciego a caer rendido en el sillón, y sujetándole para que no braceara.

«Eres un malvado... y no tienes el valor de tu crimen —dijo Rafael con voz ahogada, sin poder respirar—. Confiesa, por Dios...

—Yo te juro, te juro, Rafael —replicó el otro, suavizando la voz cuanto podía—, que has pensado y dicho una tremenda impostura...

—Es verdad, por lo menos en la intención...

—Ni en la intención ni en nada... Cálmate. Me parece que vienen tus hermanas.

—¡Dios mío! ¡lo veo tan claro, tan claro...!

Por grande que fue la cautela de Morentín, no pudo impedir que algún eco de la reyerta llegase al oído vigilante de Cruz, la cual acudió presurosa, y al entrar hubo de comprender, por la palidez de los rostros, y el habla balbuciente, que entre los dos cariñosos amigos había surgido alguna desavenencia, y el motivo era sin duda de verdadera gravedad, pues uno y otro, cuando disputaban de filosofía, o de música, o de cría caballar, no perdían su serenidad ni el acento de broma apresurada y de buen tono.

«Nada, no es nada —dijo Morentín, respondiendo al asombro y a las preguntas de la dama—. Es que este tiene unas cosas...

—¡Es más terco este Pepito!.. —murmuró Rafael en tono de niño mimoso—. ¡No querer confesarme...!

—¿Qué?

—Por Dios, Cruz, no haga usted caso —replicó el amigo recobrándose en un momento, y componiendo voz, modales y rostro—. Si es una tontería... ¿Pero usted creyó que nos habíamos incomodado?

Miraba Cruz a uno y otro, sin poder adivinar con todo su talento el carácter de la disputa.

«Como si lo viera. Tanto furor por la música de Wagner, o por las novelas de Zola.

—No era eso.

—¿Pues qué? Necesito saberlo. (*A Rafael, pasándole la mano por la cabeza y sentándole el pelo.*) Si tú no me lo dices, me lo dirá Pepe.

—No, lo que es ese no ha de decírtelo...

—Figúrese usted, Cruz, que me ha llamado hipócrita, libertino, y qué sé yo qué. Pero no le guardo rencor. Me enfadé un poquito por... vamos, por nada. No se hable más del asunto.

—Yo sostengo todo lo que dije —afirmó Rafael.

—Y yo te juro, y vuelvo a jurarte una y cien veces, que no soy culpable.

—¿De qué?

—Del delito de lesa nación —repuso desahogadamente Morentín, armando la mentira con gentil travesura—. Se empeña ese en que yo soy cómplice... fíjese usted, Cruz, cómplice nada menos, de los que han dado la razón al Quirinal contra el Vaticano, en la cuestión de competencia entre las dos embajadas. Que traigan el *Diario de las Sesiones*... ¡Ah! que vaya Pinto a buscarlo a casa. Allí se verá que he suscrito el voto particular. El jefe dejó libre la cuestión, y yo, naturalmente...

—Podías haber empezado por ahí —contestó el ciego aceptando la fórmula de engaño.

—Siempre he pensado lo mismo. *Vaticano for ever.*

No muy satisfecha de la explicación, y el ánimo agobiado de recelos y aprensiones, retirose la dama, y fue tras ella Morentín, confirmando lo dicho. Pero ni aun con esto se tranquilizó, y no cesaba de presagiar nuevas complicaciones y desastres.

IX

Al anochecer, encendidas las luces, Serrano Morentín buscaba junto a Fidela, en el gabinete de esta, la compensación de la horrorosa tarde que su amigo le había dado. Bien se merecía, después de aquel martirio, el goce de un ratito de conversación con la señora de Torquemada, afable con él como con todo el mundo, mujer que poseía, entre otros encantos, el de un cierto mimo infantil o candoroso abandono de la voluntad, que armonizaba muy bien con su delicada figura, con su rostro de porcelana descolorida y transparente.

«¿Qué me ha mandado usted aquí? —dijo desenvolviendo un paquete de libros que había recibido por la mañana.

—Pues véalo usted. Es lo único que hay por ahora. Novelas francesas y españolas. Lee usted muy aprisa, y para tenerla bien surtida, será preciso triplicar la producción del género en España y en Francia.

En efecto, su ingénita afición a las golosinas tomaba en el orden espiritual la forma de gusto de las novelas. Después de casada, sin tener ninguna ocupación en el hogar doméstico, pues su hermana y esposo la querían absolutamente holgazana, se redobló su antigua querencia de la lectura narrativa. Leía todo, lo bueno y lo malo, sin hacer distinciones muy radicales, devorando lo mismo las obras de enredo que las analíticas, pasionales o de caracteres. Leía velozmente, a veces interpretando con fugaz mirada páginas y más páginas, sin que dejara de recoger toda la substancia de lo que contenían. Comúnmente se enteraba del desenlace antes de llegar al fin, y si este no le ofrecía en su tramitación alguna novedad, no terminaba el libro. Lo más extraño de su ardiente afición era que dividía en dos campos absolutamente distintos la vida real y la novela; es decir, que las novelas, aun las de estructura naturalista, constituían un mundo figurado, convencional, obra de los forjadores de cosas supuestas, mentirosas y fantásticas, sin que por eso dejaran de ser bonitas alguna vez, y de parecerse remotamente a la verdad. Entre las novelas que más tiraban a lo verdadero, y la verdad de la vida, veía siempre Fidela un abismo. Hablando de esto un día con Morentín, el cual, por su cultura en cierto modo profesional, oficiaba de oráculo allí donde no había quien le superase, sostuvo la dama una tesis que el oráculo celebró como idea crítica de primer orden. «Así como en pintura —había dicho ella—, no debe haber más que retratos, y todo lo que no sea retratos es pintura secundaria, en literatura no debe haber más que Memorias, es decir, relaciones de lo que le ha pasado al que escribe. De mí sé decir que cuando veo un buen retrato de mano de maestro, me quedo extática, y cuando leo Memorias, aunque sean tan pesadas y tan llenas de fatuidad como las *de ultratumba*, no sé dejar el libro de las manos.

—Muy bien. Pero dígame usted, Fidela. En música, ¿qué encuentra usted que pueda ser equivalente a los retratos y a las Memorias?

—¿En música... qué sé yo? No haga usted caso de mí, que soy una ignorante... Pues, en música... la de los pájaros.

Aquella tarde, mejor será decir aquella noche, después que se enteró de los títulos de las novelas, y cuando Morentín le encarecía, siguiendo la moda a la sazón dominante, la obra última de un autor ruso, Fidela cortó bruscamente la perorata del joven ilustrado, interrogándole de este modo:

«Dígame, Morentín... ¿qué le parece a usted nuestro pobre Rafael?

—Pienso, amiga mía, que sus nervios no son un modelo de subordinación, que mientras viva en esta casa, viendo, digo mal, sintiendo junto a sí personas que...

—Basta... Es mucha manía la de mi hermano. Mi marido le trata con las mayores deferencias. No merece, no, esa antipatía, que ya toca en aborrecimiento.

—No toca, excede al mayor aborrecimiento: digamos las cosas claras.

—Pero usted, hombre de Dios, usted, que es su amigo, y tiene sobre él un cierto ascendiente, debe inculcarle...

—Si le inculco todo lo inculcable, y le sermoneo, y le regaño... y como si nada... Su marido de usted es un hombre bueno... en el fondo. ¿No es eso?

42

Pues yo se lo digo en todos los tonos. ¡Vamos, que si don Francisco oyera los panegíricos que yo le hago, y tuviera que pagármelos en alguna forma...! No, lo que es en moneda no pretendería yo que me los pagase...

—Ni usted lo necesita. Es usted más rico que nosotros.

—¿Más rico yo?... Aunque usted me lo jure, yo no he de creerlo... Mi riqueza consiste en la conformidad con lo que tengo, en la falta de ambición, en las poquitas ideas que he podido juntar, leyendo algo y viviendo algo... en fin, que espiritualmente, mis capitales no son de despreciar, amiga mía.

—¿Acaso los he despreciado yo?

—Usted, sí. ¿No me decía el sábado que vivo apegado a las cosas materiales...?

—No dije eso. Tiene usted mala memoria.

—¿Pero lo que usted dice, aunque lo diga en broma, se puede olvidar?

—No tergiversemos las cuestiones, ¡ea! Dije que usted desconoce la escuela del sufrimiento, y que cuando no se ha seguido esa carrera, amigo mío, que es dura, penosísima, y en ella se ganan los grados con sangre y lágrimas, no se adquiere la ciencia del espíritu.

—Justo; y añadió usted que yo, mimado de la fortuna, y sin conocer el dolor más que de oídas, soy un magnífico animal...

—¡Jesús!

—No, no se vuelva usted atrás...

—Sí, dije animal; pero en el sentido de...

—No hay sentido que valga. Usted dijo que soy un animal.

—Quise decir... (*Riendo*.) ¡Pero qué hombre este! Animal es lo que no tiene alma.

—Precisamente es lo contrario... *a... ni... mal*, con ánima, con alma.

—¿Eso quiere decir? Pues ¡ay! me vuelvo atrás, me retracto, retiro la palabra. ¡Pero qué desatinos digo, Morentín! Usted no me hace caso ¿verdad?

—Si no me pico; si por el contrario, me agrada que usted me llene de injurias... Y volviendo a la orden del día, ¿de dónde saca usted que yo no conozco el dolor?

—No me he referido al de muelas.

—El dolor moral, del alma...

—¿Usted?... ¡Infeliz, y cómo desvanece la ignorancia! ¿Qué sabe usted lo que es eso? ¿Qué calamidades ha sufrido usted, qué pérdida de seres queridos, qué humillaciones, qué vergüenzas? ¿Qué sacrificios ha hecho, ni qué cálices amargos ha tenido que echarse al coleto?

—Todo es relativo, amiga mía. Cierto que si me comparo con usted, no hay caso. Por eso es usted una criatura excelsa, superior, y yo un triste principiante. Bien sé que todavía, por lo poquito que voy aprendiendo en esa escuela, no soy, como la persona que me escucha, digno de admiración, de veneración...

—Sí, sí, écheme usted bastante incienso, que bien me lo merezco.

—Quien ha pasado por pruebas tan horrorosas, quien ha sabido acrisolar su voluntad en el martirio primero, en el sacrificio después, bien merece reinar en el corazón de todos los que aman lo bueno.

—Más, más humo. Me gusta la lisonja, mejor dicho, el homenaje razonado y justo.

—Y tan justo como es en el caso presente.

—Y otra cosa le voy a decir a usted, porque yo soy muy clara, y digo todo lo que pienso. ¿No le parece a usted que la modestia es una grandísima tontería?

—¡La modestia!... (*Desconcertado.*) ¿Por qué lo dice usted?

—Porque yo arrojo esa careta estúpida de la modestia para poder decir... vamos, ¿lo digo?... para poder afirmar que soy una mujer de muchísimo mérito... ¡Ay, cómo se reirá usted de mí, Morentín!... No me haga usted caso.

—¡Reírme!... Usted, como ser superior, está, en efecto, relevada de tener modestia, esa gala de las medianías, que viene a ser como un uniforme de colegio... Sí, sea usted inmodesta, y proclame su extraordinario mérito, que aquí estamos los fieles para decir a todo *amén*, como lo digo yo, y para salir por esos mundos declarando a voz en grito que debemos adorarla a usted por su perfección espiritual, por su maestría en el sufrimiento, y por su belleza incomparable.

—Mire usted —dijo Fidela echándose a reír con gracejo—, no me ofendo porque me llamen hermosa. Más claro, ninguna se ofende, pero otras disimulan su gozo con dengues y monerías, que impone esa pícara modestia. Yo no: sé que soy bonita... ¡Ah! no me haga usted caso. Bien dice mi hermana que soy una chicuela... Pues sí, soy bonita, no un prodigio de hermosura, eso no...

—Eso sí. Hermosa sobre todo encarecimiento, de un tipo tan distinguido, y tan aristocrático...

—¿Verdad que sí?

—Como que no lo hay semejante ni aun parecido en Madrid.

—¿Verdad que no?... ¡Pero qué cosas digo! No me haga usted caso.

—Por todas esas prendas del alma y del cuerpo, y por otras muchas que usted no manifiesta, con exquisito pudor de la voluntad, merece usted, Fidela, ser la persona más feliz del mundo. ¿Para quién es la felicidad, si no es para usted?

—¿Y quién le dice al señor Morentín, que no ha de ser para mí? ¿Cree que no me la he ganado bien?

—La tiene usted merecida, y ganada... en principio; pero aún no la posee.

—¿Y quién se lo ha dicho a usted?

—Me lo digo yo, que lo sé.

—Usted no sabe nada... Bah, perdida ya la vergüenza, le voy a decir otra cosa, Morentín.

—¿Qué?

—Que yo tengo mucho talento.

—Noticia fresca.

—Más talento que usted, pero mucho más.

—Infinitamente más. ¡Vaya por Dios!... Como que es usted capaz, con tantas perfecciones, de volver loco a todo el género humano, y a mí para entrenarse.

—Pues siguiendo usted cuerdo un poco tiempo más, podrá reconocer que no sabe en qué consiste la felicidad.

—Enséñemelo usted, pues por maestra la proclamo. Bien sé yo en qué puede consistir la felicidad para mí. ¿Se lo digo?

—No, porque podría usted decir algo contrario a lo que constituye la felicidad para mí.

—¿Usted qué sabe, si no lo he dicho todavía? Y sobre todo, ¿a usted qué le importa que mis ideas sobre la felicidad sean un disparate? Figúrese usted que...

Cortó bruscamente la cláusula el ruido de un pisar lento y pesadote, de calzado chillón sobre las alfombras. Y he aquí que entra Torquemada en el gabinete, diciendo: «Hola, Morentinito... Bien ¿y en casa?... Me alegro de verle.

X

«No tanto como yo de verle a usted. Ya le echábamos de menos, y yo le decía a su esposa que los negocios le han entretenido a usted hoy fuera de casa más que de costumbre.

—Enseguida comemos... ¿Y tú qué tal? Has hecho bien en no salir a paseo. Un día infernal. Me he constipado. Antes, andaba todo el día de ceca en meca aguantando fríos y calores *considerables*, y no me acatarraba nunca. Ahora, en esta vida de estufas y gabanes, con el chanclo y el paraguas, siempre está uno con el moco colgando... Pues estuve en casa de usted, Morentín. Tenía que ver a don Juan.

—Creo que papá vendrá esta noche.

—Me alegro. Tenemos que *evacuar* un asuntillo... No hay más remedio que buscar con candil los buenos negocios, porque las necesidades crecen como la espuma, y en esta vida... ¡de marqueses! cada satisfacción cuesta un ojo de la cara...

—Pues a ganar mucho dinero, Tor, pero mucho —dijo Fidela con alegre semblante—. Me declaro apasionada del vil metal, y lo defiendo contra los sentimentales, como este Morentín, que está por lo espiritual y etéreo... ¡Los intereses materiales... qué asco!... Pues yo me paso al campo del sórdido positivismo, sí señor, y me vuelvo muy judía, muy tacaña, muy apegada al ochavo, y más al centén, y sobre todo al billete de mil pesetas, que es mi delicia.

—¡Graciosísima! —decía Morentín, contemplando la cara extática de don Francisco.

—Con que ya lo sabes, Tor —prosiguió la dama—. Tráeme a casa mucha platita, orito en abundancia, y resmas de billetes, no para gastarlos en vanidades, sino para guardar... ¡Qué gusto! Morentín, no se ría usted; digo lo que siento. Anoche soñé que jugaba con mis muñecas, y que les ponía una casa de cambio... Entraban las muñecas a cambiar billetes, y la muñeca que dice *papá* y *mamá* cambiaba, descontando el veintisiete por ciento en la plata, y el ochenta y dos en el oro.

—¡Así, así! —exclamó Torquemada, partiéndose de risa—. Eso es limar para dentro, a lo platero, *considerablemente*, y barrer para casa.

Durante la comida, a la que concurrió también Donoso, estuvo d. Francisco de buen temple, decidor y festivo.

«Como Donoso y Morentín son de confianza —dijo al segundo o tercer plato—, puedo *manifestar* que este principio, o lo que sea... Cruz, ¿cómo se llama esto?

—*Relevé* de cordero a la... romana.

—Pues por ser a la romana, yo se lo mandaría al Nuncio, y a esa cocinera de mil demonios, la pondría yo en la calle. Si esto no es más que huesos.

—Tonto, se chupan —dijo Fidela—, y están riquísimos.

—El chupar digo yo que no es *meramente* para principio, ea... En fin, tengamos paciencia... Pues señor, como iba diciendo...

—A ver, a ver: cuéntanos el sablazo que te han dado hoy.

—¿Hoy también sablazo? —dijo Donoso—. Ya se sabe: es el mal de la época. Vivimos en plena mendicidad.

—El sablazo es la forma incipiente del colectivismo —opinó Morentín—. Estamos ahora en la época del martirio, de las catacumbas. Vendrá luego el reconocimiento del derecho a pedir, de la obligación de dar, la ley protegerá el pordioseo, y triunfará el principio del *todo para todos*.

—Ese principio ya está *sobre el tapete* —dijo Torquemada—, y a este paso, pronto no habrá otra manera de vivir que el sablazo bendito. Yo me pinto solo para pararlos; como que casi nunca me cogen; pero el de hoy, por tratarse de un chico huérfano, hijo de una señora muy respetable, que pagaba sus deudas con una puntualidad... vamos, que era la puntualidad personificada... pues por ser el chico muy modosito y muy aplicadito, me dejé caer, y le di tres duros. Me había pedido ¿para qué creerán ustedes? Para publicar un tomo de poesías.

—¡Poeta!

—De estos que hacen versos.

—¡Pero hombre! —observó Fidela—, ¡tres duros para imprimir un libro...! La verdad, no te has corrido mucho.

—Pues muy agradecido debió de quedar ese ángel de Dios, porque me ha escrito una carta, dándome las gracias, y en ella, después de echarme mucho incienso, me llama... vamos, usa un término que no entiendo.

—A ver, ¿qué es?

—Perdonen ustedes mi ignorancia. Ya saben que no he tenido principios, y aquí para *inter nos* confieso mi desconocimiento de muchos vocablos, que jamás se usaron en los barrios y entre las gentes que yo trataba antes. Díganme ustedes qué significa lo que me ha llamado el boquirrubio ese, queriendo sin duda echarme una flor... Pues me ha dicho que soy su... Mecenas. (*Risas.*) Sáquenme, pues, de esta duda que ha venido atormentándome toda la tarde. ¿Qué demonios quiere decir eso, y por qué soy yo Mecenas de nadie...?

—Hijo de mi alma —dijo Fidela gozosa, poniéndole la mano en el hombro—. Mecenas quiere decir: protector de las letras.

—Atiza. ¡Y yo, sin saberlo, he protegido las letras! Como no sean las de cambio. Bien decía yo, debe de ser cosa de soltar cuartos... Jamás oí tal término, ni Cristo que lo fundó. Me... cenas. Es decir, convidarlos a cenar a esos badulaques de poetas... Pues señor, bien... ¿Y qué va uno ganando con ser Mecenas?

—La gloria...

—Como quien dice, el beneplácito...

—¿Qué beneplácito, ni qué niño muerto? La gloria, hombre.

—Pues el beneplácito, el qué dirán, si lo que se dice es en alabanza mía... *Cúmpleme* declarar con toda sinceridad, *a fuer* de hombre verídico, que no quiero la gloria de ensalzar poetas. No es que yo los desprecie, ¡cuidado! Pero hay aquí dentro de mí más compatibilidad con la prosa que con el verso... Los hombres que a mí me gustan, mejorando lo presente, son los hombres científicos, como nuestro amigo Zárate.

Y al nombrarle, levantose en la mesa un tumulto de alabanzas. «¡Zárate, oh, sí!... ¡qué chico de tanto mérito!». «¡Qué saber para tan corta edad!».

—No tan corta, amiga mía. Es de nuestro tiempo. Rafael y yo le tuvimos de compañero en el Noviciado. Después él entró en la Facultad de Ciencias, y nosotros en la de Derecho.

—¡Sabe; vaya si sabe! ¡oh! —exclamó Torquemada, demostrando una admiración que no solía conceder sino a muy contadas personas.

Cruz, que se había levantado de la mesa poco antes, *para dar una vuelta a su hermano*, volvió diciendo: «Pues ahí tienen ustedes al prodigio de Zárate... Ha entrado ahora, y está conversando con Rafael». Celebraron todos la aparición del sabio, particularmente don Francisco, que le mandó recado con Pinto para que fuese a tomar una taza de café, o una copita; pero Cruz dispuso que el café se le mandase al cuarto del ciego, a fin de no privar a este de aquel ratito de distracción. Ofreciose Morentín a *relevar la guardia*, para que Zárate pudiera pasar al comedor, y allá se fue. En un momento que juntos estuvieron los tres amigos, Morentín dijo al sabio: «Chico, que vayas, que vayas a tomar café. Tu amigo te llama.

—¿Quién?

—Torquemada, hombre. Quiere que le expliques lo que significa *Mecenas*. Yo creí morir de risa.

—Pues acaba de contarme Zárate —dijo Rafael, ya completamente repuesto del arrechucho de la tarde—, que ayer se le encontró en la calle y... Que te lo cuente él.

—Pues me paró, nos saludamos, y después de preguntarme no sé qué de la atmósfera, y de responderle yo lo que me pareció, se descuelga con esta consulta: «Dígame, Zárate, usted que todo lo sabe. ¿Cuando nacen los hijos, mejor dicho, cuando los hijos están para nacer, o verbigracia, cuando...?

Pinto abrió la puerta, diciendo con mucha prisa:

«Que vaya usted, señor de Zárate.

—Voy.

—Anda, anda; luego lo contarás.

Y cuando se quedó solo con Morentín, prosiguió Rafael el cuento: «Ello es la extravagancia más donosa de nuestro jabalí, que, cegado por la vanidad y desvanecido por su barbarie, que se desarrolla en la opulencia como un cardo borriquero en terreno cargado de basura, pretende que la Naturaleza sea tan imbécil como él. Escucha, y asegúrate primero de que nadie nos oye. Él divide a los seres humanos en dos grandes castas o familias: poetas y científicos. (*Estrepitosa risa de Morentín.*) Y quería que Zárate le diese su opinión sobre una idea que él tiene. Verás qué idea, y cáete de espaldas, hombre.

—Cállate, cállate; de tanto reírme, me va a dar la gastralgia. He comido muy... A ver, sigue: esto es divino...

—Verás qué idea. Pretende que puede y debe haber ciertas... no recuerdo el término que usó... reglas, procedimientos, algo así... para que los hijos que tenga un hombre, *salgan* científicos, y en ningún caso poetas.

—Cállate... —gritaba Morentín en las convulsiones de una risa desenfrenada—. Que me da, que me da la gastralgia.

—¿Pero están locos aquí? —dijo Cruz asomando a la puerta del cuarto su rostro, en que se pintaba un vivo sobresalto.

Desde que la insana hilaridad del ciego, a primera hora de aquel día, llenó su alma de recelo y turbación, no podía oír risas sin estremecerse. ¡Cosa más rara! Y por la noche, el que reía era Morentín, contagiado sin duda del pobre amigo enfermo, que entonces al parecer disfrutaba de una alegría dulce y sedante.

XI

Zárate... ¿Pero quién es este Zárate?

Reconozcamos que en nuestra época de uniformidades y de nivelación física y moral se han desgastado los tipos genéricos, y que van desapareciendo, en el lento ocaso del mundo antiguo, aquellos caracteres que representaban porciones grandísimas de la familia humana, clases, grupos, categorías morales. Los que han nacido antes de los últimos veinte años, recuerdan perfectamente que antes existían, por ejemplo, el genuino tipo militar, y todo campeón curtido en las guerras civiles se acusaba por su marcial facha, aunque de paisano se vistiese. Otros muchos tipos había, *clavados*, como vulgarmente se dice, consagrados por especialísimas conformaciones del rostro humano, y de los modales, y del vestir. El avaro, pongo por caso, ofrecía rasgos y fisonomía como de casta, y no se le confundía con ninguna otra especie de hombres, y lo mismo puede decirse del *Don Juan*, ya fuese de los que pican alto, ya de los que se dedican a doncellas de servir y amas de cría. Y el beato tenía su cara y andares y ropa a las de ningún otro parecidas, y caracterización igual se observaba en los encargados de chupar sangre humana, prestamistas, vampiros, etc. Todo eso pasó, y apenas quedan ya tipos de clase, como no sean los toreros. En el escenario del mundo se va acabando el amaneramiento, lo que no deja de ser un bien para el arte, y ahora nadie sabe quien es nadie, como no lo estudie bien, familia por familia, y persona por persona.

Esta tendencia a la uniformidad, que se relaciona en cierto modo con lo mucho que la humanidad se va despabilando, con los progresos de la industria, y hasta con la baja de los aranceles, que ha generalizado y abaratado la buena ropa, nos ha traído una gran confusión en materia de tipos. Vemos diariamente personalidades que por el aire arrogantísimo y la cara bigotuda pertenecen al género militar, ¿y qué son? Pues jueces de primera instancia, o maestros de piano, u oficiales de Hacienda. Hombres hallamos bien vestidos, y hasta elegantes, de trato amenísimo y un cierto ángel, que dan un chasco al lucero del alba, porque uno los cree paseantes en corte y son usureros empedernidos. Es frecuente ver un mocetón como un castillo, con aire de domador de potros, y resulta farmacéutico, o catedrático de derecho canónico. Uno que tiene todas las trazas de andar comiéndose los santos y llevando cirios en las procesiones, es pintor de marinas, o concejal del Ayuntamiento.

Pero en nada se nota la transformación como en el tipo del pedante, antaño de los más característicos, aun después de que Moratín pintara toda la clase en su don Hermógenes. Así como el poeta ha perdido su tradicional estampa, pues ya no hay melenas, ni pálidos rostros, ni actitudes lánguidas, y poetas se dan con todo el empaque de un apreciable almacenista al por mayor, el pedante se ha perdido en las mudanzas de trastos desde la casa vieja de las Musas a este nuevo domicilio en que estamos, y que aún no sabemos si es Olimpo o qué demonios es. ¿Dónde está, a estas fechas, el graciosísimo jorobado de la *Derrota de los Pedantes*? En el limbo de la historia estética. Lo que más desorienta hoy es que los pedantes de ogaño no son graciosos como aquellos, y faltando el signo de la gracia, no hay manera de conocerlos a primera vista. Ni existe ya el puro pedante literario, con su hojarasca de griego y latín, y su viciosa garrulería. El moderno pedante es seco, difuso, desabrido, tormentoso, incapaz de divertir a nadie. Suele abarcar lo literario y lo político, la fisiología y la química, lo musical y lo sociológico, por esta hermandad que ahora priva entre todas las artes y ciencias, y por la novísima compenetración y enlace de los conocimientos humanos. Dicho se está que el moderno pedante afecta en su exterioridad o catadura formas muy variadas, y los hay que parecen revendedores de billetes, o *sportmen*, o personas graves de la clase de patronos de cofradía.

Pues bien; sépase quién es Zárate. Un hombre de la edad que suelen tener muchos, treinta y dos años, bien parecido, bien vestido, servicial como nadie, entrometido como pocos, de rostro alegre y mirada insinuante, con recursos de sigisbeo para las damas, y de consultor fácil para los caballeros de pocas luces; periodista por temporadas, opositor a diferentes cátedras, esperando pasar del cuerpo de archiveros a la facultad de Letras; con toda la facha de un hijo de familia distinguida, a quien sus padres dan veinte duros al mes para el bolsillo, pagándole la ropa; concurrente en clase de *tifus* a los teatros; sabedor a medias de dos o tres lenguas, fácil de palabra, flexible de pensamiento, y, en suma, el pedante más aflictivo, tarabillesco y ciclónico que Dios ha echado al mundo.

De cuantas personas iban a la casa, la más grata a don Francisco era Zárate, porque este había sabido captarse la benevolencia del tacaño, adulándole a incensario suelto las más de las veces, oyéndole pacientemente en todo caso, y prestándose a satisfacer cuantas dudas se le ofrecían al buen señor, de cualquier orden que fuesen. Para un hombre en estado de metamorfosis, que, encontrándose a los cincuenta años largos en un mundo desconocido, se veía obligado a instruirse deprisa y corriendo, a fin de poder encajar en su nueva esfera, el tal Zárate no tenía precio, por ser una enciclopedia viva, que ilustraba con prontitud por cualquier página que se la abriese. Lo de menos era el vocabulario, que a fuerza de atención y estudio iba adquiriendo el hombre; ya poseía un capital de locuciones muy saneadito. Pero le faltaba esa multitud de conocimientos elementales que posee toda persona que anda por el mundo con levita y sombrero, algo de historia, una idea no más, para no confundir a Ataúlfo con Fernando VII, algo de física, por lo menos lo bastante para poder decir *la gravedad de los cuerpos* cuando se cae una silla, o *la evaporación de los líquidos*, cuando se seca el suelo.

Era, pues, Zárate, para el bueno de don Francisco, una mina de conocimientos fáciles, circunstanciales y baratos, porque así no tenía que comprar ni siquiera un manual de conocimientos útiles, ni tomarse el trabajo de leerlo. Pero no se entregaba fácilmente en manos del sabio, que por tal le tenía: siempre que consultaba sus dudas sobre puntos oscuros de historia o de meteorología, se guardaba muy bien de dejar en descubierto su crasa ignorancia, y ¿qué hacía el pícaro? pues pincharle discretamente para que el otro hablase, sacando de su magín enciclopédico a sus labios locuaces la miel de la ciencia, y entonces el ávido ignorante se la comía, sin dar su brazo a torcer.

Correspondiente a este juego astuto de su amigo, el pillo de Zárate, que en medio de la hojarasca de su gárrulo saber tenía algunos granos de agudeza, le trataba con extremada consideración, asintiendo a cuantas gansadas decía, afectando tenerle por un portento en el discurrir, aunque limpio de ciertas erudiciones, que adquiriría cuando se le antojase. Quedáronse aquella noche solos de sobremesa, porque Donoso se fue al gabinete de Fidela, donde ya estaban la mamá de Morentín y el marqués de Taramundi, y Zárate no tardó en echarle al bruto de Torquemada todo el humo de su adulación, con lo cual previamente le adormecía para ganarle luego la voluntad.

«Ya se habrá enterado usted de eso del *home rule* —le dijo. Soltó don Francisco dos o tres gruñidos para salir del paso, pues no caía en lo que aquello era, y fue preciso que Zárate se despotricara después y nombrase a Irlanda y los irlandeses, para que el otro se encontrara en terreno firme.

—¿Cree usted —prosiguió el pedante—, que Gladstone se saldrá al fin con la suya? La cuestión es grave, gravísima, como que en aquel país la tradición tiene una fuerza increíble.

—Inmensísima.

—¿Y usted cree posible...? Usted, permítame que se lo diga... yo digo todo lo que siento... posee el juicio más claro que conozco, y un golpe de vista certero en todo asunto en que se ponen en juego grandes intereses... Ya sabe usted que Gladstone...

Teniendo aquel clavo ardiente a que agarrarse, pues por la mañana había aprendido en *El Imparcial* cosas muy chuscas, don Francisco le quitó la palabra de la boca a su consultor, y relumbrando de erudición, la cabeza echada atrás, el tono enfático y presumido, se dejó decir:

«Ese Gladstone... ¡qué hombre! Todas las mañanas, después del chocolate, coge un hacha, corta un arbolito de su jardín y lo parte para leña. Verdaderamente, un hombre que hace leña es *una entidad* de mucho empuje.

—¿Y no cree usted que hallará grandes dificultades en la Cámara de los *Lores*?

—¡Oh! sí señor. ¿Qué duda tiene? Los *lores, vulgo los doce pares*, entiendo yo que son allá lo que aquí es el Senado, y el Senado, *velis nolis*, siempre tira para atrás... Y a propósito: he leído que Irlanda es país de excelentes patatas, que constituyen, *por decirlo así*, la principal alimentación de las clases irlandesas, *vulgo* populares. Y esa bebida que llaman *whisky*, tengo entendido que la sacan del maíz, del cual grano hacen gran consumo para la crianza de los de la vista baja, y también para la alimentación de criaturas y personas mayores.

XII

De aquí tomó pie la viviente enciclopedia para lanzarse a una disertación fastidiosísima sobre la introducción en Europa del cultivo de la patata, lo que Torquemada oyó con verdadero embeleso; y como el sabio, en su divagar sin freno, saltara a Luis XVI, se encontraron ambos de patitas en la revolución francesa, cosa muy del gusto de don Francisco, que deseaba dominar materia tan traída y llevada en toda conversación fina. Hablaron largo y tendido, y aún hubo un poquito de controversia, pues Torquemada, sin *querer entrar en el fondo de la cuestión* (frase adquirida en aquellos días), abominó de los revolucionarios y de la guillotina. Algo hubo de transigir el otro, movido de la adulación, diciendo con criterio *modernista*: «Por cierto que, como usted sabe muy bien, se va marchitando la leyenda de la revolución francesa, y al desvanecerse el idealismo que rodeaba a muchos personajes de aquel tiempo, vemos descarnada la ruindad de los caracteres.

—Pues claro, hombre, claro. Lo que yo digo...

—Los estudios de Tocqueville...

—¿Pues qué duda tiene?... Y bien se ve ahora que muchos de aquellos hombres, adorados después por las multitudes inconscientes, eran unos pillos de marca mayor. Don Francisco, yo le recomiendo a usted que lea la obra de Taine...

—Si la he leído... No, miento: esa no; ha sido otra. Tengo muy mala memoria para *el materialismo* de cosas de lectura... Y mi cabeza, *velis nolis*, se ha de aplicar a estudios de otra sustancia, ¿eh?

—Naturalmente.

—Pues yo digo siempre que tras de la acción viene necesariamente la reacción... Si no, ahí tiene usted a Bonaparte, *vulgo* Napoleón, el que nos trajo a Pepe Botellas... el vencedor de Europa como quien dice, hombre que empezó su carrera de simple artillerito, y después...

Cosas de gran novedad para don Francisco dijo Zárate a propósito de Napoleón, y el bárbaro las oía como la palabra divina, aventurando al fin una idea, que expuso a la consideración de su oyente con toda solemnidad, poniéndole ante los ojos una perfecta rosquilla, formada con los dedos índice y pulgar de la mano derecha.

«Creo y sostengo... es una *tesis* mía, señor de Zárate, creo y sostengo que esos hombres extraordinarios, grandes, *considerablemente* grandes en la fuerza y en el crimen, son locos...

Quedose tan satisfecho, y el otro, que estaba al corriente de lo moderno, espigando todo el saber en periódicos y revistas, sin profundizar nada, desembuchó las opiniones de Lombroso, Garáfolo, *etcétera*, que Torquemada aprobó plenamente haciéndolas suyas. Zárate fue a parar después al contrasentido que suele existir entre la moral y el genio, y citó el caso del canciller Bacon (*Béicon*) a quien puso en las nubes como inteligencia, y arrastró por el suelo como conciencia. «Y yo supongo —añadió—, que usted habrá leído el *Novum organum*.

—Me parece que sí... Allá en mis tiempos de muchacho —replicó Torquemada, pensando que aquellos *órganos* debían ser por el estilo de los de Móstoles.

—Dígolo porque usted, en lo intelectual ¡cuidado! es un discípulo aventajadísimo, del canciller... en lo moral no, ¡cuidado!...

—¡Ah! le diré a usted... Mi maestro fue un tío cura, que metía las ideas en la mollera a caponazo limpio, y yo tengo para mí que mi tío había leído a ese otro sujeto, y se lo sabía de memoria.

El tiempo transcurría dulcemente en esta sabrosa charla, sin que ni uno ni otro hablador se cansase; y sabe Dios hasta qué hora hubiera durado la conferencia, si no distrajesen a don Francisco asuntos más graves que debía tratar sin pérdida de tiempo con otras personas, al efecto citadas en su casa. Eran estas don Juan Gualberto Serrano, padre de Morentín, y el marqués de Taramundi, que con Donoso y Torquemada formaron cónclave en el despacho.

Al quedarse solo, Zárate cayó como la langosta sobre otros grupos que en la casa había, siendo de notar que si algunas personas, teniéndole por oráculo, le soportaban y hasta con gusto le oían, otras huían de él como de la peste. Cruz no le tragaba, procurando siempre poner entre su persona y la sabiduría torrencial de aquel bendito la mayor distancia posible. Fidela y la mamá de Morentín tuvieron que aguantar el chubasco, que empezó con la música wagneriana, y acabó con el fonógrafo de Edisson, pasando por las afinidades electivas de Goethe, la teoría de los colores del mismo, las óperas de Bizet, los cuadros de Velázquez y Goya, el decadentismo, la seismometría, la psiquiatría, y la encíclica del Papa. Fidela hablaba de todo con donosura, haciendo gracioso alarde de su ignorancia, así como de sus atrevidísimas opiniones personales. En cambio la señora de Serrano (de la familia de los Pipaones, injerta con la rama segunda de los Trujillos), andaba tan corta de vocabulario, que no sabía decir más que: *enteramente*. Era en ella una muletilla para expresar la admiración, la aquiescencia, el hastío, y hasta el deseo de tomar una taza de té.

A Rafael consiguió su hermana Cruz traerle al gabinete, y allí el ánimo del pobre ciego pareció que entraba en caja después de los desórdenes neuróticos de aquel día. Entretenido y hasta gozoso pasó la velada, sin que asomara en él síntoma alguno de sus raras manías, lo que tranquilizó grandemente al amigo Morentín, pues la matraca de aquella tarde habíale llenado de zozobra.

Cerca ya de las once, Fidela, fatigada, mostró deseos de retirarse. Como eran todos de confianza, con perfecta unanimidad, según frase de Zárate, declararon abolida toda etiqueta que ocasionase molestias a los dueños de la casa.

«Enteramente —dijo con profunda convicción la mamá de Morentín.

Y este, dadas las buenas noches a Fidela, que se fue a su alcoba cayéndose de sueño, propuso una partida de *bezique* a la marquesa de Taramundi. Eran las doce y media, y no había terminado la conferencia que los padres graves sostenían en el despacho. ¿Qué tratarían? Nada supieron los tertulios, ni en verdad les importaba averiguarlo, aunque sospechaban fuese cosa de negocios en grande escala. Al salir del despacho, los conferenciantes hablaron de volver a reunirse en casa de Taramundi al siguiente día, y tocaron todos a retirada. Morentín y Zárate se marcharon, como de costumbre, al Suizo, y por el camino dijéronse algo que no debe quedar en secreto.

«Ya te he visto, ya te he visto —indicó Zárate—, haciendo el Lovelace. Lo que es esta no se te escapa, Pepito.

—Quítate... ¡Me ha dado Rafael un sofoco...! Figúrate... (*Refiérele la escena en breves palabras.*) Yo había tenido, en casos como este, algún vigilante de mucho ojo; pero un Argos ciego no me había salido nunca. ¡Y que ve largo el muy tuno!... Pero con Argos y sin él, yo seguiré en mis trece, mientras no me vea en peligro de escándalo... No por nada, por mamá, que es tan amiga...

—Enteramente —replicó Zárate, en cuyo cerebro había quedado el sonsonete de aquel socorrido adverbio.

—Dime, ¿qué piensas tú de los caracteres complejos?

—¿Lo dices por Fidela? No la tengo yo por más compleja que otras. Todos los caracteres son complejos o *polimorfos*. Solo en los idiotas se ve el *monomorfismo*, o sea *caracteres de una pieza*, como suelen usarse en el arte dramático, casi siempre convencional. Te recomiendo que leas los artículos que he dado a la *Revista Enciclopédica*.

—¿Cómo se titulan?

—*De la Dinamometría de las Pasiones*.

—Te doy mi palabra de no leerlos. Lecturas tan sabias no son para mí.

—Abordo el problema electro-biológico.

—¡Y pensar que vivimos, y vivimos perfectamente, ignorando todas esas papas!

—Por ignorante, andas tan a ciegas en el asunto que podríamos llamar *psico-fidelesco*.

—¿Qué quieres decir?

—Ven acá, ganso. (*Parándose ambos en mitad de la acera, con los cuellos de los gabanes levantados, y las manos en los bolsillos.*) ¿Has leído a Braid?

—¿Y quién es Braid?

—El autor de la *Neurypnología*. Si no te enteras de nada. Pues te aseguro que veo en Fidela un caso de *auto-sugestionismo*. ¿Te ríes? Vamos; apuesto a que tampoco has leído a Liebault.

—Tampoco, hombre, tampoco.

—De modo que no tienes idea de los *fenómenos de inhibición*, ni de lo que llamamos *dinamogenia*.

—¿Y qué tiene que ver esa monserga con...?

—Tiene que ver que Fidela... ¿No advertiste cómo se dormía esta noche? Pues se hallaba en *estado de hipotaxia*, que algunos llaman *encanto*, y otros *éxtasis*.

—Solo he visto que tenía sueño la pobre...

—¿Y no se te ocurre, pedazo de bruto, que tú, sin saberlo, ejerces sobre ella la influencia *psíquico-mesmérica*?

—Mira, Zárate (*quemado*), vete al cuerno con tus terminachos, que tú mismo no entiendes. Ojalá reventaras de un atracón de ciencia mal digerida.

—¡Acéfalo!

—¡Pedantón!

—¡Romancista!

La última nota de la disputa la dio la puerta vidriera del café, cerrándose tras ellos con rechinante estrépito...

XIII

La única persona que en la casa tenía noticia de lo que trataban aquellos días con gravedad y misterio los Torquemada, Serrano y Taramundi, era Cruz, porque su amigo Donoso, que con ella no tenía secretos, la puso al tanto de los planes que debían aumentar fabulosamente, en tiempo breve, los ya crecidos capitales del hombre cuyos destinos se habían enlazado con el destino de las señoras del Águila. Y estas noticias, tan oportunamente adquiridas por la dama, diéronle extraordinaria fortaleza de ánimo para seguir abriendo brecha en la tacañería de don Francisco, y recabar de él la realización de sus proyectos de reforma, atenta siempre al engrandecimiento de toda la familia, y en particular del jefe de ella.

Robustecida su natural bravura con aquellas ideas, y con otra, no sugerida ciertamente por Donoso, embistió a Torquemada, cogiéndole una mañana en su despacho, cuando más metido estaba en el laberinto de guarismos que en diferentes papelotes ante sí tenía.

—¿Qué bueno por aquí, Crucita? —dijo el tacaño en tono de alarma.

—Pues vengo a decir a usted que ya no podemos seguir viviendo en esta estrechez —replicó ella, derecha al bulto, queriendo amedrentarle por la rapidez y energía del ataque—. Necesito esta habitación, que es una de las mejores de la casa.

—¡El despacho!... Pero señora... ¡Cristo! ¿me voy a trabajar a la cocina?

—No señor. No se irá usted a la cocina. En el segundo piso, tiene usted desalquilado el cuarto de la derecha.

—Que renta dieciséis mil reales.

—Pero en lo sucesivo no le rentará a usted nada, porque lo va usted a destinar a las oficinas...

Ante embestida tan arrogante, don Francisco se quedó aturdido, balbuciente, como torero que sufre un revolcón, y no acierta a levantarse del suelo.

«Pero, hija mía... ¿y qué oficinas son esas?... ¿Esto es acaso el Ministerio de Estado o, como dicen en Francia, de los Negocios Extranjeros?

—Pero es el de los grandes negocios de usted, señor mío. ¡Ah! estoy bien enterada, y me alegro, me alegro mucho de verle por ese camino. Ganará usted dinerales. Yo me comprometo a empleárselos bien, y a presentarle a usted ante el mundo con la dignidad que le corresponde... No, no hay que poner esa cara de paleto candoroso, que le sirve para fingirse ignorante de lo que sabe muy bien... (*Sentándose familiarmente.*) Si no hay misterios conmigo. Sé que se quedan ustedes con la contrata de tabaco *Virginia y Kentucky*, y también con la del *Boliche*. Me parece muy bien... Es usted un hombre, un gran hombre, y no se lo digo por adularle, ni porque me agradezca el interés que me he tomado por usted, sacándole de la vida mezquina y cominera, para traerle a esta vida grande, apropiada a su inmenso talento mercantil. (*Torquemada la oye estupefacto.*) En fin, que usted necesita una oficina de mucha capacidad. Vamos a ver: ¿dónde colocará los dos escribientes y el tenedor de libros que piensa traer? ¿En mi cuarto?... ¿en el que tenemos para la ropa?

—Pero...

—No hay pero ni manzanas. Empiece por instalar en el segundo su oficina, con su despacho particular, pues no tiene gracia que reciba usted delante de los dependientes, a las personas que vienen a hablarle de algún asunto reservado. El tenedor de libros estará solo. ¿Y la caja, señor mío, la caja, no necesita otra habitación? ¿Y el teléfono, y el archivo, y los copiadores y el cuarto del ordenanza?... ¿Ve usted cómo necesita espacio? Operar en grande y vivir en chico no puede ser. ¿Es decoroso que tenga usted sus dependientes en los pasillos, muertos de frío, como ese banquero de cuyo nombre no me acuerdo ahora?... ¡Ah! si yo no existiera, a cada momento se pondría el señor de Torquemada en ridículo. Pero no lo consiento, no señor. Usted es mi hechura (*con gracejo*), mi obra maestra, y a veces tengo que tratarle como a un chiquillo, y darle azotes, y enseñarle los buenos modos, y no permitirle mañas...

Volado estaba don Francisco; pero Cruz se le imponía por su arrogancia, por su brutal lógica, y el tacaño no acertaba a defenderse de su autoridad, que tantas veces había reconocido.

«Pero... *admitiendo la tesis* de que nos quedemos con los tabacos... No hay más si no que yo *acaricio esa idea* hace tiempo, y bien podría ser que cuajara. Bueno; pues *partiendo del principio* de que convenga ensanchar el despacho, ¿no sería mejor agregarme la habitación próxima?

—No señor. Usted se va arriba con sus trastos de fabricar millones —dijo la dama en tono autoritario, que casi casi rayaba en insolencia—, porque esta pieza y la próxima las pienso yo unir, derribando el tabique.

—¿Para qué, re-Cristo?

—Para hacer un billar.

Tan tremenda impresión hizo en el bárbaro el osado y dispendioso proyecto de su hermana política, que en un tris estuvo que el hombre no pudiera contenerse y le diese una bofetada. Breve rato le tuvo congestionado y mudo la indignación. Buscó un término que fuese duro y al mismo tiempo cortés, y no encontrándolo, se rascaba la cabeza, y se daba palmetazos en la rodilla.

«Vamos —gruñó al fin, levantándose—, no me queda duda de que usted se ha vuelto loca... loca de remate, *por decirlo así*. ¡Un billar, para que cuatro zánganos me conviertan la casa en café! Bien conoce usted que no sé ningún juego... no sé *meramente* más que trabajar.

—Pero sus amigos de usted, que también trabajan, juegan al billar, pasatiempo grato, honestísimo, y muy higiénico.

Don Francisco, que en aquellos días, espigando en todas las esferas de ilustración, se encariñaba con la higiene, y hablaba de ella sin ton ni son, soltó la risa.

«¡Higiénico el billar! ¡vaya una tontería!... ¿Y qué tiene que ver el billar con los miasmas?

—Tenga o no que ver, el billar se pondrá; porque es indispensable en la casa de un hombre como usted, llamado a ser *potencia financiera* de primer orden, de un hombre que ha de ver su casa invadida por banqueros, senadores, ministros...

—Cállese usted, cállese usted... Ni qué falta me hacen a mí esas *potencias*... Si soy un pobre busca-vidas... Ea, *seamos justos*, Crucita, y no perdamos de vista el verdadero *objetivo*. Cierto que debo ponerme en buen pie, y ya lo he hecho; pero nada de lujo, nada de ostentación, nada de bambolla. Mire usted que nos vamos a quedar por puertas. Pues digo, ¿y también quiere ensancharme la sala, y el comedor?

—También.

—Pues negado, re-Cristo, negado, y *aquí termina la presente historia*. No quito un ladrillo, aunque usted se me ponga en jarras. Ea, me atufé. Soy el amo de mi casa, y aquí no manda nadie más que... un servidor de usted... No hay derribo, *vulgo* ensanche. Recojamos velas y habrá paz. Yo reconozco en usted un talento *sui generis*; pero no me doy a partido... y mantengo *enhiesta* la bandera de la economía. Punto final.

—Si creerá que me convence con ese desplante de autoridad —dijo la dama imperturbable, envalentonándose gradualmente—. Si lo que ahora niega lo ha de conceder, es más, lo está deseando.

—¿Yo? Apañada está usted.

—¿No me ha dicho que transige según las circunstancias?

—Sí; pero no transigiré con quedarme sin camisa. Lo más, lo más... Vamos, yo digo que cuando tengamos aumento de familia, consentiré en modificar el domicilio, no *al tenor* que usted pide, sino a otro *tenor* más conforme con mis cortos posibles. Y hemos acabado.

—Si ahora empezamos, mi señor don Francisco —replicó Cruz riendo—, porque si para que yo pueda coger *la piqueta demoledora*, es preciso que haya esperanzas de sucesión, hoy mismo mando venir los albañiles.

—¡Con que ya...! —exclamó Torquemada abriendo mucho los ojos.

—Ya.

—¿Me lo dice oficialmente?

—Oficialmente.

—Bueno. Pues la realización de ese *desideratum*, que yo veía segura, porque la lógica es lógica, y un hecho trae otro hecho, no es bastante motivo para que yo autorice a nadie a coger la piqueta.

—Pero yo no olvido que tengo la responsabilidad del decoro de usted —manifestó la dama resueltamente—, y he de ser más papista que el Papa, y mirar por la dignidad de la casa, señor mío. Suceda lo que quiera, yo he de conseguir que don Francisco Torquemada tenga ante la sociedad la representación que le corresponde. Y para decirlo de una vez, por indicación mía le ha metido a usted Donoso en la contrata de tabacos; y por mí, sépalo, sépalo usted, exclusivamente por mí, por esta genialidad mía de estar en todo, será senador el señor de Torquemada, ¡senador! y figurará en la esfera propia de su gran talento, y de su saneado capital.

Ni aun con esta rociada se ablandó el hombre, que continuó protestando y gruñendo. Pero su hermana política tenía sobre él, sin duda por la fineza del ingenio o la costumbre del gobernar, un poder sugestivo que al bárbaro tacaño le domaba la voluntad, sin someter su inteligencia. No se daba él por vencido; pero al querer rechazar de hecho las determinaciones de su cuñada, sentíase interiormente ligado por una coacción inexplicable. Aquella mujer de mirada penetrante, labio temblón y palabra elegantísima, ante la cual no había réplica posible, se había constituido con singular audacia en dictador de toda la familia; era el genio del mando, la autoridad *per se*, y frente a ella sucumbía la torpe bestia, sin que nada valiera la superioridad de la fuerza bruta contra los fueros augustos del entendimiento.

Cruz mandaba, y mandaría siempre, cualquiera que fuese el rebaño que le tocase apacentar; mandaba porque desde el nacer le dio el Cielo energías poderosas, y porque luchando con el destino en largos años de miseria, aquellas energías se habían templado y vigorizado hasta ser colosales, irresistibles. Era el gobierno, la diplomacia, la administración, el dogma, la fuerza armada y la fuerza moral, y contra esta suma de autoridades o principios nada podían los infelices que caían bajo su férula.

Retirose, al cabo, la señora, del despacho de don Francisco, con aire dictatorial, y el otro se quedó allí ejerciendo, con grave detrimento de las alfombras, el derecho del pataleo, y desahogando su coraje con erupción de terminachos.

«¡Maldita por jamás amén sea tu alma de *ñales*!... Re-Cristo, a este paso, pronto me dejarán en cueros vivos. ¡Biblia, para qué me habré yo dejado traer a este *elemento*, y por qué no rompería yo el ronzal, cuando vi que tiraban para traerme!... ¡Y no dirán ¡cuidado! que yo me porto mal, ni que las dejo pasar hambres!... Eso no, ¡cuidado!... Hambres nunca. Economías, siempre... Pero esta señora, más soberbia que Napoleón, ¿por qué no me dejará que yo gobierne mi casa como me dé la gana, y según mi lógica pastelera? ¡Maldita, y cómo impera, y cómo me mete en un puño, y me deja sin voluntad, *meramente* embrujado!... Yo no sé qué tiene esa figurona, que me corta el resuello; deseo respirar por la defensa de mi interés, y no puedo, y hace de mí un chiquillo... ¡Y ahora quiere engatusarme con la peripecia de que habrá sucesión! ¡Qué gracia! ¡Pues si eso lo contaba yo como seguro, con cien mil pares de *ñales*! ¡Si es el hijo mío que vuelve, por voluntad mía, y decreto del santo Altísimo, del *Bajísimo*, o de quien sea!... Despótica, mandona, *gran visira* y capitana general de toda la gobernación del mundo, el mejor día recobro yo el sentido, me desembrujo, y cojo una estaca... (*Tirándose de los pelos.*) ¡Pero qué estaca he de coger yo, triste de mí, si le tengo miedo, y cuando veo que le tiembla el labio, ya estoy metiéndome debajo de la mesa! La estaca que yo coja será la vara de San José, porque soy un bendito, y no sirvo más que para combinar el guarismo y sacar dinero de debajo de las piedras... Ese talento no me lo quita nadie... Pero ella me gana en el mando, y en inventar razones que le dejan a uno sin sentido... Como despejo de hembra, yo no he visto otro caso, ni creo que lo haya bajo el Sol... ¿Pero con quién me he casado yo, con Fidela o con Cruz, o con las dos a un tiempo?... porque si la una es propiamente mi mujer... con respeto... la otra es mi tirana... y de la tiranía y del mujerío, todo junto, se compone esta endiablada máquina del matrimonio... En fin, adelante con la procesión, y vivamos para ganar el santísimo ochavo, que yo lo guardaré donde no puedan olerlo mis ilustres, mis respetables, mis aristocráticas... consortes.

Segunda parte

I

Cumpliose estrictamente lo ideado y dispuesto por la que era inteligencia y voluntad incontrastables en el gobierno interior de la casa de Torquemada, sin que estorbarlo pudieran ni los refunfuños del tacaño, impotente para luchar contra la fiera resolución de su cuñada, ni los alardes de resistencia pasiva con que quiso detener, ya que no impedir, la instalación del escritorio y oficinas en el piso segundo, privándose de una bonita renta de inquilinato. Pero Cruz todo lo arrollaba cuando decía «allá voy», y en cuatro días, haciendo de sobrestante, y de aparejadora, y de arquitecto, quedó terminada la reforma, que el mismo don Francisco, gruñendo y protestando en la intimidad de la familia, disputaba por buena, delante de personas extrañas. «Es idea mía —solía decir, enseñando a los amigos el amplio escritorio—. Siempre me ha gustado trabajar con despejo y que mis dependientes estén cómodos. La higiene ha sido siempre uno de mis *objetivos*. Vean ustedes qué hermoso despacho el mío... Esta otra habitación, para recibir a los que quieran hablarme reservadamente. A la otra parte... vengan por aquí... el cuarto del tenedor de libros y del copiador... Los dos escribientes más allá. Luego el teléfono... yo siempre he sido partidario de los adelantos, y antes que nos trajeran esta invención tan chusca, ya pensaba yo que debía de haber algo para dar y recibir recados a grandes distancias... Vean ahora el departamento de la caja. ¡Qué independencia... qué desahogo para las operaciones!... Yo *profeso la teoría* de que, por lo mismo que está todo tan malo, y los negocios no son ya lo que eran, hay que trabajar de firme, y abrir nuevas fuentes, y abarcar mucho... lo que no puede hacerse sino estableciéndose conforme a las exigencias modernas. A eso *tiendo* yo siempre; y como sé lo que reclaman las tales exigencias, determino ensancharme por arriba y por abajo, porque la sociedad nos pide comodidades para nosotros y para ella. Debemos sacrificarnos por nuestros amigos, y aunque yo no he cogido en mi vida un taco, he resuelto poner en mi casa una mesa de billar... cosa bonita. La mesa es elegantísima, y me ha costado un ojo de la cara. Como yo soy quien todo lo dispone en casa, desde lo más *considerable* hasta lo más mínimo, llevo unos días de trajín que ya ya...

La entrada de Crucita le cortó la palabra, quitándole aquel desparpajo con que se expresaba lejos de su autoritaria y despótica persona. Pero la dama, que con exquisito tacto sabía ocultar en público su prepotencia, al quitarle la palabra de la boca al dueño de la casa, la tomó en esta discreta forma: «Con que ya ven ustedes la contradanza en que nos ha metido nuestro don Francisco. Billar y salones abajo, las oficinas aquí. ¡Qué trastorno, qué laberinto! Pero al fin, ya está hecho, y tan brevemente como es posible. No crean; ha sido idea suya, y él ha dirigido las obras. Bien ven ustedes que es hombre de iniciativa, y que gusta de sobresalir y distinguirse noblemente. Lo que él dice: «No se puede operar en grande y vivir en chico». Es mucho don Francisco este. Dios le dé salud para que sus proyectos sean realidades... Nosotras le ayudamos, queremos ayudarle... Pero ¡ay! valemos tan poco... Acostumbradas a la estrechez, quisiéramos vivir y morirnos en un rincón. A la fuerza nos lleva él a la esfera altísima de sus vastas ideas... No, no diga usted que no, amigo mío. Bien saben todos que es usted la *modestia personificada*... Se hace el chiquito... Pero no le valen, no, sus trapacerías de hombre extraordinario, cuyo orgullo se cifra en que le tomen por un cualquiera... ¿Es verdad o no lo que digo? Los entendimientos superiores tienen por gala la suma humildad.

Dicho se está que estas palabras fueron acogidas por un coro de asentimiento, al que siguió otro coro de alabanzas del grande hombre, y de sus múltiples aptitudes. Pero él, riendo de dientes afuera, y poniendo la cara de paleto asombrado, que para tales casos tenía, en su interior colmaba de maldiciones a su tirana, echándole encima, con el peso de su cólera, el de las cuentas que tenía que pagar a carpinteros, albañiles, mueblistas y demás *sanguijuelas del rico*, con más la pérdida de la renta del segundo. Y cuando los amigos hubieron visto toda la reforma, repitiendo abajo, ante Fidela y Cruz, los encarecimientos que habían hecho arriba, el usurero se desahogó a solas en su cuarto, con cuatro patadas y otros tantos ternos a media voz: «¡Cómo me domina la muy fantasmona!... Y ello es que tiene una labia que enamora y le vuelve a uno loco... Pues con ese jarabe de pico me está sacando los tuétanos, y no me deja hacer mi santísimo gusto, que es economizar... ¡Qué desgracia me ha caído encima! ¡Ganar tanto *guano*, y no poder emplearlo todito en los nuevos negocios, hasta ver un montón tan grande, tan grande de...! Pero con esta casa, y estas señoras mías, mis arcas son un cesto. Por un lado entra, por mil partes sale... Todo por la suposición, por este hipo de que soy *potencia*... ¡Dale con la manía de la *potencia*! ¿Pues y la tabarra que me dieron anoche ella y el amigo Donoso con que, *velis nolis*, me han de sacar senador? ¡Senador yo, yo, Francisco Torquemada, y por contera, Gran Cruz de la reverendísima no sé qué...! Vamos, vale más que me ría, y que, defendiendo la bolsa, les deje hacer todo lo que quieran, *inclusive* encumbrarme como a un monigote para pregonar ante el mundo su vanidad...

Llamado por Fidela, tuvo que arrancarse a sus meditaciones. Enseñáronle muestras de telas para *portieres*, de hules y alfombras. Pero él no quiso escoger nada, delegando en las dos señoras su criterio suntuario, y no diciendo más si no que se prefiriese lo más arregladito. Salió al fin de estampía con don Juan Gualberto Serrano para ir al Ministerio. ¡El Ministerio! ¡Qué bien recibido era allí, y con cuánto gusto iba! Y no porque le halagara el servilismo de los porteros, que al verle entrar con Donoso, se tiraban a las mamparas, como si quisieran abrirlas con la cabeza; ni la afabilidad lisonjera de los empleados subalternos, que ansiaban ocasión de servirle, atraídos por el olor de hombre adinerado que echaba de su persona. No era él vanidoso, ni se pagaba de fútiles exterioridades. En aquella colmena administrativa le encantaba principalmente la reina de las abejas, *vulgo* ministro, hombre que por ser muy a la pata la llana, practicón, mediano retórico, y muy seguro en el manejo del guarismo, concordaba en ideas y carácter con nuestro tacaño, pues también era él tacaño de la Hacienda pública, recaudador a raja tabla y verdugo del contribuyente, en quien veía siempre al enemigo que hay que perseguir y reventar a todo trance. No había hecho el tal su carrera política exclusivamente con la palabra; era más bien hombre de acción, en el bien entendido de que sean acción las formalidades burocráticas. Donoso y él se trataban con familiaridad como antiguos colegas, y don Juan Gualberto Serrano le tuteaba, señal de viejo compañerismo, que databa de los primeros estudios. Supo Torquemada vencer, a la tercera o cuarta encerrona con sus compinches y el Ministro, la cortedad que sintió los primeros días, y bien pronto se encontraba en el despacho de su Excelencia como en su propia casa. Ponía singular cuidado en todo lo que decía, por no soltar algún barbarismo gramatical, y no tardó en observar que, gracias a su tino y discreción, ninguno de los allí presentes, incluso el Ministro, hablaba mejor que él. Esto en la conversación general, que cuando de negocios se trataba, a todos se los llevaba de calle, presentando las cuestiones con claridad y precisión, a guarismo seco, con una lógica que no tenía escape, ni podía ser por nadie controvertida. Para conseguir esto, el tacaño hablaba lo menos posible, esquivando dar su parecer en todo asunto que no fuese *de su cometido*; pero si la conversación entraba en el terreno de la tacañería, ya fuese del orden menudo, ya del grande o financiero, se explayaba el hombre, y allí era el oírle todos con la boca abierta.

De todo lo cual resultaba que el Ministro veía en él singulares condiciones para el manejo de intereses, y siendo hombre poco dado a la adulación, le colmaba de cumplidos y lisonjas, con la particularidad de que solía emplear los mismos términos que usaba Cruz cuando hacer quería mangas y capirotes del presupuesto de la casa. Creyérase que la dama y el ministro se habían puesto de acuerdo para bailarle el agua, con la diferencia de que ella lo hacía con el avieso fin de gastar sus *rendimientos* en vanidades y perendengues, mientras que el otro le proporcionaría todo el aumento de ganancias compatible con los intereses del Estado.

Para decirlo pronto y claro, sépase que el Ministro, cuyo nombre no hace al caso, era honradísimo, y que sus defectos (que como hombre alguna tacha había de tener), no eran la codicia ni el afán de medro personal. Nadie pudo acusarle nunca de explotar su posición para enriquecerse. A su lado no se hicieron chanchullos con su consentimiento: los que medraban más de lo justo, allá se las arreglaban como podían en esfera inferior a la del despacho y tertulia del consejero de Su Majestad. Y en cuanto a Donoso, bien sabemos que era de intachable integridad, formulista, eso sí, y sectario rabioso de la ortodoxia administrativa, hasta el punto de que su honradez y escrupulosidad habían hecho no pocas víctimas. Él no se lucraba; pero por salvar los dineros del Fisco, habría pegado fuego a media España. No podía decirse lo mismo de don Juan Gualberto, varón de conciencia tan elástica, que de él se contaban cosas muy chuscas, algunas de las cuales hay que poner en cuarentena, porque su propia enormidad las hace inverosímiles. Jamás miró por el Estado, a quien tenía por un grandísimo *hijo de tal*; miraba siempre por el particular, bien fuese en el concepto esencia del *yo*, bien bajo la forma altruista y humanitaria, como amparar a un amigo, defender a una sociedad, empresa, o entidad cualquiera. Ello es que en los cinco años famosos de la Unión Liberal se enriqueció bastante, y luego, la pícara revolución y la guerra carlista acabaron de cubrirle el riñón por completo. A creer lo que la maledicencia decía verbalmente y en letras de molde, Serrano se había tragado pinares enteros, muchísimas leguas de pinos, todo de una sentada, con fabuloso estómago. Y para quitar el empacho se había entretenido (por aquello de «cuando el diablo no tiene que hacer...») en calzar a los soldados con zapatos de suela de cartón, o en darles de comer alubias picadas y bacalao podrido; travesuras que lo más, lo más, motivaban un poco de ruido en algunos periódicos; y como daba la pícara casualidad de que estos no gozaban del mejor crédito, por haber dicho infinidad de mentiras a propósito de aquella campaña, nadie pensó en llevar el asunto a formal información de la justicia, ni esta le imponía ningún miedo a don Juan Gualberto, que era primo hermano de directores generales, cuñado de jueces, sobrino de magistrados, pariente más o menos próximo de infinidad de generales, senadores, consejeros y archipámpanos.

Pues bien; en las reuniones de que se viene tratando, el único que hablaba de moralidad era Serrano. Mientras los otros no se acordaban para nada de tal palabreja, don Juan Gualberto no la soltaba de sus labios, y solía decir: «Porque nosotros, entiéndase bien, representamos y queremos representar un gran principio, un principio nuevo. Venimos a cumplir una misión, y a llenar un vacío, la misión y el vacío de *introducir* la moralidad en las contratas de tabacos. *Tirios y troyanos* saben que hasta hoy... (aquí una pintura terrorífica de las tales contratas *en el pasado momento histórico*.) Pues bien, desde ahora, si nuestros planes merecen la aprobación del Gobierno de Su Majestad, teniendo en cuenta la seriedad y la respetabilidad de las personas que ponen su inteligencia y su capital al servicio de la patria, ese servicio, esa renta, se afirmarán sobre bases... sobre bases...». Aquí se embarulló el orador, y tuvo don Francisco que acabarle la frase en esta forma: «*Bajo* la base del negocio limpio y a cara descubierta, como quien dice, pues nosotros *tendemos* a beneficiarnos todo lo que podamos, dentro de la ley, ¡cuidado! beneficiando al Gobierno más que lo han hecho *tirios y troyanos*, llámense

Juan, Pedro y Diego; *sin maquiavelismos* por nuestra parte, sin consentir tampoco *maquiavelismos* del Gobierno, tirando de aquí, aflojando de allá, con el *objetivo* de ir *orillando* las dificultades y *evacuando* nuestro negocio, dentro del más estricto interés, y de la más estricta moralidad... todo muy *estricto*, por decirlo así... porque yo sostengo la tesis de que el *punto de vista* de la moralidad no es incompatible con el *punto de vista* del negocio.

II

Por haberse metido en aquel amplio terreno del negocio grande, *coram populo*, de manos a boca con el mismísimo Estado, no abandonó don Francisco los negocios oscuros, más bien subterráneos, que traía el hombre desde los tiempos de aprendizaje, cuando confabulado con doña Lupe se dedicaba al préstamo personal con réditos que hubieran llevado a sus gavetas todo el numerario del mundo, si alguien con estricta puntualidad se los pagara. En su nueva vida dio de mano a varios chanchullos del género sucio y chalanesco, porque no era cosa de andar en tales tratos cuando se veía caballero y persona de circunstancias; pero otros los mantuvo religiosamente, porque no había de tirar por la ventana el hermoso *líquido* que arrojaban. Solo que hacía reserva de ellos, ocultándolos como se oculta un defecto vergonzoso, o una deformidad repugnante, y ni con el mismo Donoso se clareaba en este particular, seguro de que su buen amigo había de ponerle mala cara cuando supiese... lo que va a saber el lector en este momento: don Francisco Torquemada era dueño de seis casas de préstamos, las más céntricas y acreditadas de Madrid; dícese *acreditadas*, porque servían con prontitud y cierta largueza, bajo el canon de real por duro mensual, o sea el sesenta por ciento al año. En cuatro de ellas era dueño absoluto, corriendo la gerencia a cargo de un dependiente con participación en las ganancias; y en dos socio capitalista, cobrando el cincuenta por ciento. Una con otra, se embolsaba el hombre, sin más trabajo que examinar un sobado y mal escrito libro de cuentas por cada casa, la bicoca de mil duros mensuales.

Para examinar estos puercos apuntes y enterarse de la marcha del *empeño*, encerrábase en su despacho un par de mañanas cada mes con los sujetos que regentaban los *establecimientos*; y para disimular el misterio inventaba mil historias, que por algún tiempo mantuvieron el engaño en todas las personas de la familia, hasta que al fin Cruz, con su agudeza y finísimo olfato, estudiando el cariz de aquellos *puntos*, atando cabos, sorprendiendo alguno que otro concepto, y adivinando lo demás, descubrió todo el intríngulis. El tacaño, que también era listo para ciertas cosas, y olfateaba como un sabueso, comprendió al instante que su cuñadita le había desbaratado el tapujo, y se puso en guardia muerto de miedo, esperando la embestida que había de venir, en nombre de la moral, del decoro y de otras zarandajas por el estilo.

En efecto, escogido la ocasión favorable, le acometió una mañana, en su despacho del segundo, sin testigo. Siempre que la veía entrar, don Francisco temblaba, porque en todas sus visitas traía Cruz alguna *historia* para mortificarle y sacarle las entrañas. Y la pícara era como un fantasma que se le aparecía cuando más descuidado y contento estaba; surgía como por escotillón para ponérsele delante, trastornándole con su grave sonrisa, dejándole sin ideas, sin criterio, sin habla; tal era la fuerza subyugadora de su semblante y de sus ideas.

Aquella mañana entró con pie de gato; no la vio hasta que la tuvo delante de la mesa. Segura de la fascinación que ejercía, la tirana no usaba preámbulos; íbase derecha al asunto, siempre con corteses y relamidas expresiones, afectando familiaridad y cariño unas veces, otras quitándose resueltamente la máscara, y enseñando la faz despótica, cuya trágica belleza poníale a don Francisco los pelos de punta.

«Ya sabe a qué vengo... No, no se haga el paleto... Usted es muy listo, muy perspicaz y no puede ignorar que sé... lo que sé. Si se lo conozco en la cara. La conciencia se le sale por todos los poros.

—Maldito si sé qué quiere usted decirme, Crucita.

—Sí lo sabe... ¡Bah, a mí con esas! Si conmigo no valen tapujos. No asustarse. ¿Cree que voy a reñirle? No señor; yo me hago cargo de las cosas, comprendo que no se puede romper de golpe con las rutinas, ni cambiar de hábitos en poco tiempo... En fin, hablemos claro: esa clase de negocios no corresponde a la posición que ahora ocupa usted. No discuto si en otros tiempos fueron o no de ley... Respeto la historia, señor mío, y los procederes viles para ganar dinero cuando de otra manera no era fácil ganarlo. Admito que lo que fue, debió ser como era; pero hoy, señor don Francisco, hoy que no necesita usted descender, fíjese bien, *descender* a tan vil terreno, ¿por qué no traspasa esos... establecimientos, dejándolos en las manos puercas que para andar en ellas han nacido?... Las de usted son bien limpias hoy, y usted mismo lo comprende así. La prueba de que se cree degradado con esa industria es el tapadillo en que quiere envolverla. Desde que usted se casó, viene haciendo esta comedia para que no nos enteremos. Pues de nada le han valido sus disimulos, y aquí me tiene usted enteradita de todo, sin que nadie me haya dicho una palabra.

No se atrevio el bárbaro a defenderse con la negativa rotunda, y dando un puñetazo sobre la mesa, confesó de plano. «¿Y qué?... ¿Tiene algo de particular este *arbitrio*? ¿Voy a tirar mis intereses por la ventana? ¡Dice usted que traspase! ¡Pero cómo?... ¿a desprecio? Eso nunca. Cuando se ha ganado lo que se ha ganado con el sudor del rostro, no se traspasa con pérdida... Ea, señora, bastante hemos hablado.

—No se sulfure, pues no hay para qué. Esto no lo sabe nadie. Fidela no lo sospecha, y puede usted estar tranquilo, que yo no he de decírselo. Si se enterara, la pobrecita tendría un gran disgusto. Tampoco lo sabe Donoso.

—Pues que lo sepa, *iñales!* que lo sepa.

—Puede que algún malicioso le haya llevado el cuento; pero él no lo habrá creído. Tiene de su amigo concepto tan alto, que no da oídos a ninguna especie denigrante de las que corren acerca de usted, puestas en circulación por los envidiosos de su prosperidad. Nadie más que yo tiene noticia de esas miserias de su pasado, y si usted insiste, en sostenerlas, yo le guardaré el secreto, hasta le ayudaré a guardarlo, para evitarme y evitar a la familia la vergüenza que a todos nos toca...

—Bueno, bueno —dijo Torquemada impaciente, febril, con ganas de coger el pesado tintero y estampárselo en la cabeza a su tirana—. Ya estamos enterados. Soy dueño de mis arbitrios, y hago con ellos lo que me da la gana.

—Me parece justo, y no seré yo quien a ello se oponga. ¿Cómo he de oponerme, si yo miro por sus intereses más que usted mismo? Bueno... pues aunque no haga usted caso de mí cuando le propongo limpiarse de esa lepra del préstamo usurario y vil, continuaré proporcionándole, con ayuda del amigo Donoso, los negocios limpios como el Sol, los que dan tanta honra como provecho. Yo pago mal por bien. No me importa que usted relinche cuando le quiero llevar por el camino bueno: que quieras que no, por el camino derecho ha de ir usted. ¡Si al fin ha de convencerse de que soy su oráculo! ¡Y no tendrá más remedio que seguir mis inspiraciones... y concluirá por no respirar sin permiso mío...!

Dijo esto último con tan buena sombra, que el bárbaro no pudo menos de echarse a reír, aunque la ira le relampagueaba todavía en los ojos. La dama dio bruscamente otro sesgo a la conversación, saliendo por donde menos pensaba el tacaño.

«Y a propósito —le dijo—: aunque estoy muy incomodada con usted, porque estima sus antiguos manejos de prestamista en más que el decoro de su posición actual, voy a darle una buena noticia. No se la merece usted; pero yo soy tan buena, tan compasiva, que me vengaré de sus mordiscos con un abrazo, un abrazo moral, y si se quiere con un beso, un beso moral ¡cuidado!

—¿A ver, a ver...?

—Pues sepa el señor don Francisco que he encontrado un comprador para los terrenos que posee allá por las Ventas del Espíritu Santo.

—¡Pero si ya tenía comprador, criatura! Vaya unas novedades que me trae doña Crucita.

—¡Simple, si sabré yo lo que digo! El comprador a que usted se refiere es Cristóbal Medina, que ofrece real y cuartillo por pie.

—Cierto; y yo me resisto a dárselo, reservándome hasta encontrar quien me ofrezca dos reales.

—Bonito negocio. Usted compró ese terreno, es decir, se lo adjudicó por una deuda, a razón de doscientas y tantas pesetas la fanega.

—Justo.

—Y la semana pasada, Cristóbal Medina le ofreció a real y medio el pie, y yo... yo, en el *presente momento histórico*, le ofrezco a usted dos reales...

—¡Usted!

—No, hombre, no sea usted *materialista*. ¿Yo qué he de ofrecer...? ¿Voy yo a levantar barrios?

—¡Ah! ¿su amigo de usted, ese Torres...? ya, emprendedor, hormiguilla como él solo... Me gusta, me gusta ese sujeto.

—Pues anoche le vi en casa de Taramundi. Hablamos; díjome que no tiene inconveniente en tomar todo el terreno a dos reales pie, pagando ahora la tercera parte al contado, asegurando por medio de escritura el pago de los otros dos tercios en las fechas que se acuerden, a medida que edifique, y... En fin, me ha escrito esta carta en la cual consigna su proposición, y añade que si usted accede, por su parte queda cerrado el trato.

—Venga, venga la carta —dijo Torquemada inquieto y ansioso, cogiendo de manos de Cruz el papel que esta con coquetería de mujer negociante le mostraba. Y rápidamente pasó la vista por las cuatro carillas del pliego, enterándose *en un breve momento histórico*, de los puntos principales que contenía. «Pago al contado de la tercera parte... Construcción de un palacio entre jardines, que se llamaría *Villa Torquemada*, el cual, a tasación de arquitecto, se adjudicaría en pago del otro tercio... Hipoteca del mismo terreno para responder del tercer plazo, *etcétera...*».

—¿Y por el corretaje de ese negocio no merezco nada? —dijo Cruz con gracejo.

—El negocio, sin ser considerable, no es malo, no, *en tesis general*... Lo examinaré despacio, haré mis cuentas...

—¿No merezco siquiera que el nombre de Torquemada, unido hoy al nombre y casa del Águila, sea borrado del infame cartel que dice: *casa de préstamos*?

—¿Pero qué tiene que ver...? ¡Bah! Usted ve mosquitos en el horizonte... Tan honrado es ese negocio como otro cualquiera, como el que hace el reverendísimo Banco de España. La diferencia consiste en que en los ventanales magníficos del Banco no se ven capas colgadas. ¡Vaya una importancia que da usted a las apariencias! Son su *bello ideal*. Yo no miro a las apariencias, sino a la substancia...

—Pues le diré a Torres que renuncie al negocio de los terrenos, porque es usted un judío, y le hará cualquier enjuague. Si yo, cuando me pongo a ser mala, lo soy de veras. Usted no sabe la que le ha caído encima conmigo. O marchamos por la *senda constitucional*, esto es, del decoro, o tendremos siete disgustos cada día.

—¡Crucita de todos los demonios, y de la Biblia en pasta, y de la Biblia en verso, y de los santísimos *ñales* del archipiélago... digo, del archipámpano de Sevilla! no le diga usted a Torres sino que se vea conmigo esta misma tarde, porque su proposición me ha entrado por el ojo derecho, y quiero que tratemos y nos entendamos...

—Bueno, señor... cálmese... siéntese. No rompa la mesa a puñetazos, que tendrá que comprar otra, y le sale peor cuenta.

—Es que usted no me deja vivir... a mi modo... *Reasumiendo*: a eso de las casas de préstamos, yo le echaré tierra...

—Por mucha tierra que usted le eche, siempre olerá mal el negocio. A traspasar se ha dicho.

—Calma... *seamos justos*. Hay que esperar una buena ocasión... Transigiremos. Vaya; déjeme seguir algún tiempo con esa... con esa *viña*, y accedo a que tomen ustedes el abono que, por mor... quiero decir, por razón de su luto, dejan los Medinas en la ópera del Príncipe Alfonso.

—Pero si el abono lo hemos tomado ya.

—¿Sin mi permiso?

—Sin su permiso... No se tire usted de los pelos, que se va a quedar calvo. Pues no faltaba más sino que usted negara tal cosa siendo del gusto de Fidela. La pobre necesita expansión, oír buena música, ver a sus amigas.

—Maldita sea la ópera y el perro que la inventó... Crucita, no me sofoque más... Mire que me voy del seguro, y... Ya no puedo más... Me llevan ustedes a la bancarrota. De nada me vale trabajar como un negro, porque cuarto ganado, cuarto que ustedes me gastan en pitos y en flautas. Para meter en cintura a mis señoras del Águila, debiera yo hacerles una trastada del *tenor* siguiente: darles el abono, sí, pero quitándoselo del plato, y de la vestimenta.

—Eso no puede ser, pues no vamos a ir al teatro con los estómagos vacíos, ni vestidas de mamarrachos...

—Nada, nada, que me arruinan. Porque el abono a la ópera trae mil y mil goteras... *vulgo* arrumacos, guantes, qué sé yo. Bueno, hijas, bueno, empeñaré mi gabán el mejor día. A eso vamos.

—El día que sea preciso —dijo Cruz festivamente—, coseré para afuera.

—No, no lo diga en broma. A este paso la vida es un soplo... Y lo que es yo, no me comprometo a la manutención de la familia.

—Yo la mantendré. Sé cómo se vive sin tener de qué vivir.

—Pues podía vivir ahora como entonces.

—Las circunstancias han variado, y ahora somos ricos.

—Tenemos un mediano pasar; *seamos justos*; un buen pasar.

—Pues a eso me atengo, y procuro que lo pasemos bien.

—Déjeme, por Dios. Sus... manifestaciones me vuelven loco.

—Lo dicho, dicho... Prepárese para otra... —dijo la primogénita del Águila, risueña y altiva, levantándose para retirarse.

—¡Para otra!... ¡Por San Caralampio bendito, abogado contra las suegras! Porque usted es una suegra, *por decirlo así*, la peor y más insufrible que hay en familia humana.

—Y la que le tengo preparada es la más gorda, señor yerno.

—La Virgen Santísima me acompañe... ¿Qué es?

—Todavía no es tiempo. Está la víctima muy quebrantada del arrechucho de hoy. Y eso que le traje el magnífico negocio de los terrenos. ¡Y no me lo agradece el pícaro!

—Sí lo agradezco... Pero a ver, dígame qué nueva dentellada me prepara.

—No, porque se asustará... Otro día. Hoy me doy por satisfecha con lo del abono, y con la esperanza de quitar esa ignominia de las casas de empeño. En su día continuaremos, señor don Francisco Torquemada, presunto senador del Reino, y Gran Cruz de Carlos III.

Y cuando la vio salir, el tacaño la maldijo entre dientes, al propio tiempo que reconocía con brutal sinceridad su absoluto dominio.

III

No por móviles de vanidad insubstancial apetecía Cruz del Águila las grandezas de la vida aristocrática, sino por estímulos de ambición noble, pues quería rodear de prestigio y honor al hombre oscuro que sacado había de la miseria a las ilustres damas. Para sí misma en realidad nada ambicionaba; pero la familia debía recobrar su rango, y si era posible, aspirar a posición más alta que la de otros tiempos, a fin de confundir a los envidiosos que comentaban con groseras burlas aquella resurrección social. Procedía Cruz en esto con orgullo de raza, como quien mira por la dignidad de los suyos, y también con un sentimiento de alta venganza contra parientes aborrecidos, que después de haberles negado auxilio en la época de penuria, trataban de arrojar sobre ella y su hermana todo el ridículo del mundo por la boda con el prestamista. Enalteciendo a este, y haciéndole de hombre persona, y de persona personaje, y de personaje eminencia, iban ganando la partida, y los dardos de maledicencia se volvían contra los mismos que los lanzaban.

Cuando se hizo público el casorio, naturalmente, hubo los comentarios de rigor entre los que habían sido amigos de las Águilas y entre su parentela, residente en Madrid y provincias. No faltó quien, pasada la primera impresión, comentara el caso con benevolencia; no faltó quien lo tomara en cómico, buscándole el lado sainetesco, y los más implacables fueron la dichosa prima, Pilar de la Torre Auñón y su marido Pepe Romero, con quienes de muy antiguo venían en relaciones agrias Fidela y Cruz, por piques de familia, que tomaron carácter de odio legendario, cuando el tal Romero se encargó de la administración judicial de las dos fincas cordobesas, el Salto y la Alberquilla. Pues digo, al saber que Torquemada rescataba las fincas, poniéndolas en las condiciones más favorables para el caso probable de que el Tribunal Contencioso las devolviese a sus dueños, los Romeros cogían el cielo con las manos, y allí fue el vomitar cuchufletas de mal gusto sobre las desgraciadas señoras. Debe añadirse que el marido de Pilar de la Torre Auñón tenía dos hermanos, casado el uno con la sobrina del marqués de Cícero, y el otro con una hermana de la marquesa de San Salomó. Eran parientes, además, del conde de Monte-Cármenes, de Severiano Rodríguez y de don Carlos de Cisneros, Pepe Romero y Pilar de la Torre vivían en Córdoba, pero pasaban en Madrid, en compañía de los otros Romeros, los meses de otoño, y a veces parte del invierno. Ya se comprende que de la casa en que toda esta casta de Romeros se juntaba, salían los dardos envenenados contra las pobres Águilas, y contra el ganso que las había librado de la miseria.

Como Madrid, aunque medianamente populoso, es pequeño para la circulación de las especies infamantes, todo se sabía, y no faltaban amigas oficiosas que le llevasen a Cruz, una por una, cuantas maledicencias se forjaban en las tertulias romeriles. Y en estas no faltó quien conociese de vista o de oídas a Torquemada el *Peor*, célebre en ciertas zonas malsanas y sombrías de la sociedad. Villalonga y Severiano Rodríguez, que tenían de él noticias por su desgraciado amigo Federico Viera, pintáronle como un usurero de sainete, como un ser grotesco y lúgubre, que bebía sangre y olía mal. Quién decía que la altanera y egoísta Cruz había sacrificado a su pobre hermana, vendiéndola por un plato de sopas de ajo; quién que las dos señoras, asociadas con aquel siniestro tipo, pensaban establecer una casa de préstamos en la calle de la Montera. Lo más singular fue que cuando Torquemada, ya en los meses de Febrero y Marzo, pisó las tablas del *mundo grande*, y le vieron y le trataron muchos que le habían despellejado de lo lindo, no le encontraban ni tan grotesco ni tan horrible como la leyenda le pintó, y esta opinión daba lugar a grandes polémicas sobre la autenticidad del tipo. «No, no puede ser aquel Torquemada de los barrios del Sur —decían algunos—. Es otro, o hay que creer en las reencarnaciones».

A medida que don Francisco se iba haciendo hueco en la sociedad, las murmuraciones perdían su acritud o se acallaban mansamente, porque el tacaño ganaba poco a poco partidarios y aun admiradores. Pero siempre subsistía un foco de chismes de mala ley, el círculo íntimo de los Romeros, que no perdonaban, ni perdonarían jamás, toda vez que la orgullosa Cruz les tiraba a degüello siempre que los cogía en buena disposición.

Véase por qué la altiva señora trataba, por todos los medios, de ennoblecer al que era su hechura y su obra maestra, al rústico urbanizado, al salvaje convertido en persona, al vampiro de los pobres hecho financiero de tomo y lomo, tan decentón y aparatoso como otro cualquiera de los que chupan la sangre incolora del Estado y la azul de los ricos.

¡Y qué cosas decían de él y de ellas los Romeros, aun después que don Francisco se hubo conquistado el aprecio superficial de mucha gente, que no ve más que lo externo! Que todo el dinero que tenía era producto de la rapiña más infame, y de la usura cruel... Que había llenado de suicidas los cementerios de Madrid... Que cuantos se tiraban por el Viaducto pronunciaban su execrable nombre en el momento de dar la voltereta... Que Cruz del Águila se dedicaba también al préstamo sobre ropas en buen uso, y que tenía toda la casa llena de capas... Que el hombre que no había renunciado a sus hábitos de miseria, y que a las dos pobres Águilas las mantenía con lentejas y sangre frita... Que todas las alhajas que Fidela lucía eran empeñadas... Que Cruz le hacía las levitas a don Francisco, aprovechando ropas de muertos, que volvía del revés... Que en casi todos los puestos del Rastro tenía Cruz participación, y comerciaba en calzado viejo y muebles desvencijados... Que Fidela, cuya inocencia rayaba en la imbecilidad, desconocía los antecedentes de aquel gaznápiro que por marido le habían dado... Que simple y todo como era, se permitía el lujo de tres o cuatro amantes, a ciencia y paciencia de su hermana, los cuales eran Morentín, Donoso (con sus sesenta años), Manolo Infante, y un tal Argüelles Mora, grotesco tipo de caballero de Felipe IV, y tenedor de libros en el escritorio de Torquemada. Zárate y el lacayito Pinto se entendían con la hermana mayor... Que esta le cortaba las uñas a don Francisco, le lavaba la cara, le arreglaba el cuello de la camisa antes de echarle a la calle, para que sacase un buen ver, y le enseñaba la manera de saludar, instruyéndole en todo lo que había de decir, según los casos... Que a la chita callando, entre Cruz y el usurero habían desvalijado a varias familias nobles, un poco apuradas, prestándoles dinero a doscientos cuarenta por ciento... Que Cruz recogía las colillas de los que fumaban en su casa, para mandarlas al Rastro en un costal muy grande, así como juntaba también los mendrugos de pan, para venderlos a unos que hacían chocolate de dos reales y medio... Que Fidela vestía muñecas por encargo de las tiendas de juguetes, y que al pobre Rafael no le daban de alimento más que puches, y un plato de menestra por las noches... Que el ciego había puesto debajo de la cama del matrimonio un cartucho de dinamita, o de pólvora, el cual fue descubierto con la mecha ya encendida... Que la primogénita del Águila, entre otros negocios sucios, tenía parte en un corral de basuras de Cuatro Caminos, y *llevaba* la mitad en los cerdos y gallinas... Que Torquemada compraba abonarés de Cuba a tres y medio por ciento de su valor, y que era el socio capitalista de una compañía de estafadores, disfrazada con la razón social de *Redención de Quintos, y Sustitutos para Ultramar*.

Todo esto iba llegando a los oídos de Cruz, que si se indignaba al principio, pasando malísimos ratos y derramando algunas lágrimas, por fin llegó a tomarlo con calma filosófica; y cuando don Francisco salió a la esfera del mundo con su levita inglesa, sus modales algo sueltos, su habla corriente y su personalidad rodeada de ciertos respetos, codeándose al fin con ministros y señorones, concluyó la dama por tomar a risa los desahogos de sus parientes. Pero mientras mayor desprecio le inspiraba maldad tan estúpida, más gana sentía de hacerles polvo, y de pasearles por los hocicos la opulencia verídica de las resucitadas Águilas, y el prestigio claro del *opulento capitalista*; que así le nombraba ya la lisonja. Ellos a morder y ella siempre a levantarse, mejor dicho, a levantar el figurón que les daba sombra, hasta erigir con él inmensa torre, desde la cual pudieran las Águilas mirar a los Romeros como miserables gusanillos arrastrando sus babas por el suelo.

IV

Aproximábase el verano, y no hubo más remedio que pensar en trasladarse a algún sitio fresco, por lo menos durante la canícula. Nueva batalla dada por Cruz, en la cual halló al enemigo más resistente y envalentonado que de costumbre. «El verano —decía don Francisco—, es la estación *por excelencia* en Madrid. Yo lo he pasado aquí toda mi vida, y me ha *pintado* perfectamente. Nunca se encuentra uno más a gusto que en Julio y Agosto, libre de catarros, comiendo bien, durmiendo mejor...

—De usted nada digo —objetó la dama—, porque entre los muchos dones con que le agració la divina Providencia, tiene también el de una salud a prueba de temperaturas extremadas. Tampoco lo digo por mí, que a todo me avengo. Pero Fidela no puede pasar aquí los meses de verano, y es usted un bárbaro si lo consiente.

—También a mi pobre Silvia, que de Dios goce, la molestaba el *calórico*, sobre todo cuando se hallaba en meses mayores, y aquí nos aguantábamos. Con el botijo siempre fresco, los balcones cerrados durante el día, y un corto paseíto a las diez de la noche, lo pasábamos tan ricamente... No hay que pensar en veraneo, señora. Con todo transijo menos con esa *inveterada* pamplina de los baños de mar o de río, que son el *gravamen* de tantas familias. En Madrid todo el mundo, que en Madrid tengo yo que estarme hecho un caballero, para organizar esta tracamundana del tabaco, que, entre paréntesis, me parece no es negocio tan claro como al principio me lo pintaron sus amigos de usted. Y no se hable más del asunto. Ahora sí que no cedo. Con que... tilín... se levanta la sesión.

Resuelta a que el viaje se realizara, Cruz no insistió aquel día; pero al siguiente, bien aleccionada Fidela, el baluarte de la avaricia de don Francisco fue atacado con fuerzas tan descomunales, que al fin no tuvo más remedio que rendirse.

«Muy a disgusto —dijo el tacaño mordiéndose los pelos del bigote, y echándoselas de víctima—, cedo, porque Fidela esté contenta. Pero tengamos juicio. No saldremos más que veinte o treinta días, ¡cuidado! Y todo ello, señora mía, ha de hacerse con el menor dispendio posible. No estamos para echarlas de príncipes. Viajaremos en segunda...

—¡Pero don Francisco...!

—En segunda, con billete de ida y vuelta.

—Eso no puede ser. Vaya, tendré que coger el bastón de mando... ¡En segunda! No se puede tolerar que así olvide usted el decoro de su nombre. Déjeme a mí todo lo concerniente al viaje. No iremos a San Sebastián, ni a Biarritz, lugares de ostentación y farsa; nos instalaremos modestamente en una casita de Hernani... Ya la tengo apalabrada.

—¡Ah! ¿usted, por sí y ante sí, había dispuesto...?

—Por mí y ante mí. Y todo eso, y aún mucho más, que callo ahora, tiene usted que agradecerme. Con que chitón...

—Es que...

—Digo que no se hable más del asunto, y que yo me encargo de todo... Ya... Por usted iríamos en la perrera. Bonita manera de corresponder a la opinión, que ve en usted...

—¿Qué ve, qué puede ver en mí, ¡*ñales* en polvo!, más que un desgraciado, un mártir de las ideas altanerísimas de usted, un hombre que está aquí prisionero, con grillos y esposas, y que no puede vivir en su elemento, o sea el ahorro... *la mera* economía del ochavo, que se gana con el santo sudor?...

—¡Hipócrita... comediante! Si no gasta ni el décimo de lo que gana —contestó la autócrata con brío—. Si ha de gastar más, muchísimo más. Váyase preparando, pues he de ser implacable.

—Máteme usted de una vez... pues soy tan bobo, que no sé resistirle, y me dejo desnudar, y dar azotes, y desollar vivo.

—Si ahora empezamos. Y le participo que sus hijos saldrán a mí, quiero decir, que saldrán a su madre. Serán Águilas, y tendrán todo mi ser, y mis pensamientos...

—¡Mi hijo ser Águila...! —exclamó Torquemada fuera de sí—. ¡Mi hijo pensar como usted... mi hijo desvalijándome!... ¡Oh! señora, déjeme en paz, y no pronuncie tales herejías, porque no sé... soy capaz de... Que me deje le digo... Esto es demasiado... Me ciego, se me sube la sangre a la cabeza.

—¡Qué tonto!.. ¿Pues qué más puede desear? —dijo la dama, mirándole risueña y maleante desde la puerta—. Águila será... Águila neto. Lo hemos de ver... lo hemos de ver.

Por todo pasaba don Francisco menos porque se creyera que su hijo presunto había de ser otro que el mismo Valentín, reencarnado, y vuelto al mundo en su prístina forma y carácter, tan juicioso, tan modosito, con todo el talento del mundo para las matemáticas. Y tan a pechos lo tomaba el muy simple, que si Cruz hubiera insistido en aquella broma, de fijo se habría desvanecido el sortilegio que subordinaba una voluntad a otra, y recobrada la libertad, el tacaño habría puesto su mano vengativa en la tirana que le atormentaba. Volvíase tarumba con semejante idea. ¡Su hijo, su Valentín ser Águila, en vez de Torquemadita fino que andaba por los ámbitos de la Gloria, esperando su nueva salida al mundo de los vivos! No, hasta ahí podían llegar las bromas. Pasose toda aquella tarde sumergido en tristes meditaciones sobre aquel caso, y por la noche, después de trabajar a solas en su despacho del segundo, se metió en el gabinete reservado del mismo piso, donde conservaba el bargueño de marras, y sobre él la imagen fotográfica del chico, aunque ya despojado totalmente de las apariencias de altarucho. Paseándose de un ángulo a otro de la estancia, dio el usurero todas las vueltas y contorsiones imaginables a la idea en mal hora expresada por su hermana política.

«¡Vaya, que decir que tú serás Águila! ¿Has visto qué insolencia?

Miró al retrato fijamente, y el retrato callaba, es decir, su carita compungida no expresaba más que una preocupación muda y discreta. Desde que se acentuó el engrandecimiento social y financiero de su papá, Valentinico hablaba poco, y por lo común no respondía más que sí y no a las preguntas de don Francisco. Verdad que este no pasaba las noches en aquella estancia luchando con el insomnio rebelde, o con la fiebre numérica.

«¿No oyes lo que te digo? Que serás Águila. ¿Verdad que no? (*Creyendo ver en el retrato una ligera indicación negativa.*) Claro: lo que yo decía. Es un desatino lo que piensa esa buena señora.

Volvió a su despacho, y estuvo haciendo cuentas más de media hora, recalentándose el cerebro. De pronto, los números que ante sí tenía empezaron a voltear con espantoso vórtice, que los hacía ilegibles, y de en medio de aquel polvo que giraba como a impulso de un huracán, saltó Valentinico dando zapatetas, y encarándose con el autor de sus días (todo esto en el centro del papel), le dijo: «Papá, yo quiero *dir* en ferrocarril...

Luchó el buen señor un instante con aquella juguetona imagen, y la desvaneció al fin pasándose la mano por los ojos y echando hacia atrás su pesada cabeza. El ordenanza se le acercó para decirle que las señoras, sentadas ya a la mesa, le aguardaban para comer. Gruñó Torquemada al oír afirmar al sirviente que ya le había llamado tres veces, y al fin desperezose, y con paso y actitudes de embriaguez bajó al principal por la escalera de servició que al objeto se había construido. Por el camino iba diciendo: «Que quiere correrla en ferrocarril... ¡Bah! gaterías de su madre... Todavía no ha nacido, y ya me le están echando a perder.

V

Todo Mayo y parte de Junio dedicolos don Francisco con alma y vida a la Sociedad formada para la explotación del negocio de la contrata, y con ayuda de Donoso, emulando los dos en actividad e inteligencia, armaron toda la maquinaria administrativa, la cual, si respondía en sus hechos a su perfecto organismo, había de marchar como una seda. A Torquemada correspondía la alta gerencia del negocio, como principal capitalista. Donoso se encargaba de las relaciones de la Sociedad con el Estado, y de toda la gestión oficinesca. Taramundi corría con las compras del artículo en Puerto Rico, y Serrano en los Estados Unidos, donde tenía un primo establecido, con casa de comisión en Brooklyn.

Convinieron en que todo funcionaría ordenadamente antes de partir para el veraneo, pues en Diciembre debía hacerse la primera entrega de *boliche* y en Febrero la de *Virginia*. El suministro de ambas *hojas* les fue adjudicado, por formal contrata, en Mayo, no sin protesta de otros tales, que hicieron o creían haber hecho a la Hacienda proposición más ventajosa; pero como eran gentes desacreditadas y de antecedentes deplorables en aquel *fregado*, a nadie sorprendió que el ministro les postergara, agarrándose a no sé qué triquiñuelas de la ley. Puestas de acuerdo en todo las cuatro principales fichas de aquel juego, pues aunque había otros partícipes, no tocaban pito en la gestión, por ser de poca monta el capital impuesto, ya no había más que trabajar como fieras, a fin de que el negocio saliese redondo y limpio. En los días que precedieron a la expedición veraniega, Torquemada y don Juan Gualberto Serrano se entendieron a solas en algunos puntos referentes a las compras de rama en los Estados Unidos, y ello quedó entre los dos, sin dar conocimiento a Donoso ni a Taramundi. Era que don Francisco, con su instintivo conocimiento de la humanidad, *bajo el aspecto del toma y daca*, vio desde el primer instante en qué consistía el resorte maestro de aquel arbitrio, comprendiendo que de proceder de esta o de la otra manera, dependía que el *líquido* fuese simplemente bueno, o que resultase tal que podrían meter el brazo hasta más arriba del codo. Apenas hubo el tacaño propulsado la voluntad de don Juan Gualberto, este respondió con cuatro palabras, que querían decir: «aquí está el hombre que se necesita». Y con estas impresiones, Serrano se fue a Londres, donde debía avistarse con su primo, y Torquemada partió para Hernani con la familia. La de Taramundi se instaló en San Sebastián. Donoso no salía de Madrid, porque su señora, en quien se había complicado enormemente la caterva de males, no podía moverse, ni había para qué, pues en ninguna parte había de encontrar alivio.

¡Ay, Dios mío, qué aburrimiento el de Torquemada en las Provincias, y qué destemplado humor gastaba, siempre disputando con *ellas* por quítame allá esas pajas, renegando de todo, encontrando malas las aguas, desabridos los alimentos, cargantes las personas, horrible el cielo, dañino el aire! Su centro era Madrid: fuera de aquel Madrid en que había vivido los mejores años de su vida y ganado tanto dinero, no se encontraba el hombre. Echaba de menos su Puerta del Sol, sus calles del Carmen, de Tudescos, y callejón del Perro; su agua de Lozoya, su clima variable, días de fuego y noches de hielo. La nostalgia le consumía, y el verse imposibilitado de correr tras el fugaz ochavo, de dar órdenes a este y al otro agente. Aborrecía el descanso; su naturaleza exigía la preocupación continua del negocio, y los infinitos trajines que trae consigo la misma ansiedad azarosa, la rabia de perder, la tristeza de ganar poco, el delirio de la ganancia pingüe. Contaba los días que iban pasando de aquel suplicio que le habían traído sus malditas consortes; abominaba de la sociedad ociosa que le rodeaba, tanto vago insubstancial, tanta gente que no piensa más que en arruinarse. Para él, el colmo del despilfarro era dar dinero a fondistas y posaderos, o a los gandules que agarran en el baño a las señoras para que no se ahoguen. San Sebastián le causaba horror: todo era un saqueo continuo, y mil tramoyas para desvalijar a los madrileños que iban a gastar en dos meses las rentas de un año. Tres días le tuvieron allí Fidela y Cruz, y poco le faltó para caer enfermo de tristeza y repugnancia.

En Hernani se paseaba solo, armando en su magín todo el tinglado de números que constituía el negocio tabaquil, y otros en embrión, como el del arreglo de la arruinada casa de Gravelinas con sus acreedores. Fidela, que conocía lo mal que pintaba a su esposo la *villeggiatura*, quiso abreviar esta; pero se opuso Cruz, porque a Rafael le probaba muy bien el clima del Norte, y desde que vivía en Hernani no se habían repetido los trastornos cerebrales de marras. Dividíase la familia en dos parejas: Cruz paseaba con el ciego, Fidela con su esposo, y procuraba distraerle haciéndole fijar la atención en las bellezas del campo y del paisaje. No era insensible el bárbaro a la bondad ni a los mimos de su esposa, y algunos ratos pasaba placenteros charlando con ella a lo largo de praderas y bosques. Pero en aquel divagar indolente, Torquemada, como el desterrado que solo piensa en la patria, no hablaba de cosa alguna sin que salieran a relucir Madrid y los malditos negocios. Alegrábase Fidela de verle en tal terreno, y con infantil travesura repetía: «Sí, Tor, tienes que ganar muchísimo dinero, pero muchísimo, y yo te lo guardaré».

Tanto machacó en esta idea, que don Francisco hubo de espontanearse con su mujer, cual nunca lo había hecho, declarándole cuanto sentía y pensaba, y las causas de sus goces como de sus pesadumbres. Empezó por manifestarse satisfecho del trato de la Suerte, porque sus ganancias crecían como la espuma. ¿Pero de qué le valía esto, si la familia se había puesto en un pie de boato que imposibilitaba el ahorro? Cada lunes y cada martes se traía Cruz alguna nueva tarantaina para derrochar el dinero. ¿A qué detallar *aquella serie no interrumpida* de locuras, si ya Fidela las conocía? Él no servía para vivir entre magnificencias, aunque al fin a ellas por la fuerza de las circunstancias se amoldaba. Su *bello ideal* era emplear de nuevo sus considerables ganancias, reservando solo una parte mínima para el gasto diario. Ver entrar el dinero a carretadas, y verle salir a espuertas le taladraba el corazón, y le llenaba la cabeza de pensamientos sombríos y pesimistas. Entre él y Cruz se había entablado una lucha a muerte; reconocíase muy inferior a ella por los recursos de la inteligencia y por la palabra; pero se creía, en aquel caso, cargado de razón. Lo peor de todo era que Crucita le dominaba y sabía imponerle su criterio económico, metiéndole en un puño cada vez que *ponía sobre el tapete* la cuestión de un nuevo dispendio. Él se retorcía de rabia, como el demonio que pintan a los pies de San Miguel, y la muy indina le aplastaba la cabeza, y hacía su santísima voluntad con el dinero de él.

En suma, que se tenía por muy desgraciado, y con aquellas amarguras, hasta para alegrarse de ser padre *en su día*, le faltaban ánimos. Mostrose Fidela reservada en la contestación, asegurando que por su parte no le importaba vivir en la mayor modestia y oscuridad; pero puesto que Cruz disponía las cosas de otro modo, sus razones tendría para ello. «Sabe más que nosotros, querido Tor, y lo mejor es dejarla hacer lo que quiera. Para tus mismos negocios te conviene respirar una atmósfera de esplendidez. Con franqueza, Tor: ¿habrías ganado lo que has ganado viviendo como un miserable en la calle de San Blas? ¡Si cada duro que te gasta mi hermana es para traerte luego veinte! Y, sobre todo, esa que llamas tirana, sabe más que Merlín, y a su despotismo debemos, primero, haber salido con vida de aquella pobreza ignominiosa; después, el hallarnos en plena abundancia, y tú hecho un hombre de peso. No seas tontín, cierra los ojos, y sométete a cuanto te diga y proponga mi hermana.

En todo esto y en algo más que dijo, se revelaba el respeto casi supersticioso a la autoridad de Cruz, y la imposibilidad de rebelarse contra cualquiera cosa grande o pequeña que dispusiera el autócrata de la familia. Suspiró Torquemada oyéndola, y pensaba con hondo desaliento que su mujer no le ayudaría en ningún caso a sacudir el yugo. Una ligera indicación de esto bastó para que Fidela expresara la negativa con infantil temor. ¡Oponerse ella a los juicios y a las determinaciones de su hermana! Antes saldría el Sol por Occidente. «No, no, Tor, quien manda manda. Vuelvo a decirte que todo eso que te contraría es lo que te conviene, y nos conviene a todos.

De queja en queja, el usurero fue a parar a otra idea que también le atormentaba. Antes de expresarla, vaciló un rato, temeroso de que su mujer la acogiera con risas. Pero al fin, se lanzó a la espontaneidad más delicada: «Mira, Fidela, cada uno tiene su aquel y su *ideasingracia*, como dice el amigo Zárate, y yo te aseguro que no quiero que mi hijo salga Águila. Bien sé que Cruz beberá los vientos porque el niño sea como vosotras, como ella, gastadorcillo, pinturero, y con muchos humos de aristocracia pródiga. Pero más quiero que no nazca si ha de nacer así. Por supuesto, yo tengo para mí que os engañáis las dos si esperáis que el nuevo Valentín saque uñas y pico de vuestra raza, pues me da el corazón que será Torquemada de lo fino, es decir, el auténtico Valentín de antes en cuerpo y alma, con el propio despejo y la pinta mismísima de la otra vez.

VI

Quedose Fidela estupefacta, sin poder apoyar ni combatir semejante idea, y tan solo dijo: «Será lo que Dios disponga. ¿Qué sabemos nosotros de los designios de Dios?

—Sí que lo sabemos —replicó Torquemada sulfurándose—. Tiene que haber justicia, tiene que haber lógica, porque si no, no habría Ser Supremo, ni Cristo que lo fundó. El hijo mío vuelve. ¡Ah! no conociste tú aquel prodigio; que si lo hubieras conocido, desearías lo mismo que deseo yo, y lo tendrías por cierto, dado que deben pasar las cosas conforme a una ley de equidad. Verás, verás qué disposición para las matemáticas. Como que él es las puras matemáticas, y todos los problemas los sabe mejor que el maestro. Si he de hablarte con franqueza, sin ocultarte nada de lo que pienso, te diré que no puedo menos de compaginar ciertos fenómenos de tu estado con la ciencia de mi hijo Valentín. ¿No nos contaste que hace dos noches tuviste unos sueños muy raros, viendo que se te ponían delante cifras de ocho y diez guarismos, y que luego ibas por un bosque, y te encontraste catorce *nueves*, que te salieron al encuentro y te acorralaron sin dejarte pasar adelante?

—Sí, sí, es verdad que soñé eso.

—Pues ahí lo tienes —dijo Torquemada con los ojos fulgurando de alegría—. Es él, es él, que te tiene el alma y las venas todas llenas de los santísimos números. Y dime, ¿no sientes tú ahora algo como si te subieran de la caja del cuerpo a la cabeza, *vulgo* región cerebral, unas enormísimas cantidades, cuatrillones o cosa así? ¿No sientes un endiablado pataleo de multiplicaciones y divisiones, y aquello de la raíz cuadrada y la raíz cúbica?

—Algo de eso siento, sí, de una manera vaga —replicó Fidela, dejándose sugestionar—. Pero de eso de las raíces no siento nada. Números sí, que se me suben a la cabeza.

—¿Ves, ves? ¿No te lo decía yo? Si no me podía equivocar. ¿Y no te pasa también que todo lo que calculas te sale exacto? Como que tienes dentro de ti el espíritu puro de las matemáticas, y la ciencia de las ciencias.

—¡Tanto como eso...! —repuso Fidela, dudando—. Yo no calculo nada, porque no sirvo para el cálculo.

—Pues ponte ahora a combinar cantidades; ponte y verás.

Don Francisco se frotaba las manos, añadiendo por vía de síntesis: «Quedamos en que no es Águila, en que será quien es, y no puede ser otro.

Algo más pensaban decir marido y mujer sobre el extraño caso; pero les distrajo de su coloquio un coche cargado de gente que por la carretera de San Sebastián venía, en dirección al pueblo, y oyeron alegres voces que con estruendo los saludaron. Hallábanse sentados en una pradera junto al camino, al pie de un corpulento castaño, y cuando el charabán pasó delante de ellos, reconocieron entre la turbamulta que venía en la delantera y en los asientos laterales, algunas caras amigas. «¡Oh! Morentín —dijo don Francisco. Y Fidela: «¡Ah! Infante, Malibrán.

Y se encaminaron al pueblo, del cual distaba medio kilómetro, tardando bastante en llegar, porque la señora, en aquellos meses, no se distinguía por la rapidez de sus movimientos.

En la casa encontraron a los amigos que de San Sebastián habían ido de asalto: Morentín con su mamá, Manolo Infante, Jacinto Villalonga, Cornelio Malibrán, dos chicos y una chica de Pez, Manuel Peña y su mujer Irene, y alguno más que no consta en autos. «¿Y a toda esta caterva tenemos que darle de comer? —preguntó angustiado don Francisco.

—Hijo, sí; no hay más remedio. Pero se reparten. Verás cómo algunos se van a casa de Severiano Rodríguez o del general Morla.

—Siempre nos tocarán los más alborotadores en el hablar y los menos moderados en el comer. Y no viene Zárate, que es, de toda esta taifa, el único que me gusta, por ser muchacho tan científico.

Con las visitas, pasaron las señoras muy entretenidas la tarde, y don Francisco pudo hablar de negocios con Morentín, que le dio noticias de su diligente papá, ya dispuesto a salir de Londres en dirección a España. Animose Rafael con la charla de sus amigos, oyendo con especial gusto a Infante y a Villalonga, que contaban mil divertidas historias de la sociedad de Biarritz y San Sebastián. Hablose también de política, y al anochecer se fueron con la misma algazara que habían traído para acá.

Si la tarde fue placentera para el pobre ciego, por la noche notole su hermana muy inquieto, con cierta reversión a las antiguas manías que ya parecían olvidadas. Hablaba de carretilla, reía desaforadamente, y a cada momento nombraba a Morentín para ridiculizarle y poner en solfa sus palabras.

«¿Pero no es el amigo que más quieres?... ¿Por qué te ha entrado ahora esa absurda antipatía? —le dijo su hermana Cruz, a solas, dándole de cenar.

—Fue mi amigo. Ya no lo es, ni puede serlo. Y no creas; me temía yo que recalase por aquí. Era de absoluta lógica que viniese, traído por sus malos pensamientos.

Y en lo que siguió diciendo, demostraba, más que antipatía, un odio insano tan violento en la forma, que Cruz sintió renovados sus temores de otros días, y se dispuso a pasar una mala noche, en compañía del infeliz joven. En efecto, no bien se retiraron su hermana y don Francisco, fuese al cuarto de Rafael, que era un gabinete bajo con ventana al jardín, rodeada de madreselvas; y hallándole muy despabilado, sin ganas de dormir, le propuso quedarse ambos de tertulia hasta que les rindiese el sueño. La noche, como de Agosto, era calurosa. Mejor que dando vueltas en la cama, la pasarían tomando el fresco, respirando el aire embalsamado del jardín, y oyendo cantar las ranas, que en una charca próxima entonaban su gárrulo himno a la tibia noche.

Aceptó gozoso Rafael lo propuesto por su hermana. Sentada esta junto al alféizar, procediendo con rapidez y autoridad, para no darle tiempo a pensar sus respuestas, le acometió con bravura desde el primer momento: «Vamos a ver, Rafael: vas a decirme ahora mismo, clarito, pero muy clarito, y sin rodeos ni atenuaciones, por qué se ha trocado en aborrecimiento el cariño que tenías a tu amigo Morentín. ¿Qué te ha hecho?

—A mí, nada.

—¿Qué te ha dicho?

—Nada.

—No admito subterfugios. Has de hablarme claro y pronto. Hace tiempo, desde mucho antes de salir de Madrid, empecé a notar que te ponías muy nervioso siempre que hablabas de él... Vamos a ver; dímelo todo, Rafael. Por Dios te lo pido.

—Morentín es un egoísta.

—¿Y nada más que por eso le odias?

—Y un miserable.

—¿Qué te ha dicho?... Algo habéis hablado. No me lo niegues.

—No necesito que Pepe me muestre la fealdad de su alma, porque se la veo con los ojos de la mía... y con la luz de mis pensamientos... ¡pero tan claro...!

—Ea, ya empiezas a desvariar. Vamos, alguno de los amigos que te han visitado hoy, Manolito Infante, Peñita, quizá Malibrán, que es muy malo y tiene la peor lengua del mundo, te ha dicho alguna brutalidad del pobre Morentín.

—No; nadie me ha dicho nada.

Haz memoria, Rafael. Malibrán, Malibrán ha sido. Pero, hijo, ¿para qué haces caso de ese fatuo, complexión de víbora, lengua venenosa?

—Te juro por la memoria de nuestra madre —dijo Rafael con solemne acento—, que Malibrán no me ha dicho absolutamente nada de... vamos, del asunto penoso que es la causa de mi aborrecimiento a Morentín... Pero ahora comprendo... Hermana querida, tú has venido a interrogarme a mí esta noche, y ahora soy yo quien interroga... Respóndeme pronto, clarito: Malibrán, en alguna parte, ¿ha dicho algo... de eso?

—¿De qué?

—De eso. No te hagas de nuevas. La idea que a mí me atormenta, te atormenta también a ti... Ya lo veo todo muy claro con la luz de mi razón. Lo que yo adiviné solo con los recursos de mi lógica, el mundo lo dice ya, quizá lo pregona con escándalo, y ese escándalo ha llegado a tus oídos. Dímelo, dímelo. Malibrán, o algún otro deslenguado, ha dicho algo en casa de los Romeros, en casa de San Salomó, de Orozco tal vez...

—¿Pero qué? —preguntó Cruz acongojada, queriendo ocultar sus ideas a la perspicacia del ciego.

Este no veía su palidez mortal; pero notaba en su voz un timbre opaco, que para él era dato tan preciso como la blancura del semblante, y la voz de Cruz delataba sobresalto, ira, vergüenza.

«Pues bien —añadió Rafael tras breve pausa—, lo diré yo sin rodeos. A tus oídos llegan voces de escándalo. Quien quiera que sea lo propala en las casas de los enemigos, también quizá en las de los amigos. Yo, sin oírlo, lo sé, como sin verlo lo he visto. ¿A qué hacer misterio de ello? Lo que dicen es que mi hermana Fidela tiene un amante, y que este es Morentín.

—Cállate —gritó Cruz con arranque de ira, poniéndole la mano en la boca con tanta fuerza, que parecía que le abofeteaba.

—Digo la verdad... El escándalo ha llegado a tus oídos. No me lo niegues.

—Pues bien, no lo niego. Malibrán es quien se ha permitido afrentarnos con esta calumnia infame. ¡Y hoy le hemos tenido aquí! Gracias que se fue a comer a casa de Cícero, que si le veo en mi mesa, no sé... creo que yo misma... En Biarritz lo dijo, y en Cambo y en Fuenterrabía. Lo sé por persona que no puede engañarme, y que me ha puesto sobre aviso. Triste cosa es la deshonra motivada; pero deshonra que surge por generación espontánea, y corre y se propaga sin que exista ni el más insignificante hecho que la justifique, es cosa que subleva.

—Es que... te lo diré si no te enfadas... yo no creo que esa deshonra sea tan inmotivada como tú la presentas...

¡Pero tú...! (*Indignada.*) ¡Crees... también tú!

Furiosa le cogió del brazo sacudiéndole con brío, única manera de contestar a la infame reticencia.

VII

«Ten calma, y déjame expresar todo lo que discurro —agregó Rafael tomando resuello, pues le faltaba el aliento, tanto como a su hermana—. En conciencia te digo que el caso es perfectamente lógico. Déjame hablar. El caso es un producto de la vida social, de la corrupción de las costumbres, del trastorno de la idea moral. Cuando nuestra hermana se casó, dije yo: «Esto tiene que ser...» y ha sido tal como lo pensé. Desde este antro oscuro de mi ceguera lo veo todo, porque pensar es ver, y nada se escapa a mi segura lógica, nada, nada. Esa deshonra era un hecho forzoso. En casa teníamos todos los elementos para que surgiera. Naturalmente... ha surgido, sin que nadie pueda evitarlo... Ya, ya sé lo que vas a decirme.

—No lo sabes, no lo sabes —replicó la dama con acento firme y altanero—. Lo que tengo que decirte es que nuestra hermana es más pura que el Sol. En ningún caso dudaría de su perfecta, de su absoluta honradez; menos puedo dudar de ella, viviendo, como vivo, siempre al lado suyo. Ninguno de sus actos, ni aun sus pensamientos más recónditos, me son desconocidos. Sé lo que piensa y siente, como sé lo que siento y pienso yo misma. Y nada, absolutamente nada existe que pueda servir de fundamento a tan vil especie.

—Te concedo que en el terreno de los hechos no hay motivo para...

—Ni en ningún otro terreno.

—En el de la intención, en el de la voluntad...

—Ni en ese ni en ningún otro existe la menor sombra de mancha. Fidela es la pureza misma; quiere y estima a su marido, que en su tosquedad es muy bueno para ella, y para toda la familia. Que no vuelva yo a oírte semejante disparate, Rafael, o no respondo de tratarte con la blandura que acostumbro usar contigo.

—Bueno, bueno: no te incomodes. Admito que tengas razón en lo que a mi hermana se refiere. ¿Y me respondes tú de las intenciones de Morentín?

—De eso, ¿cómo he de responder yo? Siempre me ha parecido decente y delicado.

—Pues yo que le conozco, porque ambos hemos sido compañeros de aventuras, en tiempos que no han de volver, y que ahora, en el archivo de mis recuerdos, son una gran enseñanza; yo te aseguro que la corrupción mansa, la que no se siente, la que devora sin ruido y a veces sin el escándalo más ligero, anida en su alma. Sin que Morentín me haya dicho nada, sé que pretende deshonrarnos, que cree segura la victoria más temprano o más tarde. Si no se jacta de haber triunfado ya, tampoco negará honradamente, cuando le feliciten por una conquista que algunos darán por hecha, todos, todos por probable. ¡Ay! horroriza el considerar que aunque mi hermana fuese una santa, y Morentín un modelo de virtudes, el mundo, atento a la composición de este matrimonio y a la vida ostentosa que lleváis, tendrá siempre por hecho inconcuso lo que Malibrán ha dicho. Y no puedes ya evitar que corra y se propague el rumor infamante. Ni conseguirás rectificar lo que tú crees error... y lo será por el momento.

—Por el momento no, por siempre. ¡También tú...! No parece sino que tomas partido por los difamadores. Esto es intolerable, Rafael. Se trata de una calumnia, ¿sí o no? Pues si es calumnia; si la inocencia de nuestra hermana resplandece como el Sol, y antes que dudar de ella dudaría yo de que existe un Dios justiciero y misericordioso; si ella es honrada, digo, y los que la calumnian dignos de las penas del Infierno, la verdad ha de brillar tarde o temprano, y el mundo ha de reconocerla y acatarla.

—No la reconocerá. El mundo procede con una lógica que él mismo se ha creado para juzgar cosas y personas. Te concedo que es una lógica construida con artificios; pero es... y quítale de la cabeza a la opinión su infame idea. No puedes, no puedes. Para evitar esto habría convenido seguir viviendo en la oscuridad modesta, después de esa malhadada boda. Pero en el torbellino de la sociedad, en medio de este boato, cultivando las relaciones antiguas y buscando otras nuevas, no hay medio de sustraerse a la atmósfera total, querida hermana. La atmósfera total nos envuelve: en ella flotan los placeres, las satisfacciones de la vanidad; flota también el veneno, el microscópico bacillus que nos mata, en medio de tantas alegrías. Mujer joven y guapa, sensible, rodeada de lisonjas, sin ocupaciones domésticas; marido viejo y ridículo, brutalmente egoísta y en absoluto desprovisto de todo atractivo personal... ya se sabe... saca la consecuencia. Si no es, tiene que ser. El mundo lo sanciona antes que suceda, y lo autoriza, y hasta parece que lo decreta, como si hubiera, en esa constitución oculta de las conciencias del día, un artículo que expresamente lo mandara. Esto lo he visto yo hace tiempo; este fue uno de los inconvenientes más graves que vi en la boda de mi hermana. Ahora, sufrir y callar.

—No, yo no sufro ni callo —replicó Cruz sobreponiéndose a la turbación que aquel asunto le causaba—. Yo desprecio la calumnia. Dios quiera que a los oídos de Fidela no llegue jamás; pero si llegara, la despreciará como yo, y como tú... Te prohíbo hablar de esto; es más, te prohíbo pensar...

—¡Pensar! ¡Prohibirme pensar! Eso sí que no puede ser. No pienso en otra cosa. Es lo único en que puedo ocuparme, y si no fuera por el trabajar de la mente, ¿con qué mataría yo, pobre ciego, el fastidio de la oscuridad? Te prometo revelarte todo lo que vaya descubriendo.

—No, no descubrirás, no podrás descubrir nada —dijo la dama nerviosa y con ganas de reñir—. Y cuanto discurras será obra exclusivamente tuya, de tu pobrecita mente aburrida, holgazana, traviesa. Te lo prohíbo, Rafael; sí, te prohíbo pensar en eso.

Sonreía el ciego sin articular sílaba, y su hermana suspiraba, masticando las frases dichas anteriormente, y otras que intentó decir, quedándose con la primera palabra en la boca. Así transcurrió un mediano rato, y ya iban a romper los dos con nuevos argumentos, cuando oyeron ruido en las habitaciones altas, donde el matrimonio dormía, y a poco sintieron el paso grave de don Francisco bajando la escalera. Salió Cruz a su encuentro, temerosa de que ocurriese alguna novedad, pero él la tranquilizó diciéndole: «No es nada. Fidela duerme como una bendita; pero yo, con *la calor* y un infame mosquito que pie ha estado dando murga toda la noche, no he podido pegar los ojos, hasta que al fin, cansado del ardor de las sábanas, me bajo a tomar el fresco en el jardín.

—La noche está pesada y bochornosa; cosa muy rara en este país —observó Cruz—. Mañana habrá tormenta, y refrescará el tiempo.

—¡Vaya una noche! —murmuró el tacaño—. ¡Y para esto abandona uno aquel Madrid tan cómodo...!

Salió al jardín en mangas de camisa, con un chaquetón sobre los hombros, la gorra de seda en la coronilla. Desde la ventana en que los dos hermanos se hallaban silenciosos respirando el aire tibio, aromatizado por las madreselvas, veían pasar el sombrajo negro de don Francisco que se paseaba lentamente, y oían su tosecilla, y el rechinar del menudo guijo bajo su planta procerosa.

La noche era toda calma, tibieza y solemne poesía. El aire inmóvil y como embriagado con la fragancia campesina, dormitaba entre las hojas de los árboles, moviéndolas apenas con su tenue respiración. El cielo profundo, sin Luna y sin nubes, se alumbraba con el fulgor plateado de las estrellas. En la oscura frondosidad de la tierra, arboledas, prados, huertas y jardines, los grillos rasgaban el apacible silencio con el chirrido metálico de sus alas, y el sapo dejaba oír, con ritmo melancólico, el son aflautado que parece marcar la cadencia grave del péndulo de la eternidad. Ninguna otra voz, fuera de estas, sonaba en cielo y tierra.

Largo tiempo estuvieron Cruz y Rafael contemplando las sombras del jardín, y la figura de don Francisco, que iba y venía, también con mesurado ritmo, de un extremo a otro, pasando y repasando como ánima de pecador insepulto que viene a pedir que le entierren. Movida de un estado particularísimo de su ánimo, y por efecto también quizá de la serenidad poética de la noche, Cruz sintió pena intensísima ante aquel hombre, abrumado por la nostalgia. Consideró que si por él había salido de espantosa miseria la noble familia del Águila, esta debía corresponderle dándole la felicidad que merecía. Y en vez de procurarlo así, la directora del cotarro le contrariaba llevándole a grandezas sociales que repugnaban a sus hábitos y a su carácter. ¿No era más humano y generoso dejarle cultivar su tacañería, y que en ella se gozará, como el reptil en la humedad fangosa? Por que, a mayor abundamiento, el pobre hombre, sacado de su natural esfera, sufría los mordiscos de la calumnia, y si dejaba de ser ridículo en una forma, lo era en otra. ¿No tenía ella la culpa de todo, por meterse a encumbradora de gente baja, y por querer hacer de un zafio un caballero y un prohombre? Este remusguillo de su conciencia, y la compasión vivísima que hacia su hermano político sintió en aquella hora solemne de la noche de verano, moviéronla a dirigirle palabras afectuosas. Echando su cuerpo fuera de la ventana, le dijo:

«¿No teme usted, don Francisco, que el sereno le haga daño? No hay que fiarse mucho de los calores de esta tierra.

—Estoy bien —replicó el tacaño, aproximándose a la ventana.

—Me parece que ha salido usted con poco abrigo. Por Dios, no nos coja usted un reúma, o un catarro fuerte.

—Pierda cuidado. Tendría que ver que por huir de aquel calorcito de Madrid, tan agradable, y por más que digan, higiénico, viniese uno a enfermar en los calores húmedos de esta tierra, tan sumamente acuática.

—Vale más que entre usted aquí, y nos acompañaremos los tres hasta que tengamos sueño.

Rafael se aproximó también a la ventana. En aquel instante, como si los sentimientos de Cruz se le comunicaran por misterio magnético, sintió asimismo lástima del hombre que odiaba.

«Entre, don Francisco —le dijo, pensando que la ilustre familia hambrienta había engañado a su favorecedor, utilizándole para redimirse, y que después de sacarle de su elemento para hacerle infeliz, le cubría de una ridiculez más grave que la que él había echado sobre ella. Entráronle deseos de reconciliarse con el bárbaro, guardando siempre la distancia, y de devolverle en forma de amistad compasiva la protección material que de él recibía.

Como ambos hermanos insistieron en llevarle a su lado, no pudo ser insensible el tacaño a estas demostraciones de afecto, y entró, echando pestes contra el clima del país vasco, contra los alimentos, y sobre todo, contra las pícaras aguas, que eran, sin género de duda, las peores del mundo.

«Está usted aquí fuera de su centro —díjole Rafael, que por primera vez en su vida le hablaba con afabilidad—. No puede usted vivir alejado de sus queridos negocios.

Oyendo esto, Cruz tuvo una inspiración, y al instante saltó de la voluntad a la palabra.

«Don Francisco, ¿quiere que nos vayamos mañana?

Tanta sorpresa causó al aburrido negociante la proposición, que no creyó que su cuñada le hablaba formalmente.

«Usted me busca el genio, Crucita.

—Y la verdad —indicó Rafael—; para lo que hacemos aquí... Fresco no hay; en cambio abundan los mosquitos, y otra casta de alimañas peores, los amigos importunos y mortificantes.

—Eso es hablar como la Biblia.

—Propongo que salgamos mañana —dijo la hermana mayor con resolución—. Ea, si don Francisco quiere...

—¡Que si quiero!... Re Cristo, ¿pues acaso estoy por mi gusto en esta tierra maldecida... o por contentamiento de ustedes, y obediencia al fuero de la puerquísima moda?

—Mañana, sí —repitió el ciego batiendo palmas.

—¿Pero lo dicen de verdad, o es ganas de marear más?

—De verdad, de verdad.

Y convencido de que no era broma, púsose el tacaño tan gozoso, que sus ojos relumbraban como las estrellas del cielo. «¡Con que mañana! No podía usted determinar, Crucita de mi alma, cosa más de mi agrado. Ya estaba yo aquí como *el alma de Garibaldi*, suspenso y aburrido, mirando al cielo y a la tierra, y acordándome de mis cosas de Madrid, como se acordaría de la gloria divina, el que, después de gozarla, se ve enchiquerado en los profundos abismos del infierno... ¿Con que mañana, Rafaelito? ¡qué gusto! Dispénsenme: soy como un chiquillo a quien dan punto para las vacaciones. Mis vacaciones son el santo trabajo. No me divierte esta vida boba del campo, ni le encuentro chiste a la mar salada de San Sebastián; ni estas pamemas del baño y el paseíto se han hecho para mí. El verde para quien lo coma; y el campo *natural* es meramente una tontería. Yo digo que no debe haber campiñas, sino todo ciudades, todo calles y gente... El mar sea para las ballenas. ¡Mi Madrid de mi alma!... ¿Con que es de veras que mañana? Para otro año viene la familia sola, si quiere fresco caro. Yo a mi calor barato me atengo. Digan lo que quieran, pasado el 15 de Agosto se templa Madrid, *maximé* de noche, y da gusto salir a tomar la fresca por aquellos altos de Chamberí. Pues digo, ahora que empiezan los melones y el riquísimo albillo... ¡Cristo! por no hacer ruido y dejar a Fidela que duerma, no me pongo a hacer el equipaje ahora mismo. ¿A qué hora pasa el tren de San Sebastián? A las diez. Pues en cuanto amanezca pedimos el coche y salimos pitando... No hay que volverse atrás, Crucita. Usted es la que manda; pero no nos engañe con dedadas de miel, *vulgo* promesas, que bien me merezco la realidad de esta vuelta a Madrid, por la paciencia con que he venido a estas tierras chirles, sin más *objetivo* que zarandear a la familia, y darnos tono ¡con cien mil Biblias! tono... Siempre el dichoso *buen tono*, que a mí me parece un tono muy mal entonado.

VIII

Partieron, pues, aquella mañana, con asombro y extrañeza de toda la colonia, en la cual no faltó algún desocupado caviloso que se diese a buscar la razón de aquel súbito regreso, que más bien parecía fuga, y *descubriera* nada menos que una grave discordia matrimonial. Ello es que iban todos contentos a Madrid, y Torquemada como unas pascuas. ¡Con qué alegría vio el semblante risueño de su cara Villa, sus calles asoleadas, y sus paseos polvorosos, pues aún no había llovido gota! ¡Y qué hermosura de calor picante! Que no le dijeran a él que había lugares en el mundo más higiénicos. Para miasmas, Hernani, que por ser cargante en todo, hasta tenía nombre de música. ¡Cuándo se ha visto, Señor, que los pueblos se llamen como las óperas!

Entró de lleno en la onda de sus negocios, como pato sediento que vuelve a la charca; pero hallándose aún ausentes muchas personas del elemento oficial y del *elemento particular*, no encontró la ocupación plena que hubiera deseado. Con todo, su contento era grande; y para completarlo, Cruz no le mortificaba con nuevos planes de engrandecimiento. Otra novedad dichosa era que Rafael se había suavizado en su trato con el tacaño, y hasta parecía desear tenerle por amigo. Antes del viaje, apenas cambiaban más palabras que las generales de la ley, el saludo por las mañanas, y por la noche cuatro frases insubstanciales acerca del tiempo. Al regreso de Hernani, solían acompañarse algunos ratos, y el ciego le mostraba consideración, algo parecida al afecto, le oía con calma, y hasta le pedía su parecer sobre asuntos corrientes de política, o sobre cualquier suceso del día. Pero lo más particular de todo esto era que la buena de Cruz, que había bebido los vientos por las paces de los dos cuñados, y de continuo los incitaba a la concordia, en cuanto les veía charlando sosegadamente, parecía sobresaltada, y no se apartaba de ellos, cual si temiera que alguno de los dos se fuese del seguro. Debe advertirse que por aquellos días (Septiembre y Octubre), la opinión de Cruz sobre el estado cerebral de su desdichado hermano era más pesimista que nunca, a pesar de que el pobrecito no desentonaba ya, ni reía sin motivo, ni se irritaba.

«Si ahora le tenemos tranquilo, y no nos da ninguna guerra —le decía Fidela—, ¿por qué temes...?

—La calma bochornosa suele anunciar grandes tempestades. Prefiero verle nerviosillo y un poco charlatán, a que se nos encierre en ese *spleen* sombrío, con apariencias sospechosas de buen juicio en lo poco que habla. En fin, Dios dirá.

En todo Septiembre, tuvo don Francisco el gusto de no ver a muchas personas de las que ordinariamente iban a la casa, y que rodaban todavía por playas y balnearios, algunas en París; y aumentó su gusto la única excepción de aquella desbandada, Zárate, que por la escasez que suele acompañar a la sabiduría no veraneaba más que quince o veinte días en El Escorial o Colmenar Viejo. Buenos ratos pasó el tacaño con su amigo y consultor *científico*, casi solos todas las noches, platicando sobre temas sabrosísimos, como la cuestión de Oriente, los abonos químicos, la redondez de la tierra, el Papado en sus relaciones con el Reino de Italia, las pesquerías del Banco de Terranova... En aquella temporada de fecundos progresos, aprendió don Francisco dicciones muy chuscas, como *la tela de Penélope*, enterándose del por qué tal cosa se decía; *la espada de Damocles*, y *las kalendas griegas*. Además, leyó por entero *El Quijote*, que a trozos conocía desde su mocedad, y se apropió infinidad de ejemplos y dichos, como *las monteras de Sancho, peor es meneallo, la razón de la sinrazón*, y otros que el indino aplicaba muy bien, con castellana socarronería, en la conversación.

Charla que te charla, hablaron de Rafael, haciendo notar Zárate que sus apariencias de sosiego mental no inspiraban confianza a la hermana mayor, a lo que contestó don Francisco que su cuñado no regía bien del cerebro, y que más tarde o más temprano había de salir con alguna gran *peripecia*.

«Pues yo tengo sobre esto una opinión —dijo Zárate—, que me aventuro a consultar con usted a condición de absoluta reserva. Es una opinión mía; quizá me equivoque; pero no renuncio a ella mientras los hechos no me demuestren lo contrario. Yo creo... que *nuestro joven* no está loco, sino que lo finge, como lo fingía Hamlet, para despacharse a su gusto en el proceso de un drama de familia.

—¡Drama de familia! Aquí no hay drama ni comedia de familia, amigo Zárate —replicó don Francisco—. No hay más si no que el caballero aristócrata y un servidor de usted hemos estado de puntas... Pero ya parece que se da a partido, y yo me dejo querer... Naturalmente, más vale que haya paz en casa. Esta es la razón de la sinrazón, y no digo nada de las inconveniencias y tonterías de mi hermano político. *Peor es meneallo*... Por lo demás, creo también que en algunos períodos, su locura ha sido figurada, como la de ese señor que usted cita tan oportunamente.

Y se quedó con la duda de quién sería aquel *Jamle*; pero no quiso preguntarlo, prefiriendo dar a entender que lo sabía. Por el nombre y lo de fingirse loco, se le antojaba que el tal debía de ser poeta.

«Celebro que estemos conformes en este punto, señor don Francisco —dijo Zárate—. Hallo entre nuestro Rafael y el infortunado príncipe de Dinamarca muchos puntos de contacto. Ayer, sin ir más lejos, hablaba solo el pobre ciego, y dijo cosas que me recordaron el célebre monólogo *to be or not to be*.

—Efectivamente, algo dijo de aquello. Yo lo noté, y no se me escaparon *los puntos de contacto*. Porque yo observo y callo.

—Eso, eso justamente es lo que procede, observarle.

—El pobrecillo tira mucho a poeta, ¿verdad?

—Verdad.

—Y diciendo poesía, se dice poco juicio, el meollo revuelto.

—Exactamente.

—Y a propósito, amigo Zárate: me sorprende que a los poetas se les den tantas denominaciones. Les dicen *vates*, les dicen también *bardos*. Crea usted que me he desternillado de risa leyendo un artículo que le *dedican* a ese chiquillo a quien yo protejo, y el condenado crítico le llama *bardo* acá, *bardo* allá, y le echa unos inciensos que apestan. A los versos que ese chico compone los llamaría yo *bardales*, porque aquello no hay cristiano que lo entienda, y se pierde uno entre tanta hojarasca. Todo se lo dice al revés. En fin, *peor es meneallo*.

Mucho celebró el pedante la ocurrencia, y pasaron a otro asunto, que debía de ser algo de socialismo y colectivismo, porque al día siguiente salió Torquemada por esas calles hecho un erudito en aquellas materias. Hallaba *puntos de contacto* entre ciertas doctrinas y el principio evangélico, y envolvía sus disparates en frases cogidas al vuelo y empleadas con dudosa oportunidad.

Don Juan Gualberto Serrano, que regresó a fines de Septiembre, trájole muy buenas noticias de Londres. Las compras de *rama* se harían por personas idóneas para el caso, muy prácticas en aquel comercio, y que sabrían ajustarse a los precios indicados, aunque tuvieran que apencar con las barreduras de los almacenes. Por este lado no había que pensar más que en atracarse de dinero. Propúsole además otro negocio, basado en operaciones de banqueros ingleses sobre fondos de nuestro país, y lo mismo fue anunciarlo, que Torquemada lo calificó de grandísimo disparate. En principio, la combinación era buena, y pensando en ella el tacaño por espacio de dos o tres días, encontró un nuevo desarrollo práctico del pensamiento, que propuso a su amigo, y este lo tuvo por tan excelente, que le abrazó entusiasmado: «Es usted un genio, amigo mío. Ha visto el negocio bajo su único aspecto positivo. El plan que yo traía era un caos, y de aquel caos ha sacado usted un mundo, un verdadero mundo. Hoy mismo escribo a los inventores de esta combinación, Proctor y Ruffer, y les diré *cómo ve* usted la cosa. De seguro les parecerá de perlas, y al instante nos pondremos a trabajar. Es cosa de liquidar medio millón de reales cada año.

—No digo que no. Escriba usted a esos señores. Ya sabe usted *mi línea de conducta*. En las condiciones que propongo, entro, vaya si entro.

Largo rato hablaron de este embrollado asunto, quedando de acuerdo en todo y por todo, y cuando ya se despedía Serrano, pues almorzaba aquel día con el Presidente del Consejo (como casi todos los de la semana), le dijo con semblante gozoso:

«Aquello me parece que es cosa hecha.

—¿Y qué es *aquello*?

—¿Pero no sabe usted...? ¿No le ha dicho Cruz...?

—Nada me ha dicho —replicó don Francisco receloso, sospechando que *aquello* era un nuevo tiento que la gobernadora pensaba dar a su bolsillo.

—¡Ah! pues téngalo por hecho.

—¿Pero qué...? ¡Biblias coronadas!

—¿Es de veras que no tiene noticia?

—Lo que tengo es el alma en un hilo, *¡ñales!* ¿Apostamos a que ahora viene la bomba que me tiene anunciada?... Vamos, que ya estoy echando setenta llaves a la caja.

—No, no tendrá usted que gastar sino muy poco dinero... Un almuercito a los compromisarios... una docena de telegramas...

—¿Pero qué, con cien mil pares de copones?

—Que le sacamos a usted senador.

—¡A mí!... ¿Pero cómo, vitalicio, o...?

—Electivo. Lo otro vendrá después. Primero se pensó en Teruel, donde hay dos vacantes; luego en León. Vamos, representará usted a su tierra, el Bierzo...

—Menuda plaga va a caer sobre mí. Dios me guarezca de pretendientes berzanos, y de pedigüeños de toda la tierra leonesa.

—¿Pero no le agrada...?

—No... ¿Para qué quiero yo la senaduría? Nada me da.

—Hombre... sí... Esos cargos siempre dan. Por lo menos, nada se pierde, y se puede ganar algo...

—¿*Y aun algos*?

—Sí señor, y aun *muchísimos algos*.

—Pues acepto la ínsula. Iremos al Senado, *vulgo Cámara Alta*, y si me pinchan, diré cuatro verdades al país. Mí *desideratum* es la reducción considerable de gastos. Economías arriba y abajo; economías en todas las esferas sociales. Que se acabe esa *tela de Penélope* de nuestra administración, y que se nivele ese presupuesto, sobre el cual está suspendida, como *una espada de Damocles*, la bancarrota. Yo me comprometía a arreglar la Hacienda en dos semanas; pero para ello exigiría un plan radicalísimo de economías. Esta será la *condición sine qua non*, la única, la principal de todas las *condiciones sine qua nones*.

IX

No se le cocía el pan a don Francisco hasta no explicarse con su cuñada sobre aquel asunto, y a la mañana siguiente, mientras se desayunaba, la interrogó con timidez.

«Nada quería decir a usted hasta no tener el pastel cocido —contestole Cruz sonriendo—. Por cierto que no estoy contenta ni mucho menos de nuestra gestión, y pienso que no servimos para el caso. Monte-Cármenes y Severiano Rodríguez nos habían prometido que sería para usted una de las vacantes de senador vitalicio, y a vueltas de muchos cabildeos y conferencias salen con que el Presidente tiene compromisos y qué sé yo qué. A un hombre como usted no se le puede regatear la senaduría vitalicia, ni se le contenta poniéndole en la mano la porquería de un acta, ¡un acta! que está hoy al alcance de cualquier catedratiquillo, o del primer intrigante que salte por ahí. Y el Ministro de Hacienda no está menos indignado que yo. Tuvo una trapatiesta con el Presidente... ¡Pues no se habla poco...!

—No lo sabía —dijo Torquemada estupefacto—. Han rifado por mi senaduría vitalicia. ¡Vaya una simpleza! Ni qué falta me hace a mí ser senador, y sentarme en aquellos bancos. Únicamente por tener el gusto de decir cuatro verdades, pero verdades, ¿eh? *Por lo demás*, yo no lo ambiciono, *ni de cerca ni de lejos. Mi línea de conducta* es trabajar en mi negocio, sin echar facha... Y si quieren darle ese turrón a otro, que se lo den, y buen provecho le haga.

—Yo pensé no aceptarla; pero lo tomarían a desaire, y no conviene... Seremos, digo, será usted senador electivo, y representará a su país natal.

—Villafranca del Bierzo.

—La provincia de León.

—Ya estoy viendo la nube de parientes con hambre atrasada que van a caer sobre mí como la langosta... Usted se encargará de recibirles, y de irles despachando con un buen jabón; que para estos casos viene muy bien su pico de oro.

—Pues sí, yo me encargo de *ese ramo*. ¿Qué no haré yo para tenerle a usted contento, y rodeado de satisfacciones?

—Ay, Crucita de mi alma —dijo Torquemada palideciendo—. Ya estoy viendo venir la puñalada.

—¿Por qué lo dice?

—Porque cuando usted me halaga y me sonríe, es que viene contra mí navaja en mano, pidiendo la bolsa o la vida.

—¡Ay, no lo crea usted! Estoy muy benigna de algún tiempo acá. No me conozco. Ya ve que le dejo acumular tranquilamente sus fabulosas ganancias.

—Cierto es que desde que volvimos de aquel condenado Hernani, no ha salido usted con ninguna tecla de nuevos encumbramientos, y por *ende*, de nuevos gastos. Pero yo tiemblo, porque tras de la calma vienen truenos y rayos, y como usted me amenazó hace tiempo con una muy gorda...

—¡Ah! es que esa, el trueno gordo, está pendiente de discusión aquí (*apuntándose a la frente con su dedo índice.*) Es cosa muy grave, y no acabo de decidirme.

—Dios nos asista, y la Virgen nos acompañe, con todas las Biblias pasteleras en pasta y por empastar. ¿Y qué idea del demonio es esa que usted *acaricia*?

—A su tiempo lo sabrá —replicó la señora, retirándose por el foro del comedor, y sonriendo graciosamente desde la puerta.

Y era verdad que la gobernadora, si no había renunciado a su magno proyecto, teníalo en la cartera de lo dudoso y circunstancial. Para decirlo todo claro, desde el viaje a Hernani, se habían quebrantado sus firmes propósitos de engrandecimiento. La atroz calumnia de que se tiene noticia, y que, lejos de desvanecerse en Madrid, corría y se hinchaba ganando pérfidamente la opinión, fue lo que determinó en su espíritu un salto atrás, y algo como remordimiento de haber sacado a la familia de la oscuridad, después del matrimonio con el tacaño. ¿No habrían sido más felices ellas, más feliz él, sin género de duda, en una medianía sosegada, con el pan de cada día bien seguro, entre cuatro paredes? Esta idea la atormentó algunos días, y aun semanas y meses, y casi estuvo a punto de deshacer todo lo hecho, y proponer a su esclavo que se fueran todos a vivir a un pueblo donde no se viera más frac que el del alcalde el día de la Santa Patrona, donde no hubiera jóvenes elegantes y depravados, viejas envidiosas y parlanchinas, políticos en quienes la vida parlamentaria corrompe todas las formas de la vida, damas que gustan de que se hable de faltas ajenas para cohonestar mejor las propias, ni tantas formas y estilos, en fin, de relajación moral.

Vaciló algún tiempo, pasándose las noches en cavilaciones penosas; y al fin su espíritu hubo de decidirse por seguir adelante en el camino trazado. La violencia del impulso adquirido imposibilitaba la detención súbita, equivalente a un choque de graves consecuencias. Lo menos malo era ya continuar hacia arriba, siempre en busca de las mayores alturas, con majestuoso vuelo de águilas, despreciando las miserias de abajo, y esperando perderlas de vista por causa de la distancia. Su mente se excitaba con estas ideas, y le hervían en ella ambiciones desmedidas, cuya realización, además de engrandecer a los suyos, servíale para hacer polvo a los indignos Romeros, y a toda la ruin caterva de envidiosos.

Fidela, en tanto, desconocía en absoluto estas internas luchas de su hermana y el hecho desagradable que las motivó. Había llegado a ser, por su interesante situación física, un objeto precioso, de extraordinaria delicadeza y fragilidad, que todos resguardaban hasta del aire. Faltaba poco para que la pusieran bajo un fanal. Su apetito de las golosinas llegó a tomar las formas de capricho más extravagantes. Se le antojaban guisantes en confitura para postre; a veces apetecía las cosas más ordinarias, como castañas pilongas, y aceitunas de zapatero; cenaba comúnmente pájaros fritos, que le habían de servir con gorros colorados hechos de rabanitos; se hartaba de berros aliñados con manteca de vaca. Pedía barquillos a todas horas del día, piñones tostados para después del chocolate, y a las once gelatinas, y algún bartolillo de añadidura.

Transcurrían los meses sin que se enterara de los rumores infames que algunos amigos, o enemigos, habían hecho correr acerca de ella, suponiéndola infiel; y tan ignorante se hallaba de las calumnias, como inocente del feo pecado que le imputaron, atenuándolo con disculpas no menos odiosas que el pecado mismo. Su pureza y la limpidez de su alma eran verdaderamente angelicales, pues ni se le ocurría que tales absurdos pudieran decirse, ni soñó jamás con el peligro de opinión que tan de cerca la rondaba. Creyérase que no había en ella más prurito que vivir bien en el orden vegetativo, a cien mil leguas de todos los problemas psicológicos. Juzgándola con la ligereza propia de un sabio superficial, de estos que engullen revistas y periódicos, pero que no observan la vida ni ven la medula de las cosas, el tonto de Zárate decía:

«Es una estúpida, un ser enteramente atrofiado en todo lo que no sea la vida orgánica. Desconoce el *ele* mento afectivo. Las pasiones son letra muerta para esta hermosa pava real, o gatita de Angora.

Y Morentín desmentía tan cerrada opinión, prometiéndoselas muy felices para después que *aquello* pasase. Pero Zárate, que era de los pocos que desmentían las voces calumniosas, quitábale al otro las esperanzas, asegurando que la maternidad despertaría en ella instintos contrarios a todo distracción, haciéndola estúpidamente honrada, e incapaz de ningún sentimiento extraño al cuidado de la cría. Disputaban sin tregua los dos amigos sobre aquel tema, y acababan por reñir, echándose en cara recíprocamente, el uno su fatuidad, el otro su pedantería.

Cuidaba don Francisco a su mujer como a las niñas de sus ojos, viendo en ella un vaso de materia fragilísima, dentro del cual se elaboraban todas las combinaciones matemáticas que habían de transformar el mundo. Era la encarnación de un Dios, de un Altísimo nuevo, el Mesías de la ciencia de los números, que había de traernos el dogma cerrado de la cantidad, para renovar con él estas sociedades medio podridas ya con la hojarasca que de tantos siglos de poesía se ha ido desprendiendo. No lo expresaba él así; pero tales eran, *mutatis mutandis*, sus pensamientos. Y a los cuidados dengosos del tacaño, correspondía Fidela con un cariño frío, dulzón y desleído, sin intensidad, única forma de afecto que en ella cabía, y a la cual daba estilos muy singulares, a veces como el que se usa para querer a los animales domésticos, a veces semejantes al afecto filial.

Sus amores de familia se condensaron siempre en Rafael. Pues en aquellos días no hacía gran caso de su hermano, ni se afanaba por si comía bien o mal, o si estaba de buen humor. Verdad que los cuidados de su hermana la relevaban de toda preocupación respecto al ciego, y este, después de la boda, no pasaba tantas horas en dulce intimidad con la señora de Torquemada. Habíase iniciado entre uno y otro cierto despego, que solo se manifestaba en imperceptibles accidentes de la acción y la palabra, tan solo notados por la agudísima, por la adivinadora Cruz.

Una tarde, al volver Torquemada de sus correrías de negociante, encontró a Fidela sola en el gabinete, llorando. Cruz había salido a compras, y Rufinita, que pasaba allí algunas tardes acompañando a su madrastra (compañía que, dicho sea de paso, era muy del agrado de esta), no había ido aquel día, lo que contrarió mucho al tacaño.

«¿Qué tienes; qué te pasa? ¿Por qué estás sola? Y esa Rufina de mis pecados, ¿en qué piensa que no viene a darte palique? ¡Para lo que ella tiene que hacer en su casa!... A ver, ¿por qué lloras? ¿Es porque no han querido darme la vitalicia? (*Denegación de Fidela*.) Bien decía yo que por eso no era. Al fin y a la postre, lo mismo da por lo electivo, aunque la verdad, esto de la senaduría no *viene a llenarme ningún vacío*... Fidela, dime por qué lloras, o me enfado de veras, y te digo cosas malas, *Biblias* y *Cristos*, y todo el palabreo que uso cuando me da la corajina.

—Pues lloro... porque me da la gana —replicó Fidela echándose a reír.

—¡Bah! ya te ríes, *de lo cual se desprende* que no es nada.

—Algo hay; cosas de familia...

—¿Pero qué, por vida de la...?

—Rafael... —murmuró Fidela volviendo a llorar.

—¿Rafaelito, qué?

—Que mi hermano no me quiere ya.

—Acabáramos. ¿Y qué te importa? Digo, ¿en qué lo has conocido? ¿Ya vuelve el *punto* ese con sus necedades?

—Esta tarde me ha dicho unas cosas que... que me ofenden, que no están bien en su boca.

—¿Qué te ha dicho?

—Cosas... Nos pusimos a hablar de la función de anoche... Dijo cosas muy chuscas; reía y declamaba. Luego me habló de ti... No, no creas que habló mal. Al contrario, te elogiaba... Que eres un gran carácter, y que yo no te merezco.

—¿Eso dijo?... Pues sí que me mereces.

—Que eres digno de lástima.

—¡Hola, hola! Lo dirá por los saqueos de tu hermana, y por lo esquilmado que me tiene.

—No es por eso.

—¿Pues por qué, *ñales*?

—Si dices indecencias me callo.

—No, no las digo, *iñales, re-ñales!* Tu hermanito me está cargando otra vez; repito que me está cargando, y al fin será preciso que evitemos *todo punto de contacto* entre él y yo.

X

—Pues de repente se puso a decirme cosas —añadió Fidela—, con entonación trágica, frases muy parecidas a las que le decía Hamlet a su madre cuando descubre...

—¿Qué?... ¿Y quién es ese *Jamle*, ¡Cristo! quién es ese *punto* que ya me va cargando a mí también, pues Zárate me lo saca también a relucir a cada triquitraque? ¡*Jamle*; dale con *Jamle*!

—Era un Príncipe de Dinamarca.

—Sí; que andaba averiguando aquello de *ser o no ser*. ¡Valiente bobería! Ya lo sé... ¿Y qué tiene que ver ese mequetrefe con nosotros?

—Nada. Pero mi hermano no está bien de la cabeza, y me ha dicho lo que Hamlet a su madre...

—Que también debía de ser una buena ficha.

—No era de lo mejor... Verás: esto pasa en una de las más hermosas tragedias de Shakespeare.

—¿De quién?... ¡Ah! el que escribió el *sí de las niñas*.

—No, hombre... ¡Qué bruto eres!

—Ya; el autor de... de la... En fin, sea quien fuere, poco me importa, y en sabiendo que ese *Jamle* es todo invención de poetas, no me interesa nada. Que lo parta un rayo. Pasemos a otra cosa, niña. No hagas caso de tu hermano, y lo que él te diga óyelo como si oyera llover... ¿Y tu hermana?

—Ha ido a compras.

—¡Ay, Dios mío, qué dolor siento aquí!

—¿Dónde?

—En el santo bolsillo. ¡A compras! Adiós mi *líquido*. Tu hermana y yo vamos a acabar mal. ¿Qué proyectos *abrigará*; qué nuevos *gravámenes* me esperan?... Estoy temblando, porque hace tiempo, desde antes del verano, me tiene anunciado el trueno gordo, y yo me devano los sesos pensando qué será, qué no será.

Fidela se sonreía picarescamente.

«Tú lo sabes, bribona, tú lo sabes y no quieres decírmelo, por miedo a tu hermana, que te tiene metida en un puño, como me tiene metido a mí, y a todo el globo terráqueo.

—Puede que lo sepa... Pero es un secreto, y no me corresponde decírtelo. Ella te lo dirá.

—¿Pero cuándo?... Esperando ese cataclismo de mis intereses, no hay para mí *momento histórico* que no sea de angustia. Yo no vivo, yo no respiro. ¿Pero qué? ¿Es cosa de dejarme en cueros vivos?

—Hombre, no tanto.

—¿Se trata de *gravamen*, y de que yo no pueda economizar?... ¡Demonio, así no se puede vivir! Esta vida es un purgatorio para mí, y aquí estoy penando por todos los pecados de mi vida... que no son muchos. ¡Biblia! no son más que los pecados naturales y consanguíneos de un hombre que ha barrido para su casa todo lo que ha podido. Y ahora mi cuñadita barre para afuera.

—No exageres, Tor...

—¿Me cuentas o no me cuentas lo que es?

—No puedo. Cruz se enfadaría conmigo si le quitase el gusto de la sorpresa que quiere darte.

—Déjame a mí de sorpresas... Las cosas que vengan por su paso natural.

—Además, si te lo digo, invado un terreno que no es el mío, y atribuciones que...

—Música, música... Te mando que me lo digas, o habrá un *jollín* en casa.

—No seas bárbaro... Ven acá; siéntate a mí lado. No manotees, ni te pongas ordinario, Tor. Mira que así no te quiero. Ven acá... dame la pata (*tomándole una mano*.) Aquí quietecito y hablando a lo caballero, sin decir gansadas ni porquerías. Así, así.

—Pues sácame de dudas.

—¿Me prometes guardar el secreto, y hacerte el sorprendido cuando mi hermana te...?

—Prometido.

—Pues verás. Una tía nuestra, que ya murió la pobrecita...

—Dios la tenga en su santa gloria. Adelante.

—Mi tía, doña Loreto de la Torre Auñón...

—Muy señora mía.

—Marquesa de San Eloy... digo que marquesa de San Eloy.

—Ya me entero, sí.

—Falleció de repente la pobre señora, dejando escasa fortuna. A mamá le correspondía el título; pero sobrevino en aquel tiempo nuestra desgracia, y de lo menos que nos ocupamos fue del marquesado de San Eloy, pues lo primero que había que hacer era pagar los derechos que por transmisión de títulos del Reino...

—Demonio, *iñales!* ya, ya sé... iCristo! Y lo que quiere ahora tu hermana...

—Es sacar ese título, para lo cual hay que instruir un expediente, y pagar lo que se llama medias annatas...

—iMedias verdes, y medias coloradas, y el pindongo calcetín de la Biblia en verso!... iY que yo pague...! No, mil y mil veces y pico digo que no. Esta no la paso. Me rebelo, me insurrecciono.

—Calma, Tor... Pero, hijo mío, si no hay más remedio que sacar el título, antes que lo saquen los Romeros, que también lo pretenden. iMarqueses de San Eloy esos tunantes! Antes la muerte, Tor de mi vida. Haz de tripas corazón y, apechuga con ese gasto...

—A ver... pronto... sepamos —dijo Torquemada sin aliento, limpiándose el sudor del rostro—. ¿Cuánto puede costar eso?

—¡Ah! no lo sé. Depende del tiempo transcurrido, de la importancia del título, que es antiquísimo, pues data de 1522, del reinado del emperador Carlos V.

—¡Valiente peine! Él tiene la culpa de que yo pase estos tragos... Costará... ¿quinientos reales?

—Hombre, no; ¡un título de Marqués por quinientos reales!

—¿Costará dos mil?

—Más, muchísimo más. Al Marqués de Fonfría le cobró el Estado por su título, según nos dijo anoche Ramoncita... me parece que dieciocho mil duros.

—¡Brrr...! —vociferó Torquemada, lanzándose a un frenético paseo de fiera por la habitación—... Pues desde ahora te digo que allá se podrá estar el título hasta las *kalendas griegas* por la tarde, si esperan que yo lo saque... El hígado me van a sacar ustedes a mí. ¡Dieciocho mil duros! ¡Y por un rótulo, por una vanidad, por un engaña bobos! Mira lo que le valió a tu tía, la vieja esa doña Loreto, el ser Marquesa. Se murió sin un real... No, no, Francisco Torquemada ha llegado ya al límite, al pastelero límite de la paciencia, y de la condescendencia, y de la prudencia. No más Purgatorio, no más penar por faltas que no he cometido; no más tirar por la ventana el santísimo rendimiento de mi trabajo. Dile a tu hermana que se limpie, que si quiere ser Marquesa, que le encargue la ejecutoria a un memorialista de portal, que todo viene a ser lo mismo, ¿pues qué es el Estado más que un gran memorialista con casa abierta?

—Pero si mi hermana no es la que ha de ser Marquesa. La Marquesa seré yo, y por consiguiente tú Marqués.

—¡Yo, yo Marqués! —exclamó el tacaño con explosión de risa—. ¡Mira tú que yo Marqués!

—¿Y por qué no? ¿No lo son otros?...

—¿Otros? ¿Y esos otros tuvieron por abuelo a uno que vivía de la noble industria de hacer a los señores cerdos una operación que les ponía la voz atiplada? ¡Ja, ja, me muero de risa!

—Eso no importa. En seguidita, cualquiera de esos que manejan el *Becerro*, te hace un árbol genealógico, por el cual desciendes en línea recta del rey don Mauregato.

—O del rey don Maureperro. Ja, ja... Pero dime con franqueza... fuera bromas. (*Parándose ante ella, en jarras.*) ¿Tienes tú el capricho de ser Marquesa? ¿Te gustaría la coronita? *En una palabra*: ¿es para ti cuestión de *ser o no ser*, como dijo el otro?

—No lo creas: no tengo esa vanidad.

—¿De modo que te da lo mismo ser Marquesa o *Juana Particular*?

—Lo mismo.

—Pues si tú no *acaricias esa idea* de ponerte corona, ni yo tampoco, ¿a qué ese gasto estúpido de...? ¿Cómo se llama eso?

—*Lanzas y medias annatas.*

—Jamás oí tal terminacho.

—Y que te ha de subir un pico, porque ahora resulta, según le dijo a Cruz la persona encargada de gestionar el asunto en el Ministerio de Estado, el Marqués de Saldeoro, ¿sabes? que la tía Loreto usó el título sin pagar los derechos, y estos se hallan pendientes desde el tiempo de Carlos IV.

—¡Atiza!... Vamos, yo me vuelvo loco —exclamó don Francisco, dándose palmetazos en el cráneo—. ¡Y quieren que yo... saque...! Como no saque yo las uñas... *En una palabra*, ¡no, no, y mil veces no! Me rebelo... Lanzas y medias annatas. (*Con desvarío.*) Digo que no... Lanzas... San Eloy... Carlos IV... No, y no... Estoy bufando, ¿no lo ves?... Medias annatas... digo que no... Medias coloradas... (*Alzando la voz.*) Fidela, yo no puedo vivir así. Cuando tu hermana me ataque con esta socaliña, voy y... *en una palabra*, me suicido.

—Tor, no lo tomes así. Si eso es para ti una bicoca.

—¡Bicoca!... ¡Oh! ¡qué mujeres estas! ¡Cómo me atormentan, cómo me fríen la sangre!... Medias anatas... lanzas... (*Repitiéndolo como para fijarlo en la memoria.*) San Eloy... Carlos IV... Oye, Fidela, si quieres que yo te quiera, tenemos que rebelarnos contra ese basilisco de tu hermana. Si tú te pones a mi lado, me planto... pero es preciso que estés a mi lado, en mi partido.

Yo solo no puedo; sé que ha de faltarme valor... Lo tengo cuando estoy solo; pero en cuanto ella se me pone delante con el labio temblón, me descompongo todo... Lanzas... medias... Carlos IV... las annatas de la Biblia en verso... Fidela, nos rebelamos, ¿sí o no?

Algo alarmada de la excitación que notaba en su esposo, Fidela acudió a él, y acariciándole le trajo al sofá.

«Pero Tor, ¿por qué te da tan fuerte?

—Digo que nos rebelamos, porque ya ves, ni a ti ni a mí nos hace maldita falta el marquesado ese de las medias de San Eloy... annatas... digo que pues a nosotros nos importa un rábano todo eso, que compre ella el marquesado, y puede empingorotarse con él todo lo que quiera.

—Tontín, el marquesado es para que tú lo luzcas. Eres riquísimo; lo serás más aún. Rico, senador, persona de alto concepto en la sociedad, te vendrá el título como anillo al dedo...

—Si no costara dinero, no te digo que no.

—Hijo, las cosas cuestan según valen. Ponte en lo justo... Y hay otra razón que mi hermana ha tenido en cuenta. Si a ti no te deslumbra el brillo de una corona, ¿no te gustaría verla en la cabecita de tu hijo?

De tal modo se desconcertó al oír esto el fiero prestamista, que por un buen rato estuvo sin poder articular palabra. Y viendo la esposa el buen efecto que causaba su razonamiento, lo reforzó todo lo que pudo, dentro de la escasez de sus medios retóricos.

«Bueno; concedo que no le caerá mal a mí hijo la corona de Marqués. ¡Un chico de tanto mérito! Pero la verdad, yo nunca he visto que sean marqueses los matemáticos, y si lo son, deben inventarse para ellos títulos que tengan algún *punto de contacto* con la ciencia, verbigracia: no estaría mal que nuestro Valentín se titulara Marqués de *la cuadratura del círculo*, o cosa así. Pero esto no suena, ¿verdad? Tienes razón. No te rías... Estoy como trastornado con la idea de ese gasto tan bestial que se llevará de calle los líquidos de medio año... Annatas medias... Carlos... lanzas... lanceros... La cabeza me da vueltas... Nada; sublevación... Si no fuera por ti, me escaparía de la casa, antes que Crucita se me pusiera delante con esa matraca... Cierto que por la gloria de mi hijo, haré yo cualquier cosa... Pues oye lo que se me ocurre...

Transacción. Convence a tu hermana de que aplace el asunto del marquesa-do hasta que el hijo nazca; no, no, hasta que le tengamos crecidito.

—No puede ser, Tor de mi vida —replicó Fidela con dulzura—, porque los Romeros gestionan también la concesión del título, y sería una vergüenza para nosotros que nos lo birlaran. Debemos anticiparnos a sus intrigas.

—Pues que me anticipen a mí la muerte, ¡Cristo! que con tanto jicarazo me parece que no está lejos. Fidela, tu hermana me abrirá la sepultura en el *momento histórico* menos pensado. Todo se remediaría poniéndote tú de mi parte, y ayudándome en la defensa de mi *interés*; porque al paso que vamos, créeme a mí, seremos muy pronto los Marqueses de la *Perra Chica*...

No pudo decir más porque entró su hija Rufina, y lo mismo fue verla que descargar sobre ella su cólera, reprendiéndola por su tardanza. Aquí que no peco. La pobre muchacha pagaba los vidrios rotos, y el que todo era cobardía y turbación ante la formidable autoridad de Cruz, ante un ser débil y ligado a él por ley de obediencia, se desfogaba en groseros furores. Por suerte de la señora de Quevedo, entró de la calle la tirana, y bastó el rumor de sus pasos en la antesala para que se produjese un silencio absoluto en el gabinete. Retirose al despacho alto don Francisco, rezongando en voz muy queda, y hasta la hora de comer no cesó de barajar su cerebro las ideas que le atormentaban. Medias lanzas... annatas... San Carlos... San Eloy... Valentín... marqueses científicos... ruina... muerte... rebelión... medias annatas.

XI

Ni la Paz y Caridad le salvaba ya, porque la gobernadora, en sus altos designios, había resuelto añadir al escudo de los Torquemadas los sapos y culebras del marquesado de San Eloy, y antes cayeran las estrellas del cielo que dejar de cumplirse aquella resolución. Precisamente, en el *momento histórico* de la referida conversación entre don Francisco y Fidela, se hallaban ya el dibujante heráldico y el investigador de genealogías con las manos en la masa, esto es, fabricándole un escudo al tacaño, lo que en verdad no era para ellos difícil, por ser el apellido Torquemada de noble sonsonete, de composición castiza, y muy propio para buscarle orígenes tan antiguos como los de Jerusalén. Cruz no se paraba en barras, y antes de hablar con su cuñado, lo dispuso todo para la pronta ejecución de la arrogante idea, apretándole a ello el ansia de cogerles la delantera a los indecentes Romeros. Encargó en Gracia y Justicia que se activase el expediente, dispuso que con la mayor brevedad posible se compusiesen todos los árboles genealógicos y todas las ejecutorias que fueran menester, y no faltaba más que imponer al bárbaro el *gravamen*, con firme voluntad, como la cosa más conveniente para la familia y para él mismo.

Más reacio que nunca le encontró Cruz aquella vez, porque la cuantía del expolio le requemaba la sangre, dándole ánimos para la defensa. Tuvo que llevar la dama el refuerzo de Donoso, que le encareció las ventajas de hacerse Marqués, y lo reproductivo de aquel gasto, pues su representación social se acrecía con la corona, *traduciéndose* tarde o temprano en beneficios *contantes*. No le convenció más que a medias, y el hombre gemía, como si le estuvieran sacando todas las muelas a la vez con los aparatos más primitivos. De resultas del sofoco estuvo enfermo cinco días, cosa rara en su vigorosa naturaleza; se desmejoró de carnes, y le salieron muchas canas. Cruz se desvivía por agradarle y devolver a su alterado espíritu la serenidad; disimulaba su tiranía; figuraba atender a sus menores deseos para satisfacerlos, y lo hacía efectivamente en cosas menudas de la vida. Pero ni por esas: entregose el hombre pataleando, apencó con las medias annatas, rendido de luchar, y sin aliento para oponer al despotismo una insurrección en toda regla.

Distrajéronle un poco de sus murrias la presentación en el Senado y los conocimientos que allí hizo. El Presidente del Consejo, a quien hubo de dar las gracias antes de la aprobación del acta, le dijo con muy buena sombra que ya deseaba verle por allí; y que las personas como él (como el señor de Torquemada) eran las que representaban dignamente el país, lo que el tacaño creyó muy puesto en razón. Veíase tratado con miramientos y cortesanías que le halagaban, ¿para qué negarlo? y lo mismo el Presidente que todos los señores *de la Mesa* le traían en palmitas. Al volver a casa, después de su primer vuelo en espacios nuevos para él, Cruz le observaba el rostro, queriendo descubrir los efectos de aquel ambiente de vanidades, y notaba ciertos efluvios de satisfacción que eran de muy buen augurio. Interrogábale acerca de sus impresiones; se hacía narrar la sesión y sus incidentes, y veía con gusto que el hombre en todo se fijaba y no perdía ripio. Que de esto se congratuló la dama, no hay para qué decirlo. Brillaba en sus ojos la alegría materna, o más bien el orgullo de un tenaz maestro que reconoce adelantos en el más rebelde de sus discípulos.

Para que se vea la suerte loca de Torquemada, y la razón que tenía Cruz para empujarle, *velis nolis*, por aquella senda, bastará decir que a poco de tomar asiento en el Senado, aprobada sin dificultad su acta, limpia como el oro, votose el proyecto de ferrocarril secundario de *Villafranca del Bierzo a las minas de Berrocal*, empantanado desde la anterior legislatura, proyecto por cuya realización bebían los vientos los berzanos, creyéndolo fuente de riqueza inagotable. ¿Y qué sucedió? que los de allá atribuyeron el rápido triunfo a influencias del nuevo senador (a quien se suponía gran poder), y no fue alboroto el que armaron, aclamando al *preclaro hijo del Bierzo*. Algo había hecho don Francisco en pro del proyecto: acercarse a la comisión, hablar al Ministro en unión de otro leonés ilustre; pero no se creía por esto autor del milagro ni mucho menos, ni ocultaba su asombro de verse objeto de tales ovaciones. Porque no hay idea de los telegramas rimbombantes que le pusieron de allá, ni de los panegíricos que en su honor entonaron el alcalde en el Ayuntamiento, el boticario en su tertulia, el cacique en mitad de la calle, y hasta el cura en el púlpito sagrado. Y trajo una carta *El Imparcial*, en que narraba el efecto causado por la noticia en aquella sensata población, describiendo cómo había perdido el sentido todo el sensatísimo vecindario; cómo habían sacado en procesión por las calles, entre ramas de laurel, un mal retrato de don Francisco que se proporcionaron no se sabe dónde; cómo dispararon cohetes, que atronaban los aires expresando la gratitud con sus restallidos, y cómo, en fin, le aclamaron con roncas voces, llamándole *padre de los pobres, la primera gloria del Bierzo*, y *el salvador de la patria leonesa*.

Enterarse Cruz de estas cosas y volverse loca de alegría fue todo uno.

«¿Lo ve usted, señor mío? Si no fuera por mí, ¿tendría usted esas satisfacciones? ¡Qué hombre! Apenas da los primeros pasos, ya le salen los éxitos de debajo de las piedras.

Oyendo estas lisonjas, y todo el coro de plácemes que entonaron sus tertulios, don Francisco con media boca se reía y con otra media lloraba, fluctuando entre el remusguillo del amor propio satisfecho, y el temor de que todas aquellas misas vendrían a parar en nuevos *gravámenes*.

Aunque en pequeña escala todavía, no tardaron en cumplirse los vaticinios del suspicaz tacaño, porque al siguiente día se descolgaron cuatro murgas atronando la escalera, y tuvo que echarlas el portero a escobazos, repartiéndoles propina a razón de un duro por orquesta, según acuerdo de Cruz, y a los pocos días ¡ay! apareció la nube... Como empezara por poco, al principio parecía cosa de juego; pero iba engrosando, engrosando, y pronto causaba terror verla. Llegaron primero dos matrimonios, de paño pardo y refajos verdes, pidiendo el uno que le libraran de quintas al hijo, el otro que le devolvieran la cartería que por intrigas del gobierno le habían quitado. Llovieron también gentes de Astorga con gregüescos, trayendo mantecadas y pidiendo *la Biblia en pasta*, un destinito, condonación de las contribuciones, permiso para carbonear, despacho de un expediente, algunos limosna en crudo, otros aderezada con mil graciosos artificios. Siguieron otros que, aunque aldeanos en esencia, traían presencia de señores, pretendiendo mil chinchorrerías, este que se destituyera al Ayuntamiento de tal parte, aquel una plaza en las oficinas de Hacienda de la provincia; el de más allá que se variara el trazado de la carretera.

Tras una sección de pedigüeños, venía otra y otra, con encomiendas muy extrañas. Cayó asimismo sobre la casa un buen golpe de leoneses residentes en Madrid, matagatos y paveros, y demonios coronados, que pedían protección contra la justicia, o gollerías atroces, dando a sus postulaciones los giros más originales. Baste el ejemplo de un individuo que mandó a don Francisco un proyectillo, muy bien dibujado por cierto, del *monumento que se elevaría en Villafranca del Bierzo para perpetuar la gloria del hijo preclaro* etc... Y otros enviaban versos, odas de sablazo y pentacrósticos mendicantes, o le proponían comprar un viejo cuadro de Ánimas, que parecía una pepitoria. Torquemada se los sacudía con cierto desgarro, echando el muerto a su cuñada, quien con cristiana mansedumbre aguantaba el chaparrón y les obsequiaba y les sonreía, dándoles una dedada de miel para que se fueran pronto. Los del pueblo traían de don Francisco idea tan alta, que palidecían al verle, y se quedaban lelos, como en presencia de un Emperador o del Papa. Todos se las prometían muy felices de la visita, y venían como a tiro hecho, porque allá se dijo que cosa por don Francisco solicitada era cosa hecha en todas las esferas de la Gobernación del Reino. Como que la misma Reina no tomaba determinación alguna sin consultarle, y cada lunes y cada martes le sentaba a comer en su mesa. Pues de la riqueza de Torquemada traían una idea tan hiperbólica, que algunos se maravillaron de no ver las carretadas de dinero entrar por el portalón de la casa. Entre los de paño pardo y refajo verde, vinieron dos o tres que habían conocido a don Francisco cuando era un chaval que andaba descalzo por los lodazales de Paradaseca; y no faltó una tarasca que echándole los brazos al pescuezo le saludara con expresiones semejantes a las de la paleta del sainete *La presumida burlada*: «¡*So burro, hijo mío!*».

XII

Ya se iba cargando el hombre de aquel aluvión, y cuando se encaraba con algún paisano, se le atiesaban los pelos del bigote, tomando su cara un aspecto de ferocidad que suspendía el ánimo de los visitantes. Por fin, le dijo a Cruz que cerrara la puerta a semejantes posmas, o que tan solo diese entrada, después de un detenido reconocimiento, a los que traían algo, ya fuese chorizos, o chocolate... o aunque fueran castañas y bellotas, que a él le gustaban mucho.

En tanto, iba acomodándose a la vida parlamentaria, y elegido para esta y la otra comisión, se aventuraba a *ilustrar a sus compañeros* con alguna idea muy del caso, siempre que se tratara ¡cuidado! de cuestiones de Hacienda. La verdad, estaría muy contento, si desde que se sentó en los rojos escaños, no hubieran llovido sobre él los sablazos en una u otra forma... Esto le sacaba de quicio. Es mucho cuento ¡Señor! que no se pueda figurar conforme al propio mérito, sin dar sangrías a cada rato al flaco bolsillo. Ya era la suscripcioncita para imprimir el discurso de cualquiera de aquellos *puntos*, ya otra colecta para erigir un monumento a Juan, Pedro y Diego de la antigüedad, cuando no lo hacían por un personaje moderno, de estos que se hacen célebres charlando por los codos o revolviendo a Roma con Santiago. ¡Y a cada instante *víctimas* por acá y por allá; socorros para inundados, náufragos y viudas y huérfanas del *Sursum Corda*. Era un gotear frecuente, que al cabo del mes representaba un terrible pasivo. Vaya, que a tal precio no quería las satisfacciones de padre o abuelo de la patria. ¡Cómo se cobraba, la muy bribona, de los honores que a sus hijos ilustres confería! Tan cargado estaba ya de ser *hijo ilustre*, que una noche, al regresar a su casa de malísimo humor, porque el Marqués de Cícero le había afanado cuarenta duros para la restauración de una catedral de *ñales*, díjole a Cruz que ya no aguantaba más, y que el mejor día tiraba el acta en medio del redondel, *vulgo hemiciclo*, y otro que tallara. Para colmar su desesperación, aquella misma noche hubo de participarle la tirana su propósito de dar una comida de dieciocho cubiertos, a la que seguirían otras semanalmente, con objeto de convidar a diferentes personas de alta categoría. Inútiles fueron todas las protestas del empedernido tacaño. No había más remedio que banquetear, y se banquetearía. El decoro del nuevo prócer así lo reclamaba, y en vez de ponerse como un león, debía agradecerlo, y alegrarse de tener a su lado personas que tan religiosamente cuidaban de su dignidad.

Pues señor, por aquel camino pronto llegaría *la de vámonos*. ¡Comidas de catorce cubiertos, y de dieciocho y veinte! Ya desde Octubre venía en aumento la cifra del presupuesto de bucólica. Era un diario abrumador, que causaba espanto a don Francisco, acostumbrado a la sordidez de los doce o trece reales de gasto en tiempos de doña Silvia. Pues con el *nuevo régimen* de convites crecería la suma, hasta llegar a una cifra capaz de quitar el sueño a los siete durmientes, y aun a los siete sabios de Grecia, que dormían el sueño eterno. El mejor día le daba al hombre un ataque cerebral del berrinche que cogía; las murrias le iban devorando, y las satisfacciones de hombre público y de gran financiero se le amargaban con aquel desagüe sin término de sus líquidos. ¡Cuánto mejor reunirlo todo, para emplearlo en nuevos arbitrios, viviendo con un modestísimo pasar, sin comilonas, que siempre perjudicaban a la salud, y vestido con sencilla decencia, por un sastre habilidoso, de esos que vuelven la ropa del revés! Esto era lo lógico, y lo procedente, y lo que *se caía de su peso*. ¿A qué tanto lujo? ¿De dónde sacaba Cruz que para negociar en grande era preciso convidar a comer a tanto gandul? ¿Y a qué iban allí los diplomáticos, chapurreando el español y hablando sin cesar de carreras de caballos, de la ópera y otras majaderías? ¿Qué beneficio líquido le aportaba aquella gente, y los hermanos del ministro, y el general Morla, y otros tantos que no hacían más que murmurar del gobierno y encontrarlo todo muy malo? Verdad que él también lo encontraba todo pésimo, pues política que no fuese de economías a raja tabla, *caiga el que caiga*, era una política de muñecas, y así lo manifestaba delante de catorce o veinte comensales, que concluían por darle la razón.

Hacia fin del año, el negocio de la hoja iba como una seda, pues el pariente de Serrano que hacía las compras en los Estados Unidos, era hombre que lo entendía, ciñéndose a las instrucciones dadas por el gerente. Total, que las primeras remesas fueron admitidas sin dificultad en los depósitos, y cuando alguna promovía dudas o resistencias, por aquello de que el tabaco parecía propiamente basura barrida de las calles, de Madrid daban orden de que se admitiese, gracias a las gestiones de don Juan Gualberto, que para estas cosas era un águila. Donoso no intervenía en nada referente a las entregas. La ganancia, según los cálculos de Torquemada, sería fenomenal en el primer año. No tardó Serrano en proponerle otro negocio: tomar en firme todas las acciones del ferrocarril de *Villafranca a Minas de Berrocal*, con lo cual se mataban de un tiro muchos pájaros, pues los berzanos verían en ello un nuevo triunfo de su ídolo, y este y sus compinches harían una buena jugada *largando* las acciones después de hacerlas subir, por las artes que a tales combinaciones se aplican, hasta las nubes. Con esto y el arreglo con la casa de Gravelinas, a la cual se asignó una pensión por la vida del duque actual y diez años más, quedándose Torquemada y compañeros negociantes con todos los bienes raíces (que se venderían poco a poco, recibiendo en pago las obligaciones emitidas por la casa ducal), la fortuna del tacaño iba creciendo como la espuma, en progresión descomunal, amén de sus innumerables negocios de otra índole, compra y venta de títulos con tal tino realizadas, que jamás se equivocó en los cálculos de alza y baja, y sus órdenes en Bolsa eran la clave de casi todas las jugadas de importancia que allí se hacían.

Y entre tantas dichas se aproximaba el gran acontecimiento, que esperaba el tacaño con ansia, creyendo ver en él la compensación de sus martirios por los despilfarros ociosos con que Cruz quería dorarle las rejas de su jaula. Muy pronto ya las alegrías de padre endulzarían las amarguras del usurero, burlado constantemente en sus tentativas de acumular riquezas. Deseaba el hombre, además, salir de aquella cruel duda: ¿Su hijo sería Torquemada, *como tenía derecho a esperar*, si el Supremo Hacedor se portaba como un caballero? «Me inclino a creer que sí —decía para su capote, con verdadero derroche de lenguaje fino—. Aunque bien pudiera ser que la entremetida Naturaleza *tergiversase la cuestión* y *la* criatura me saliese con instintos de Águila, en cuyo caso yo le diría al señor Dios que me devolviese el dinero... quiero decir, el dinero no... el, la... No hay expresión para esta idea. Pronto hemos de salir del *dilema*. Y bien podría resultar hembra, y ser como yo, arrimada a la economía. Allá lo veremos. *Me inclino a creer* que será varón, y *por ende*, otro Valentín, *en una palabra*, el mismo Valentín *bajo su propio aspecto*. Pero ellas no lo creen así, sin duda, y de aquí la expectación que *reina en todos*, como cuando se aguarda la extracción de la Lotería».

Ya Fidela no salía de casa ni podía moverse. Se contaban los días, anhelando y temiendo el que había de traer el gran suceso. Hubo equivocaciones en el cálculo. Se esperaba para la primera quincena de Diciembre, y nada. Pasó el 20: confusión y temores. Por fin, el 24 se anunció, desde el amanecer, la solución del tremendo enigma con horribles molestias e inquietudes de la señora. No conceptuándose Quevedito bastante autorizado para traer al mundo al heredero de Torquemada, se había llamado con tiempo a una de las eminencias de la obstetricia; pero debió de presentarse el caso un poco difícil, porque la eminencia propuso el auxilio de otra eminencia. Reunidos ambos doctores, declararon que el parto era de mucho compromiso, y pidieron la colaboración de una tercera eminencia.

Mordíase el bigote y refregábase las manos una con otra el amo de la casa, ya poseído de pánico, ya de risueñas esperanzas, y no hacía más que ir y venir de un lado para otro, y subir y bajar del escritorio al gabinete, sin acertar a disponer, en tan crítico día, cosa alguna referente a sus vastos negocios. Los amigos más íntimos fueron a enterarse y hacerle compañía, y para todos tuvo palabras ásperas. No le había hecho maldita gracia la irrupción de médicos, y cogiendo a solas a Quevedito, que oficiaba como ayudante, le dijo:

«Esto de traerme acá tantos doctores no es más que una oficiosidad de Cruz, que siempre *tiende* a hacerlo todo en grande, aunque no sea menester. Si la gravedad del caso lo exigiese, yo no repararía en gastos. Pero verás cómo no necesitamos de tanta gente. Tú te bastarías y te sobrarías para sacarla de su cuidado... Pero, hijo, quien manda, manda. *Es refractaria* a la modestia y a la moderación, y con ella no valen las buenas teorías... lanzas y medias annatas... No sé lo que digo... Concluirá por arruinarme con tanta bambolla... San Eloy... ¿Y tú qué crees? ¿Saldremos en bien de este mal paso?... San Eloy... Yo confío que esta noche tendremos a Valentín en casa... Y si me salgo con la mía, se dará la coincidencia de que sea en la misma noche... medias annatas... en que vino al mundo nuestro Redentor, *vulgo* Jesucristo, o en otros términos, el Mesías prometido... Vete, vete a la alcoba, no te separes de su lado... Yo estoy como loco... ¡Vaya, que traer acá esos tres *puntos* de médicos, que pondrán cada cuenta...! En fin, sea lo que Dios quiera. No vivo hasta no ver...

XIII

Al anochecer se presentó el caso como de los más apurados y difíciles. Celebraron las tres eminencias solemne consulta, y en un tris estuvo que fuese avisada una cuarta celebridad. Por fin, se acordó esperar, y Torquemada, que no cabía ya en su pellejo de puro afanado, rindiose al temor del peligro, y se manifestó conforme con que se trajera más *personal facultativo*, si era menester. Calmose la parturienta a prima noche, sin que desapareciese la gravedad; presentáronse síntomas favorables, y aún se aventuraron los comadrones a reanimar con risueñas esperanzas a la atribulada familia. La cara de don Francisco era de color de cera: creeríase que el bigote no estaba en su sitio, o que se le había torcido la boca. A ratos le sudaba la frente gotas gordísimas, y a cada instante se echaba mano a la cintura para levantar el pantalón, que se le caía. Entraron algunas personas, en expectativa del suceso, y se metieron en la sala, dispuestas a dar rienda suelta a las demostraciones de júbilo o de duelo, según el giro que tomase la función. Huía de la sala el tacaño, horrorizado de tener que hacer cumplidos, y en una de las vueltas que daba por la casa, fue a parar al cuarto de Rafael, a quien halló tranquilamente sentado en su sillón, hablando con Morentín de cosas literarias.

«¡Ah, Morentín! —dijo don Francisco saludándole fríamente—. No sabía que estaba usted aquí.

—Decíamos que no hay aún motivo de alarma. Pronto se le podrá dar a usted la enhorabuena. Y yo se la daré dos veces: primero, por lo que usted espera...

—¿Y segundo?

—Por el Marquesado de San Eloy... Yo quería reservarme, para dar juntas las dos enhorabuenas.

—Ni falta que me hace —replicó don Francisco con aspereza—... San Eloy... medias annatas... Cosas de la hermana de este, que siempre está inventando pamplinas para sacarnos del *statu quo*, y meterme a mí, tan humilde, en las altas esferas... ¡Mire usted que yo Marqués! ¿Y a santo de qué viene ese título?

—Ninguno más ilustre que el de San Eloy —dijo Rafael algo picado—. Data del tiempo del Emperador Carlos V, y han llevado esa corona personas de gran valía, como don Beltrán de la Torre Auñón, gran maestre de Santiago, y capitán general de las galeras de Su Majestad.

—¡Y ahora me quieren meter a mí en las galeras! San Eloy... ¡oh, qué marqueses somos!... De mucho nos valdría si no tuviéramos con qué poner un puchero, como *ciertos y determinados* títulos que viven de trampas... Mi *bello ideal* no es la nobleza: tengo yo una manera *sui generis* de ver las cosas. Rafael, no te enfades, si me despotrico contra la aristocracia tronada, y contra la que no tiene más *desideratum* que humillar a los infelices plebeyos. Yo soy un pobre que ha logrado asegurarse la *clásica* rosca y nada más. Es cosa triste que lo ganado tan a pulso se emplee en marquesados. Ni qué tengo yo que ver con ese hijo de tal que mandó en las galeras del Rey... No lo tomes a mal, Rafaelito. Ya sabes que no es por ofender a tus antepasados... muy señores míos... Sin duda fueron unos *puntos* muy decentes. Pero es que yo doy ahora mismo el marquesado por lo que cuesta y un diez por ciento de prima, si hay quien lo quiera... Ea, Morentín, vendo la corona. ¿La quiere usted?

Reíanse los dos amigos, Rafael de dientes afuera, el otro con toda su alma, porque cuantas muestras de su barbarie daba don Francisco le colmaban de júbilo.

«Pero todo ello —dijo después Torquemada—, no tiene importancia *en parangón* del grave conflicto en que estamos... Salga en bien Fidela, y apechugo con todo, incluso con las medias annatas.

—Yo preveo los acontecimientos —afirmó Rafael con serena convicción—, y le profetizo a usted que Fidela saldrá perfectamente de su cuidado.

—Dios te oiga... Yo creo lo mismo.

—No le vendrá a usted la desgracia por este lado, ni el día de hoy, sino por otro lado, y en días que aún están lejanos.

—Bah... Ya estás oficiando de profeta —dijo Morentín, queriendo desvirtuar con sus risas la seriedad que el ciego daba a sus palabras.

—Por de pronto —añadió Torquemada—, cúmplase la profecía de hoy; yo me congratulo de que Rafael acierte. ¡Pero cuánto tarda, Virgen de la Santísima Paloma! ¡Y para esto traiga usted tres facultativos de cartel!... ¿Qué hacen esos caballeros que no...? Porque yo soy el primero en *rendir parias* a la ciencia... Pero que veamos sus resultados prácticos... ¿Pues qué, todo ha de ser teoría, señor de Morentín?

—Lo mismo digo yo.

—Mucha teoría, mucho término griego, y este manda una cosa, el otro lo contrario; y los tratamientos son como *el tejido de Penélope*, que hoy te hago y mañana te deshago. Si el enfermo se muere, no por eso se dejan de pagar las cuentas de los *señores Galenos*... ¡quia!... Y *yo profeso la teoría* de que esas cuentas debieran pagarlas los gusanos. ¿No es usted de mi opinión? Justo; los gusanos, que son los que van ganando... Aquí estamos *en actitud expectante*, diciendo «qué será, qué no será», y esos señores médicos tan tranquilos... Y *les soy a ustedes franco*: me pongo tan nervioso, que... vean... me tiemblan las manos, y hasta se me traba la lengua... Mi yerno Quevedo se bastaba y se sobraba; tal es mi humilde *punto de vista*.

Salió del cuarto sin oír lo que Rafael y Morentín expresaron sobre sus respectivos puntos de vista, y en el pasillo se encontró con Pinto, a quien atizó varios pescozones, sin que el agresor ni la víctima se hicieran cargo claramente del motivo de ellos. Siempre que don Francisco se ponía muy destemplado y nervioso, desfogaba los efluvios de su insensata cólera sobre los cachetes y el cráneo inocente del lacayo, que era un bendito, y llevaba con paciencia los duelos con pan. El buen trato de las señoras, y el comer todo lo que le pedía el cuerpo, le indemnizaban de las brutalidades del amo, el cual, cuando estaba de buenas, solía entenderse con él para ciertas funciones de espionaje, verbigracia: «Pinto, ven acá. ¿Está la señorita Cruz en el gabinete? ¿Quién ha entrado, el señor Donoso, o el señor Marqués de Taramundi?... Chiquillo, avísame arriba cuando salga Donoso, sin que se entere nadie, ¿sabes?... Oye, Pinto: la señorita Cruz te preguntará si estoy arriba, y tú le dices que tengo gente.

Aquel día fue tal la dureza de sus nudillos, que el muchacho se echó a llorar. «No llores, hijo —díjole el tacaño ablandándose súbitamente—. Ha sido sin querer, por la pícara costumbre. Estoy de mal temple. ¿Qué hay? ¿Ha salido de la alcoba alguno de esos tres doctores de pateta?... No llores te digo. Si la señora sale en bien, cuenta con una muda de ropa... Vete a ver quién está en la sala. Paréceme que ha entrado la mamá de Morentín, *enteramente*... ¿Y el señor de Zárate ha venido?... ¿No? Pues lo siento... Entérate con cuidado, con discreción, de dónde está la señorita Cruz, si en la alcoba, o en la sala, o en su cuarto, y corre a decírmelo. Te espero aquí... Entras haciéndote el tonto, creyendo que te han llamado... Esto no es vivir. Tú también deseas que salgamos bien, y que sea varón, ¿verdad?». Limpiándose las lágrimas, respondió que sí el bueno de Pinto, y se fue a desempeñar las comisiones que le encargó su amo. El cual continuó vagando por los pasillos, a ratos despacio, fija la vista en el suelo, como si buscase una moneda que se le había perdido, a ratos deprisa, vuelta la cara hacia el techo, cual si esperara ver caer de él lluvia de oro. Cuando llamaban a la puerta, se escondía en el aposento que le cogía más a mano, recatándose de las visitas, que le azoraban o le ponían furioso.

Pero una persona entró que le fue muy grata, y a ella se abalanzó con júbilo, dejándose abrazar y recibiendo varios estrujones.

«Tenía ganas de verte, amigo Zárate. Estoy, estamos angustiadísimos.

—Pero qué —dijo el sabio, fingiendo consternación—. ¿Todavía no se le puede dar a usted la enhorabuena?

—Todavía no. Y he mandado venir tres facultativos de punta, eminencias los tres, y alguno de ellos lo primero del globo terráqueo en clase de comadrones.

—¡Oh! pues no habrá nada que temer. Esperemos tranquilos el resultado de la ciencia.

—¿Lo cree usted? —dijo Torquemada, ya exánime, apoyándose, como un borracho a quien falta el suelo, en las paredes del pasillo.

—Confío en la ciencia. ¿Pero acaso el lance se presenta dificultoso? Será que la familia se asusta sin motivo. ¿Está la paciente en el primer período? ¿Y el vástago se presenta por el vértice o por la pelvis?

—¿Qué dice usted?

—¿Y no han pensado en traer un aparato muy usado en Alemania, la *sella obstetricalis*?

—Cállese usted, hombre... ¿*A qué obedecen* esos aparatos? Dios quiera que todo sea por lo natural, como en las mujeres pobres, que se despachan sin ayuda de facultativos.

—Pero rara vez, señor don Francisco, se verifica una buena parturición sin auxilio de mujeres prácticas, vulgo comadronas, que en Grecia se llamaban *omfalotomis*, fíjese usted, y en Roma, *obstetrices*.

No había concluido de soltar estos terminachos, cuando sintieron tumulto en el interior de la casa, pasos precipitados, voces. Algo estupendo sucedía; mas no era fácil colegir de pronto si era bueno o malo. Don Francisco se quedó como un difunto, sin atreverse a indagar por sí mismo. Zárate dio algunos pasos hacia la sala; pero aún no había llegado a ella, cuando oyeron claramente decir: «Ya, ya...

XIV

—¿Qué es? por las barbas del Santísimo Cristo —gritó Torquemada escupiendo las palabras.

—Ya, ya —repetían los criados corriendo. Sus alegres semblantes divulgaban la buena noticia.

Y en la puerta del gabinete, a donde corrió con exhalación, encontrose don Francisco oprimido entre unos brazos de hierro. Eran los de Cruz, que en su alegría loca le besó en ambos carrillos, diciendo: «Varón, varón.

—¡Si no podía equivocarme! —exclamó el tacaño, sintiendo más apretado el nudo que en su garganta tenía—. Varón... quiero verle... medías annatas... ¡Oh! la ciencia... Biblias... Valentín, Fidela... Bien por las tres eminencias.

Cruz no le dejó penetrar en la alcoba. Había que aguardar un momentito.

«¿Y qué tal?... robusto como un toro... —añadió el venturoso padre, que sin saber cómo fue arrastrado a la sala, y allí le abrazaron multitud de personas, soltándole y recibiéndole como una pelota, y llenándole la cara de babas—. Gracias, señores... agradezco sus *manifestaciones*... San Eloy... la ciencia... tres primeras espadas de la Medicina. Gracias mil... estimando... No me ha cogido de nuevas... Ya sabía yo que había de ser... del sexo masculino, *vulgo* macho... Dispensarme, no sé lo que digo... Ea, Pinto, quiero convidar a todo el mundo. Vete a la taberna, y que traigan unas copas de Cariñena... ¡Qué disparate!... No sé lo que digo... La sacra Biblia empastada y champañ... Señores, mil y mil gracias, por su *actitud* de simpatía y... beneplácito. Estoy muy contento... Seré *Mecenas* de todo el mundo... Que traigan peleón, digo Jerez... Bien sabía yo el resultado de la *peripecia*... Lo calculé. Yo todo lo calculo... Querido Zárate, venga otro abrazo. ¡La ciencia!... *Lo...or*a la ciencia. Pero lo dicho: no se necesitaban tantos doctores. Ha sido un parto *meramente* natural y espontáneo, *por decirlo así*. Somos felices... Sí señora, felices... *enteramente*; tiene usted razón, *enteramente*...

Entró a felicitar a su esposa. Después de hacerle muchos cariños, y de echar un vistazo al crío cuando le estaban lavando, volvió a salir, radiante.

«Es el mismo, el propio Valentín —dijo a Rufinita, volviendo a abrazarla—. ¡Cuánto me quiere Dios! ¡Él me lo quitó; Él me lo vuelve a dar! Designios que no saben más de cuatro; pero yo sí... Ahora, lo que nos vendría muy bien es que se largara toda esta gente.

—Pero si vienen más. Se llenará toda la casa.

Y otra vez en la sala, oyó, entre el coro de felicitaciones, comentarios de la extraordinaria coincidencia de que el hijo de Torquemada naciese en la fecha del Nacimiento del Hijo de Dios.

«Ahí verán ustedes... Los designios, los altos designios...

—Feliz Noche Buena, señor don Francisco, el hombre grande, el hombre de la suerte, el niño mimado del Altísimo...

No se olvidó, con tanto incienso, de ir a recibir la felicitación de Rafael, el cual hubo de recibirle con fría cordialidad, congratulándose de que su hermana hubiera dado a luz felizmente; mas no hizo mención del nuevo ser, que había venido a perpetuar la dinastía. Esto le supo mal a don Francisco, que con altanero ademán y sonora voz le dijo: «Varón, Rafael, varón, para que tu casa y todita tu nobleza de antaño, más vieja que las barbas del Padre Eterno, tenga representación en los siglos venideros y futuros. Supongo que te alegrarás.

El ciego afirmó con la cabeza, sin pronunciar una palabra. Morentín había pasado a la sala, confundiéndose con los del coro de alabanzas y felicitaciones. Creyó muy del caso la gobernadora improvisar una cena para todos los presentes, con el doble motivo de celebrar el Nacimiento del Hijo de Dios, y el del sucesor de la casa y estados del Águila-Torquemada. Como la turbación y trajín de aquel día no habían permitido pensar en comidas extraordinarias, a las diez andaba de coronilla toda la servidumbre, aprestando la cena, que por la ocasión, la fecha y el lugar en que se celebraba, debía ser opípara.

No le pareció bien a Torquemada *llenar el buche* a toda la turbamulta, y en su pobre opinión, se cumplía invitando a los más íntimos, como Donoso, Morentín padre e hijo y Zárate. Pero Cruz, a quien dio conocimiento con cierta timidez de su criterio restrictivo en materia de invitaciones, le contestó secamente que ya sabía ella lo que reclamaban las circunstancias. *Reasumiendo*: que celebraron allí la Noche Buena, en improvisado banquete, comiendo y bebiendo *como fieras*, según dicho de Torquemada, unas cuarenta y cinco personas *largas*, es decir, unas cincuenta personas, en *cifra redonda*. Tuvo el buen acuerdo el amo de la casa de no beber *champagne*, sino en dosis homeopáticas, y gracias a esta precaución se portó como un caballero, no dejando salir de sus autorizados labios ninguna inconveniencia, y hablando con todos el lenguaje fino y grave, que a su carácter y posición social correspondía. Menudearon los brindis en prosa y verso, de madrugada ya, y Zárate concluyó por tratar de *tú* a don Francisco, profetizándole que sería el dueño de toda la tierra, y que bajo su imperio se resolvería el problema de la aerostación, y se cortarían todos los istmos *para mayor fraternidad entre los mares*, y se unirían todos los continentes por medio de puentes giratorios... Brindaron otros por el Marquesado de San Eloy, que muy pronto adquiriría mayor lustre con la grandeza de España de primera clase, y no faltó quien pidiese a los señores de Torquemada, con el debido respeto, que diesen un *gran baile*, el día de Reyes, para celebrar el fausto suceso.

127

Cuando se fueron los comensales, don Francisco no se podía tener de cansancio, la cabeza como un farol, y los espíritus algo caídos. El Sol de su alegría se nublaba con la consideración del enorme gasto de aquella cena, y de los que vendrían a *renglón seguido*, pues la tirana había invitado, para toda la semana siguiente hasta Año Nuevo, a los allí presentes aquella noche, distribuyéndoles en tandas de a doce cada día. «A este paso —pensó Torquemada—, esto será un Lhardy, y yo el calzonazos *por excelencia*». Acostose ya cerca del día con la mitad del alma gozosa, la otra mitad agitada por zozobras terribles. ¿Sería broma aquello del *gran baile*, o lo dirían en serio? Cruz, al oírlo, se había reído; pero sin protestar, como habría protestado él, si se atreviera. Esto y los doce invitados diarios le quitaron el sueño, porque la otra mitad del alma, la risueña y retozona, también se mostraba rebelde al descanso. Levantose sin haber dormido, y lo primero que se echó a la cara fue un par de tarascas, en quienes al punto reconoció los caracteres zoológicos del ama de cría. «¡Hola! —dijo dirigiéndose a ellas—, ¿qué tal estamos de leche?

Cruz las había hecho venir previamente de la Montaña, dando el encargo a un médico amigo suyo. Eran dos soberbios animales de lactancia, escogidos entre lo mejor, morenas, de pelo negro y abundante, las ubres muy pronunciadas, y los andares resueltos. Mientras el tacaño visitaba a su esposa y al crío, Cruz estuvo tratando con aquel par de reses, y con los montaraces aldeanos que las acompañaban.

«¿Cuál ha escogido usted? —preguntole después don Francisco, que de todo quería enterarse.

—¿Cómo cuál? Usted está en babia, señor mío. Las dos. Una *fija*, y otra de suplente por si la primera se indispone.

—¡Dos amas, dos! —exclamó el bárbaro con los pelos todos de su cabeza y bigotes erizados como los de un cepillo—. Si un ama, una sola, es el azote de Dios sobre una casa, dos... ayúdeme usted a sentir, dos... son lo mismo que si se abriera la tierra y nos tragara.

—De poco se asusta usted... ¿Y así mira por la crianza de ese bendito pimpollo que Dios le ha dado?

—¡Pero para qué necesita mi pimpollo dos amas, Cristo, re-Cristo! ¡Cuatro pechos, Señor de mi vida, cuatro pechos...! ¡Y yo que no tuve ninguno de madre, pues me criaron con una cabra!

—Por eso siempre tira usted al monte.

—Pero vamos a ver, Crucita. *Seamos justos...* ¿Quién ha visto usted que tenga dos amas?

—¿Que quién he visto...? Los Reyes, el Rey...

—¿Y acaso somos nosotros *testas coronadas, por decirlo así?* ¿Soy yo *por casualidad* Rey, Emperador, ni aun de comedia, con corona de cartón?

—No es usted Rey; pero su representación, su nombre exigen propósitos y actos de realeza... No, no me río. Sé lo que digo. Entramos en un período nuevo. Ya tiene usted sucesión, ya tiene usted heredero, Príncipe de Asturias...

—Dale con que soy...

Y no pudo decir más, porque la ira le encendía la sangre, congestionándole. Sentado en el comedor se entretuvo en morderse las uñas, mientras le traían el chocolate. Viéndole de tan mal temple, Cruz se compadeció de él, y quiso explicarle la razón de aquel nuevo período de grandezas en que entraba la familia. Pero don Francisco no escuchaba más razones que las de su avaricia. Nunca sintió en su alma tan fuerte prurito de rebeldía, ni tanta cortedad para llevarla del pensamiento a la práctica. Porque la fascinación que Cruz ejercía sobre él era mayor y más irresistible después del nacimiento de Valentín. Ya se comprende que este le servía a la tirana de la casa para solidificar su imperio y hacerlo invulnerable contra toda clase de insurrecciones. El pobre tacaño gemía, paseando de la taza al estómago su chocolate, y como Cruz le incitara a manifestar su pensamiento, quiso el hombre hablar, y las palabras se negaban a salir de sus labios. Intentó traer a ellos los términos groseramente expresivos que usar solía en su vida libre; tan solo acudían a su boca conceptos y vocablos finos, el lenguaje de aquella esclavitud opulenta en que se consumía, constreñido por un carácter que encadenaba todas las fierezas del suyo.

«No digo nada, señora —murmuró—. Pero así no podemos seguir... Usted verá... Yo soy la *economía por excelencia*, y usted el *despilfarro personifica-*

do... Tres médicos, dos amas... gran baile... convites diarios... medias annatas... Total, que *pululan* los gastos.

—Los que *pululan* son los mezquinos pensamientos de usted. ¿Qué supone todo eso para sus enormes ingresos? ¿Cree que yo aumentaría el gasto si viera que sus ganancias mermaban lo más mínimo?... ¿Tan mal le ha ido bajo mi dirección y gobierno? Pues aún han de venir días gloriosos, amigo mío... ¿Pero qué tiene usted?... ¿qué le pasa?

El tacaño lloraba, sin duda porque se le atragantó la última sopa de chocolate.

Tercera parte

I

Entró el año nuevo con buena sombra. Diríase que los Santos Reyes le habían traído al tacaño cuantos bienes del orden material puede imaginar la fantasía del más ambicioso. Llovía el dinero sobre su cabeza; apenas tenía manos para cogerlo; por añadidura, hasta se sacó, a medias con Taramundi, el premio gordo de la Lotería de fin de Diciembre, y ningún negocio de los emprendidos por él solo o en comandita dejaba de fructificar con lozanos rendimientos. Nunca fue la suerte más loca, ni reparó menos en el desorden con que reparte sus dádivas. Atribuíanlo algunos a diabólicas artes, y otros a designios de Dios, precursores de alguna catástrofe; y si eran muchos los que le envidiaban, no faltaba quien le mirase con supersticioso temor, como un ser en cuya naturaleza alentaba infernal espíritu. Infinidad de personas quisieron confiarle sus intereses, con la esperanza de verlos aumentados en corto tiempo; pero él no consentía en manejar fondos de nadie, con excepción de tres o cuatro familias de mucha intimidad.

Pero si, en la esfera de los negocios, motivos tenía para reventar de satisfacción, en la propiamente doméstica no pasaba lo mismo, y el hombre, desde la entrada de año, se veía devorado por intensas melancolías. Los gastos de la casa eran ya como de príncipes: aumento de servidumbre de ambos sexos; libreas; otro coche, uno exclusivamente destinado a la señora y al ama con el niño; comidas de doce y catorce cubiertos; reforma de moblaje; plantas vivas de gran coste para decorado de las habitaciones; abono en la Comedia, además del del Real; enormísimo lujo de trajes para el ama, que salía hecha una emperatriz a estilo pasiego, con más corales sobre su corpacho que pelos tenía en la cabeza. De Valentinico no se diga: a los pocos días de nacido, ya tenía en su *Debe* más gasto de ropa que su papá en los cincuenta y pico años que contaba. Encajes riquísimos, sedas, holandas y franelas de lo más fino componían su ajuar, no menos lujoso que el de un Rey. Y a estas superfluidades, el usurero no podía oponerse, porque sus últimas energías estaban agotadas, y delante de Cruz no se atrevía ni a respirar; a tal grado llegaba, en el *nuevo orden de cosas*, el predominio de la tirana.

El día de la Epifanía hubo gran comida, y por la noche recepción solemne, a que asistieron por centenares las personas de viso. Ya no se cabía en la casa, y fue preciso convertir el billar en salón, decorándolo con tapices, cuyo valor habría bastado para mantener a dos docenas de familias por algunos años. Verdad que tuvo don Francisco la satisfacción de ver en su casa ministros de la Corona, senadores y diputados, mucha gente titulada, generales y hasta hombres científicos, sin que faltaran *bardos*, y algún chico de la prensa, por lo cual decía para su sayo el Marqués de San Eloy: «Si buena ínsula me das, buenos azotes me cuesta». El licenciado Juan de Madrid describía con pluma de ave del paraíso el espléndido sarao, concluyendo por pedir con relamidas expresiones que se repitiera. A propósito de él, hicieron los Romeros un chiste, que corrió por toda la sociedad, haciendo reír a cuantos le oían. Dijeron que el amo de la casa no pudo asistir porque... *había ido a esperar los Reyes.*

Transcurrieron los meses de invierno sin más novedad que algunas indisposiciones de Valentinico, propias de la edad. Verdaderamente la criaturita no parecía de cepa saludable, y algunos íntimos no ocultaban su opinión poco favorable a la robustez del heredero de la corona. Pero se guardaban muy bien de manifestarla, desde que ocurrió un desagradable incidente entre don Francisco y su yerno Quevedito. Hallábase este una mañana hablando con Cruz de si la leche del ama era o no superior, de la complexión raquítica del niño, y desembuchando con sinceridad médica todo lo que pensaba, se dejó decir: «El chico es un fenómeno. ¿Ha reparado usted el tamaño de la cabeza, y aquellas orejas que le cuelgan como las de una liebre? Pues no han adquirido las piernas su conformación natural, y si vive, que yo lo dudo, será patizambo. Me equivocaré mucho, si no tenemos un marquesito de San Eloy perfectamente idiota.

—¿De modo que usted cree...?

—Creo y afirmo que el fenómeno...

Don Francisco, que en aquellos tiempos había adquirido la costumbre de escuchar tras de las puertas y cortinas, espiando las ideas de su cuñada para prevenirse contra ellas, sorprendió aquel breve diálogo al amparo de un *portier*, y al oír repetida la palabra *fenómeno*, no tuvo calma para contenerse, entró, de un salto abalanzose al pescuezo del joven facultativo, y apretándoselo con la sana intención de estrangularle, gritaba: «¿Con que mi hijo es fenómeno?... ¡Ladrón, matasanos! El fenómeno eres tú, que tienes el alma patizamba, y comida de envidia... ¡Idiota mi hijo!... Te ahogo para que no vuelvas a decirlo.

Con gran trabajo pudo Cruz quitárselo de entre las manos, y calmar su furia.

«No digo más que la verdad —murmuró Quevedito, rojo como un pimiento, arreglándose el cuello de la camisa, que destrozaron las uñas de su suegro—. La verdad científica por encima de todo. Por respeto a esta señora no le trato a usted como merece. Adiós.

—Vete de mi casa, y no vuelvas más a ella. ¡Decir que es fenómeno!... La cabeza grande, sí... toda llena de talento macho... El idiota y el orejudo eres tú, y tu mujer otra idiota. ¿Apostamos a que la desheredo?

—Cálmese, amigo don Francisco —le dijo Cruz colgándose del brazo, porque quería correr tras su yerno, y echarle otra vez la zarpa.

¡Oh! sí, señora... tiene usted razón... —replicó dejándose caer sin aliento en una silla—. Le he tratado muy a lo bruto. ¡Pero mire usted que decir...!

—No decía más sino que el niño está encanijadito... Lo de fenómeno es una broma...

—¿Broma?... Pues que vuelva, y me diga que es broma, y le perdonaré.

—Ya se ha ido.

—Fíjese usted en que Rufina no ve con buenos ojos al hijo varón. Naturalmente, antes de casarme yo, pensaba la niña que todo iba a ser para ella cuando yo cerrara la pestaña, y no crea usted, se puso de uñas conmigo *a raíz* de mi casamiento. ¡Ah, es de lo más egoísta esa mocosa! Yo no sé a quién sale. ¿Le parece a usted que le prohíba el venir acá?

—¡Oh, no! ¡Pobrecilla!

No le costó poco trabajo a la tirana quitarle de la cabeza estas ideas. Al principio, por no contrariarle abiertamente en todas las cosas, no insistió mucho; pero pasados unos días, no dejó de la mano el asunto hasta conseguir que a los expulsados hija y yerno, se les abriesen de nuevo las puertas de la casa. Volvió, en efecto, Rufina; mas Quevedito cortó relaciones con su suegro, y por no dar su brazo a torcer en la cuestión facultativa, seguía sosteniendo que el chico era un caso teratológico.

Los negocios, que en aquellos meses consumían a Torquemada lo mejor de su tiempo, no le impidieron dedicar algunos ratos, por la noche, a la obra magna de su progresiva ilustración. En su despacho solía leer alguna obra buena, la *Historia de España*, por ejemplo, que a su juicio era el indispensable cimiento del saber, y consagraba algunos ratos a la compulsión de Diccionarios y Enciclopedias, en las cuales veía satisfechas sus dudas sin tener que recurrir a Zárate, que le mareaba con su vertiginosa ciencia. Con esto, y con redoblar su atención cuando oía hablar a personas eruditas, se fue afinando con estilo y lenguaje hasta el punto de que, en aquella tercera fase de su evolución social, no era fácil reconocer en él al hombre de la fase primera o embrionaria. Hablaba con mediana corrección, huyendo de los conceptos afectados o que trascendiesen a sabiduría pegadiza, y de fijo que si su enseñanza no hubiera empezado tan tarde, habría llegado a ser un rival de Donoso en la expresión fina y adecuada. ¡Lástima que la evolución no le hubiese cogido a los treinta años! Aun así, no había perdido el tiempo. Haciendo su propia crítica, y dejando a un lado la modestia, que en los monólogos no viene al caso, se decía: «Hablo muchísimo mejor que el Marqués de Taramundi, que a cada momento suelta una simpleza».

Al propio tiempo su facha parecía otra. Personas había, de las que le conocieron en la calle de San Blas y en casa de doña Lupe, que no le creían el mismo. La costumbre de la buena ropa, el trato constante con gente de buena educación, habíanle dado un barniz, con el cual las apariencias desvirtuaban la realidad. Solo en los arrebatos de ira asomaba la oreja, y entonces, eso sí, era el *tío* de marras, tan villanesco en las palabras como en las acciones. Pero con exquisito esmero evitaba toda ocasión de encolerizarse, para no perder el coran-vobis ante personas a quienes, por propia conveniencia, quería considerar. Sus éxitos en el mundo eran extraordinarios, casi casi milagrosos. Muchos que en la primera fase de la evolución se burlaban de él, respetábanle ya, teniéndole por hombre de excepcional cacumen para los negocios, en lo cual no iban descaminados, y de tal modo fascinaba a ciertas personas el brillo del oro, que casi por hombre extraordinario le tenían, y conceptos que en otra boca habrían sido gansadas, en la suya eran lindezas y donaires.

El marquesado, si al principio se le despegaba un poco, como al Santo Cristo un par de pistolas, luego se le iba incrustando, por decirlo así, en la persona, en los modales, hasta en la ropa, y la costumbre hizo lo demás. Lo que aún faltaba para la completa adaptación del título a su catadura plebeya hízolo el criterio comparativo del público, pues este fácilmente se explicaba que tal cabeza ciñese corona, toda vez que otras, tan villanas por dentro y por fuera, se la encasquetaban, por herencia o real merced, no más airosamente que el antiguo prestamista.

II

Sin necesidad de que nos lo cuente el licenciado Juan de Madrid, ni otro ningún cronista de salones, sabemos que a los tres o cuatro meses de su alumbramiento estaba la señora de Torquemada hermosísima, como si una rápida crisis fisiológica hubiera dado a su marchita belleza nueva y pujante savia, haciéndola florecer con todo el esplendor y la frescura de Mayo. Mejoró de color, cambiando la transparencia opalina en tono caliente de fruta velluda que empieza a madurar; sus ojos adquirieron brillo, viveza su mirada, prontitud sus movimientos, y en el orden moral, si menos visible, no era menos afectiva la transmutación, trocándose lentamente en gravedad el mimo, y en juicio sereno la imaginatividad traviesa. Vivía consagrada al heredero de San Eloy, que si en los primeros días no era para su madre más que una viva muñeca, a quien había que lavar, vestir y zarandear, andando los meses vino a ser lo que ordena la Naturaleza, el dueño de todos sus afectos, y el objeto sagrado en que se emplean las funciones más serias y hermosas de la mujer. De cómo desempeñaba Fidela su misión de madre, no se puede tener idea sin haberlo visto. Ninguna existió jamás que la superase en cuidado y solicitud, ni que con mayor sentido se penetrara de su responsabilidad. De los cariños extremados, que al principio producían en ella tensión convulsiva, pasó por gradación suave al cariño verdaderamente protector, garantía de vida para los seres débiles que amenazados de mil peligros entran en ella. De su afición a las golosinas le curó el miedo de enfermar y morirse antes de ver crecido a su hijo, y se fue acostumbrando a los alimentos sanos, y a poner método en las comidas. Novelas, no volvió a leerlas, ni tiempo tenía para ello, pues no había hora del día en que no encadenase su atención alguna faena importante, ya el aseo del chico y del ama, ya la ropa de ambos; y luego venía el dormirle, y el vigilar el sueño, y ver si mamaba o no, y si todas sus funcioncitas se hacían con regularidad.

A ninguna parte iba, y rarísima vez se la vio en el palco de la Comedia, durante una hora o poco más, pues no tenía calma para estarse allí tontamente oyendo lo que nada le interesaba, y asaltada de mil ideas terroríficas, por ejemplo: que el ama, al acostarle, no le había puesto bien tapadito, o que se pasaba la hora de la teta, porque la muy gansa se había quedado dormida. Estaba en ascuas, impaciente porque llegase Tor para llevarla a casa. De nadie se fiaba, ni de las criadas más adictas y cuidadosas, ni de su hermana misma. Su tertulia servíale tan solo para hacer mil consultas sobre temas de maternidad con esta y la otra señora: todo lo demás érale indiferente. Y no se crea que la monotonía de su conversación resultaba antipática, pues sabía poner en cuanto hablaba su originalidad ingénita y su gracejo. Era, en suma, encanto y admiración de cuantos íntimamente trataban a la familia. Sobre este particular dijo un día Donoso a su amigo Torquemada: «En todo, absolutamente en todo, es usted el hombre de la Suerte. ¿Qué virtudes extraordinarias son la causa que así le proteja y le mime Dios Omnipotente? Tiene usted una mujer que si se buscara con candil otra igual por toda la tierra, no se la había de encontrar. ¡Vaya una mujer! Todo el dinero que usted posee no vale lo que el último cabello de su cabeza...

—Buena es, sí, buenísima —replicó el tacaño—, y por ese lado no hay queja.

—Ni por otro alguno. Pues estaría bueno que usted se quejara, cuando parece que el dinero no sabe ir a ninguna parte más que a su bolsillo... Y a propósito, amigo mío: dícese que toman ustedes en firme todas las acciones del ferrocarril leonés.

—Así lo hemos acordado.

—Por eso he visto locos de entusiasmo a dos o tres individuos de la colonia leonesa; y hablan de darle a usted un banquete y qué sé yo qué.

—¿Banquetearme, porque voy a mi negocio?... En fin, si ellos lo pagan...

—Naturalmente.

Morentín continuaba siendo el visitante pegajoso en la casa de San Eloy, y con el pretexto de acompañar a su amigo Rafael, se pasaba allí las horas muertas tarde y noche. Pero es el caso que el ciego abominaba de él secretamente, y se ponía nerviosísimo cuando le sentía la voz. Cruz, por su parte, no gustaba de tal asiduidad. Mas ninguno de los dos encontró manera de echarle, ni aun de conseguir, por cualquier discreto artificio, que redujera sus visitas a lo estrictamente indicado por las prácticas sociales. Entró una tarde, por familiar costumbre, en el gabinete de Fidela y en el cuarto de Valentinico, próximo a la alcoba matrimonial, y allá se estuvo embelesado, viendo a la Marquesa de San Eloy en todo el lleno de sus funciones maternales, abrumándola de adulaciones hiperbólicas con las formas más extravagantes de la galantería, después de haber ensayado con deplorable éxito las más comunes. «Porque usted, Fidela, es uno de esos ejemplos raros en la Historia, en la Historia sagrada y profana, no hay que reírse... sé lo que digo. El hombre que a usted la posee debe de tener las mejores aldabas en el tribunal divino, porque si no, ¿cómo le han dado el número, la criatura selecta, el *non plus ultra*?

—Vamos, que no pico tan alto como usted cree. En cierta ocasión me dejé decir que yo valía mucho. ¡Cuánto me he reído de aquella jactancia! Pues ahora me parece que no valgo nada, y que no tengo ningún talento. No crea usted que lo digo por modestia. La modestia sigue pareciéndome una tontería. Ahora que tengo delante de mí algo muy grato, de muchísima responsabilidad, entiendo que no puedo llegar a lo que deseo.

—No me diga usted que no es modesta. Harto conoce cada cual lo que vale... Pero hay una cosa de que sin duda, por la abstracción en que la tienen los trabajos maternales, no se ha enterado usted todavía.

—¿Qué?

—Que ahora está usted hermosísima, vamos, en un grado de hermosura desesperante. Créame usted: cuando se la contempla, se padece vértigo... y estoy por decir que oftalmía. Es como mirar al Sol.

—Pues póngase usted vidrios ahumados —dijo Fidela, echándose a reír, y mostrando las dos carreras de perlas de su incomparable dentadura—. ¿Pero para qué, si tiene usted ahumado el entendimiento?

—Gracias.

—No... ahora me da por la sinceridad. Y haciendo gala de inmodestia, diré a usted que si nada valgo en... ¿cómo se dice?... en el concepto general, lo que es como belleza... ¿Verdad que estoy guapísima? No crea usted que me voy a ruborizar por oírlo decir. Si estoy cansada de saberlo.

—Su sinceridad es un nuevo atractivo en que no había reparado hasta ahora.

—Es que usted en nada repara. No se fija más que en sí mismo, y como se mira tan de cerca no puede verse.

—Tan no me he mirado nunca, que no sé cómo soy.

—Eso lo creo, porque si usted lo supiera, no sería como es. Le hago ese favor.

—Pues bien: ¿cómo soy?

—¡Ah! yo no he de decirlo.

—Ya que usted tan sincera es en la crítica de sí propia, séalo juzgando a los demás.

—No me gusta echar incienso, y como usted es de los que todavía cultivan la modestia, si yo le colmo de elogios podría creer que le adulo.

—No creeré tal cosa, sino que me hace justicia.

—No, no, de fijo que si yo le digo lo que pienso, se ruborizará usted como los jóvenes tímidos, y no volverá más a mi casa, por temor a que mis alabanzas le sonrojen.

—Yo le juro a usted que no dejaré de volver, aunque usted me compare con los ángeles del Cielo.

—Pues con ellos pensaba compararle... Mire usted cómo va acertando.

—¿Por la pureza?

—Y por la inocencia. Desde el tiempo en que era usted estudiante, y galanteaba a las patronas de las casas de huéspedes donde vivían los compañeros con quienes repasaba la lección, no ha adelantado usted un solo paso en el arte del mundo, ni en el conocimiento de las personas con quienes trata. Ya ve usted si se halla en estado de inocencia, y si merece elogios. Ha conseguido aprender muchas cosas, no todas de gran provecho, la verdad; pero el tacto fino para conocer el grado y la clase de afecto a que debe aspirar en sus relaciones de amistad no lo tiene todavía Pepito Morentín. Es usted muy niño, y si no se da prisa a aprender esto, creo que mi Valentín le va a tomar a usted la delantera.

Desconcertado, el Tenorio sin drama afectaba no comprender, y se defendía con exclamaciones festivas; pero por dentro le atormentaban las retorceduras de su amor propio vapuleado por la altiva dama. Hablaba esta en pie, con su chiquillo en brazos, marcando el paso de niñera, y dándole golpecitos en la espalda.

«Gasta usted unas ironías que me anonadan —dijo al fin Morentín, que ya no podía contraer su rostro para fingir la hilaridad, y bruscamente se puso serio.

—¿Ironía yo...? ¡Bah! No me haga usted caso. No hay más sino que le miro a usted como a un chiquillo, y no ciertamente de los mejor educados. La juventud del día, y llamo juventud a los hombres de treinta a cuarenta años, necesita una disciplina de colegio muy dura para poder andar suelta en sociedad. No conoce la verdadera finura, ni la delicadeza, y es... ¿lo digo? una generación de majaderos muy bien vestidos y que saben algo de francés. No recuerdo quién decía la otra noche aquí que ya no hay señoras.

—La marquesa de San Salomó.

—Justo. Puede que tenga razón. Es dudoso por lo menos. Lo indudable es que ya no hay caballeros, como no sea algún viejo de la generación pasada.

—¿Lo cree usted así? ¡Oh, qué daría yo por pertenecer a la generación pasada, aunque tuviera mi cabeza llena de canas, y viviera plagado de reuma! Si así fuera, ¿sería usted más benévola conmigo?

—¿Soy acaso malévola? Esto no es malevolencia, Morentín, es vejez. No se ría. Yo soy vieja, más vieja de lo que se cree usted, si no por los años, por lo que me ha enseñado el sufrimiento.

De improviso cambió de tono Fidela, dejando al otro cortado y con la palabra en la boca. Besuqueando locamente al nene, rompió en estos chillidos:

«¿Pero ha visto usted, Morentín, una cara más repreciosa que la de este mico de Dios, rey de los pillos, y alguacil de los ángeles? ¿Conoce usted belleza igual, ni monada igual, ni desvergüenza como la suya? Esto vale más que el mundo entero. ¿Ve usted ese pelito que se me ha quedado entre los labios, besándole? Pues vale este pelito más que usted en cuerpo y alma, vale más, como unos diez mil millones de veces... elevadas a la raíz cúbica... Yo también soy matemática... Y vale más que toda la humanidad pasada, presente y futura... Conque... abur. Dile adiós, hombre. (*Cogiéndole la manecita y haciéndole saludar.*) Dile: adiós, adiós, tonto...

Se fue al otro cuarto, y Morentín a la calle, amargado y aburrido. Su amor propio era en aquel momento como un vistoso y florido arbusto, que un pie salvaje hubiera pisoteado bárbaramente.

III

Ya venía de atrás aquel desaliento del gallardo joven, que mal acostumbrado a fáciles triunfos, se figuraba que Dios había hecho el mundo para recreo de los Don Juanes de cartulina Bristol, y que las pasiones humanas eran un juego, o *sport* destinado al solaz de los jóvenes que, además del título de doctores en Derecho, poseían un acta de representante del país, renta para bien vivir, caballo, buena ropa, etc... Sus esperanzas, que al principio estuvieron muy verdes, nutridas tan solo de la vanidad de él, y sin que ella en ninguna forma las alentara, habíanse marchitado antes del coloquio que acaba de referirse. Siempre que tenía ocasión de hablar a solas con su amiga, se arrancaba el hombre, no sin cautela; mas ella le paraba al instante, refregándole el rostro con irónicas e intencionadas réplicas, no más suaves que ortigas. Lo que más desconcertaba al buen Morentín era *el compromiso* en que, ante la opinión pública, le ponía la resistencia de la señora de Torquemada, pues siendo como un artículo de fe que ella le había elegido para desquitarse de las tristezas de su matrimonio con un *hombre imposible*, ¿con qué cara le decía él ahora a la pública opinión: «Señores, ni conmigo ni con nadie se desquita, porque no hay tal adulterio ni cosa que lo valga, ni en el hecho ni en la intención. Desistan ustedes de esa idea calumniosa, si no quieren que se les tenga por imbéciles como malvados»...?

Y seguramente añadiría: «Yo hago cuanto puedo. Pero no hay caso. Por mí, bien saben cuantos me conocen que no quedaría. Pero una de dos: o no le gusto, lo cual extraordinariamente me mortifica, o se encastilla en la virtud. Me inclino a creer esto último, como menos vejatorio para mí, y no tendría inconveniente en afirmar que, no gustándole yo, es cosa probada que otro ninguno le gustará, aunque se lo traigan del Cielo. Nada, señores, que por esta vez me ha fallado la puntería. Creo como Zárate, que tiene atrofiado el lóbulo cerebral de las pasiones. ¡Ah, las pasiones! Lo que pierde a las criaturas; pero también lo que las ennoblece y ensalza. Mujer sin pasiones puede ser una hermosa muñeca, o una gallina utilísima, si es madre... Confieso que ninguna batalla me pareció más fácil ganar hace un año, cuando Fidela reapareció ante el mundo casada con ese pavo de corral. Esta es la primera vez que, creyendo abrazar una mujer, me estrello contra una estatua... Paciencia, y a otra. ¡Cuando uno piensa que ha despreciado proporciones bonitísimas, por seguir este rastro engañoso! Renuncio, pues, y me consuelo con que si el dios de las batallas... amorosas no me ha dado esta vez la victoria, será por apartarme de un gran peligro. En la casa de San Eloy siento la incubación del drama, y del drama huye el hijo de mi madre como del cólera. Esto declara y mantiene Serrano Morentín, *adúltero profesional*».

Debe añadirse que si el unigénito de don Juan Gualberto era incapaz de virtud en grado superior, era también inepto para el mal, realizado categóricamente. Por tener algo de todo, también tenía su poquito de conciencia, y después de poner a las heridas de su amor propio la venda de aquel optimismo reparador, dio en pensar cuán inicuos eran los errores de la opinión acerca de Fidela. Pero cualquiera destruía la dura concreción formada con los malos pensamientos y la falsa lógica del público. Como ciertas conglomeraciones calcáreas, la calumniosa especie endurecía con el tiempo, y al fin no había cristiano que la rompiera con codos los martillos de la verdad. Hallábase él dispuesto a salir por ahí diciendo a todo el que quisiera oírle: «Señores, que no es cierto... que hay virtud, virtud verdadera, no de farsa». ¡Pero nadie lo había de creer! Bueno está el tiempo para dar crédito a voces que tratan de reivindicar las reputaciones, no de destruirlas. Aquel poquito de conciencia de que el gallardo caballero disponía para los casos muy apurados de moral, le argüía su culpabilidad, porque cuando las voces empezaron, la seguridad del triunfo fue parte a que no las desmintiera con la energía y la indignación que la justicia demandaba. Dejó correr la especie, siendo falsa, porque creía como en el Evangelio, que los hechos la harían verdadera. Equivocáronse los hechos: luego estos eran los que tenían la culpa, él no. Como quiera que fuese, Morentín, saliendo aquel día de la casa de San Eloy con los espíritus enormemente abatidos, pensó que, *en conciencia*, y procediendo con hidalga caballerosidad (de la cual tenía también su poquitín), debía hacer un supremo esfuerzo para ahogar aquella opinión y arrancarla de cuajo.

No hacía diez minutos que Morentín había salido del gabinete de Fidela, cuando entró Rafael, conducido por Pinto.

«Ya sé que se ha ido ese danzante. Esperaba que saliera para entrar yo —dijo a su hermana, que volvió al gabinete con el chico en brazos.

—Sí, ya partió para la Palestina el bravo Malek-Adel... Siéntate. Es lástima que no puedas ver esta preciosidad. Hoy está tan contento, que no hace más que reír y tirarme de las orejas. ¿Por qué está hoy tan guasoncito el trasto de Dios?

—Déjame que le coja la cara. Acércate.

Fidela acercó el nene a su hermano, que le besó y acarició en las mejillas. Valentinico hizo pucheros.

«¿Qué es eso, ángel? No se llora.

—Se asusta de verme.

—¡Quia! De nada se asusta este sinvergüenza. Ahora te está mirando fijo, fijo, con los ojos muy espantados, como diciendo: «¡qué serio está hoy mi tío!...». ¿Verdad que tú quieres mucho al títo, Rey, Sumo Pontífice, gatito de la Virgen? Dice que sí, que te quiere muchísimo, y te estima y es tu *seguro servidor que besa tu mano*, Valentín Torquemada y del Águila.

Viendo que Rafael callaba melancólico, creyó que refiriéndole las gracias que con inaudita precocidad hacía ya el pequeñuelo se animaría un poco. «No sabes lo tunante que es. Desde que ve una mujer, se le tira a los brazos. Este va a ser aficionadillo al bello sexo, sí señor, y muy enamorado. Mujer que vea, la querrá para sí. Y desde ahora... (*dándole suaves golpes en semejante parte*) le iré yo enseñando a que no se entusiasme tanto con las señoras. ¿Verdad, rico mío, que a ti te gustan mucho las niñas guapas?... A los hombres no les puede ver. El único con quien hace buenas migas es su padre. Cuando le sienta sobre sus rodillas para hacerle el caballito, suelta unas risas... ¿Y sabes lo que hace el muy tuno? Le quita el reloj. Es una afición loca a robar relojes... También ha sacado la maña de meterle mano al bolsillo de su padre, y... No creas, empieza a sacar duros y pesetas y a tirarlos al suelo, riéndose de verlos rodar...

—Simbolismo —dijo Rafael saliendo de su taciturnidad—. ¡Ángel de Dios! Si persiste en esa maña dentro de veinte años, ayúdame a sentir.

Siempre que acompañaba a su hermana, en el gabinete o en el cuarto del chiquitín, las sensaciones, y aun los sentimientos del pobre ciego sufrían alteraciones bruscas, pasando del contento expansivo al desmayo hondísimo y aplanante. Era un variar continuo, como los movimientos de la veleta un día de turbión. Horas tenía Rafael, en las cuales gozaba extraordinariamente oyendo a su hermana en los trajines de la maternidad, horas en que aquel mismo cuadro de doméstica dicha (para él, más bien sonata) le llenaba el corazón de serpientes. Razones de esto: que antes del nacimiento de Valentinico, era Rafael el niño de la familia, y en la época de miseria, un niño mimado hasta la exageración. Claro que sus hermanas le querían siempre; pero la nueva vida les distraía en mil cosas, y en los afanes que ocasiona una casa grande. Le atendían, le cuidaban; pero sin que fuera él, como en otros tiempos, la persona principal, el centro, el eje de toda la vida. Vino al mundo con repique gordo de campanas el heredero de San Eloy, y aunque las dos hermanas tenían siempre para Rafael cariño y atenciones, nunca eran estas como las que al chiquitín consagraban; cosa muy natural, pues si débiles los dos, Rafael estaba formado y no había que pensar ni en librarle de su incurable mal, ni en darle mayor robustez, mientras que Valentín era un principio de hombre, una esperanza, que había que proteger contra los mil peligros que a la infancia rodean. ¡Eterna subordinación de los amores del pasado, ante los amores y los intereses del presente y el porvenir!

Así lo pensaba Rafael en sus murrias llenas de amargura negra: «Soy el pasado, un pasado que gravita sobre ellas, que nada les da, que nada les ofrece; y el niño es el presente risueño, y un porvenir... que interesa como incógnita.

Su imaginación siempre en ejercicio le representaba los hechos usuales informados por su idea. Creía notar que su hermana Cruz, al ocuparse de él, lo hacía más por obligación que por cariño; que algunos días le servían la comida deprisa y corriendo, mientras que se entretenían horas y más horas dándole papillas al mocoso. Figurábasele también que su ropa no se cuidaba con tanto esmero. A lo mejor, le faltaban botones, o aparecían descosidos que le molestaban. Y en cambio, las dos señoras y el ama consagraban días enteros a los trapitos del crío. Sobre esto, claro está, guardaba un silencio absoluto, y antes muriera que proferir una queja. Su hermana Cruz había notado en él una tristeza fúnebre, un laconismo sombrío, y un suspirar de ese que saca la mitad del alma en un aliento. Pero no le interrogaba, por temor a que saliese con alguna tecla de las de marras. «Peor es meneallo —se decía hablando como Cervantes y como don Francisco.

IV

Sobre el asunto de Morentín, sí hablaron con amplitud, y discutiendo el artificio más propio para evitar la constancia de sus visitas, convinieron en valerse de Zárate. Rafael habría deseado que se le echara sin miramiento alguno; pero a esto no se avino Cruz, por no disgustar a la señora de Serrano Morentín, una de las amigas más adictas y leales. Lo mejor era que Zárate le soltase esta *indirecta*: «Mira, Pepe, sea por lo que fuese, Rafael te ha tomado antipatía, y se excita siempre que te siente a su lado. Conviene que dejes de ir una temporadita por allá. Las señoras no quieren decírtelo porque no lo tomes a mal. Pero yo, amigo tuyo, amigo de ellas, te aconsejo, *etc... etc...*». Acordado este plan, a Cruz le faltó tiempo para pedir al pedante su amistosa mediación, y el pedante despachó tan bien su cometido, que el otro no parecía por la casa sino contadas veces, y siempre de noche, a la tertulia grande. Los comentarios que hicieron el sabio y el galán cuando aquel le transmitió los deseos de las señoras, no constan en autos; pero es fácil colegir que uno y otro daban versión muy distinta de la oficial a los móviles de aquella cortés despedida.

Y a Rafael se le quitó un peso de encima con la seguridad de que su antiguo amigo no le visitaría con tanta frecuencia. Mas no disminuyeron por ello sus tristezas, que Cruz, a fuerza de cavilar, se explicaba porque el convencimiento de su error, en lo que de Fidela tan malignamente supuso, le inquietaba la conciencia. En efecto, Rafael parecía disuadido de los pensamientos maliciosos que le sugirió su insana lógica de ciego pesimista y reconcentrado. Una noche se lo confesó a Cruz, añadiendo que si rectificaba su infame juicio por lo tocante a Fidela, lo mantenía por Morentín, pecador de intención; como que cifraba su orgullo en ser adúltero sin drama, y corruptor de las familias con discreto escándalo. «Y para que veas cómo mi lógica no me engaña siempre —añadió—, te diré que lejos de cesar ahora la difamación de mi hermana, aumenta y toma cuerpo, porque el mundo no recoge, no puede recoger la piedra que tira.

—Bueno —replicó la primogénita, queriendo cortar—. No te ocupes de eso, y desprecia la maledicencia.

—Ya la desprecio; pero siempre existe.

—Basta ya.

—Basta, sí.

Al quedarse solo, inclinando la cabeza sobre el pecho, se sumergió en cavilaciones oscuras, cavernosas: «¿Soy yo el equivocado? No, porque pensé este desate de la opinión contra la honra de mi casa, y acerté. Si mi hermana se ha mantenido en sus deberes, realizando el mayor prodigio de los tiempos, esto solo quiere decir que la raza es de elección... sí señor... savia superior, incorrupta en medio de esta sentina...

Levantose bruscamente, y como si aún creyera que allí permanecía su hermana Cruz, dijo con mucho énfasis: «Pero vi yo el peligro, ¿sí o no?»

No tardó en caer en la silla. Su tristeza se resolvía en un vivo desprecio de sí mismo; su amor propio, mucho más potente que el de Morentín, y de mejor fuste, no se curaba con tanta facilidad de las caídas, y él se sentía caído de lo más alto de su orgullo a lo más profundo de su conciencia.

«Sí, sí —pensaba, los codos en las rodillas, las manos agarrando la cabeza como si se la quisiera arrancar—, quiero engañarme con lisonjas, con elogios de mí mismo; mas por encima de este humo sale mi razón diciéndome que soy el más redomado tonto que ha echado Dios al mundo. ¡Equivocado en todo! Creí firmemente que mi hermana sería infeliz, y es dichosa. Su alegría echa por tierra todas estas lógicas, que como quincalla mohosa almaceno en mi pobre cerebro desvencijado. Creí firmemente que el matrimonio absurdo, anti-natural del ángel y la bestia no tendría sucesión, y ha salido este muñeco híbrido, este monstruo... porque lo es, tiene que serlo, como dice Quevedito... ¡Vaya una representación de la estirpe del Águila! ¡Vaya un Marqués de San Eloy! Esto da asco. Si no viene pronto el cataclismo social, será porque Dios quiere que la sociedad se pudra lentamente, y se pulverice toda en basura para mayor fertilidad de la flora que vendrá después. (*Dando un gran suspiro.*) La verdad es que no sé qué sentir. Estoy obligado a querer al pobre niño, y a ratos me parece que le quiero, sí. ¿Qué culpa tiene él de haber venido a destruir todas mis lógicas? Y si es híbrido y monstruoso, y crecerá marcado de cretinismo y de caquexia, al menos ha servido para encender en su madre el fuego del cariño maternal, que la purificara... Esto es un consuelo... El colmo de mis equivocaciones sería que el chico creciera listo y fuerte... No me faltaba más que eso para creer que el deforme y cacoquimio soy yo; y en este caso...

Un golpecito en la puerta cortó su divagación. Era Fidela con el nene en brazos: «Aquí hay una visita —dijo—, un caballero que pregunta si está visible el señor don Rafaelito... ¿Se puede pasar? Adelante, hijo. Dile que vienes muy enfadado, pero muy enfadado, porque no ha ido a verte hoy.

—Ahora mismo pensaba ir —replicó el ciego, animándose—. Vamos. Dame la mano.

Condújole Fidela a su cuarto, donde entablaron una larga conversación que acaloraba ella con su vivaz ingenio, y él enfriaba con su tristeza mortecina. Contendían en el terreno de la palabra, él arrojando plomo, su hermana azogue. El diálogo tan pronto se arrastraba lánguido, como corría presuroso, informando ideas diferentes. Más de una vez quiso Fidela poner el chiquillo en brazos de su hermano; pero Rafael se opuso, temeroso, según dijo, de que se le cayera. Cuando Valentinico apenas contaba un mes, gustaba su tío de hacer el niñero: le cogía en brazos, le zarandeaba, decíale mil extravagancias, y no le soltaba hasta que el nene, frotándose los ojos con sus puños cerrados, o rompiendo en chillidos, pedía pasar a otras manos. Mas transcurrido algún tiempo, Rafael empezó a sentir hacia su sobrinito una brutal aversión, que con ningún razonamiento podía dominar. El sentimiento de su impotencia para vencer aquel insano impulso, era tan afectivo y claro en su alma como el del espanto que le causaba. Por suerte, duraba poco; pero en su brevedad inapreciable, era lo bastante intenso para ocasionarle un padecer horrible, agravado por la lucha que había de sostener contra sí mismo. Fue tan vivo una tarde el instintivo aborrecimiento a la criatura, que por apartarla de sí con prontitud para evitar un acto de barbarie, a punto estuvo de dejarla caer al suelo. «Maximina, por Dios, venga usted... —gritó levantándose—. Coja usted el niño. Pronto; me voy... Pesa mucho... me cansa... me ahogo...

Y soltando la cría en manos del ama, salió trémulo y jadeante, palpando las paredes y tropezando en los muebles. Imposible apreciar la duración de aquel salvaje arrechucho; pero no hay duda de que era brevísima, y en cuanto pasaba, sentía ganas ardientes de llorar, se metía en su cuarto y se arrojaba en el sillón, buscando la soledad. En ella no podía hacer otra cosa que analizar minuciosamente aquel fenómeno extraño, indagar su origen, y determinar las formas en que se manifestaba. Y mejor lo conocía por la observación retrospectiva de su alma, que en el momento de sufrir el ataque, relámpago de confusión y azoramiento, en que el tremendo impulso destructor se confundía con el pánico de la conciencia, aterrada del crimen. «La causa de esto —se decía, con sinceridad de filósofo solitario—, no puede ser otra que un terrible acceso de envidia... Sí, esto es; me ha nacido en el alma como un tumor. ¡Envidia del pequeñuelo, porque mis hermanas le quieren más que a mí! Puedo decirlo claro, en las soledades íntimas de la conciencia. Naturalmente, el niño es la esperanza de la casa, las grandezas posibles del mañana, y yo soy un pasado caduco, inútil, muerto... ¿Pero cómo ha nacido en mi alma sentimiento tan vil... y tan nuevo en mí, Señor, porque jamás sentí envidia de nadie? ¿Y en qué consiste que la envidia *se me quita* de repente, y vuelvo a querer al chiquillo...? No, no, no se me quita, no. Cuando me pasa el arrechucho, siempre me queda una cierta hostilidad contra el muñeco ese, y si es verdad que me inspira lástima, también lo es que deseo que se muera. Analicemos bien. ¿Alguna vez he deseado que viva? (*Pausa.*) Que sé yo. Pocas habrán sido, y mis recuerdos de este y el otro momento me dicen que por lo común pienso que ese desdichado engendro estaría mejor en la Gloria, o en el Limbo... sí, señor, en el Limbo. Y otro síntoma que veo en mí es el absoluto convencimiento de que Dios ha hecho muy mal en mandarle acá, como no haya venido para castigo del bárbaro, y para amargar los últimos años de su vida. Sea lo que quiera, el tal Valentinico... me lo diré claro, como debo decirme las cosas a mí mismo, en el confesonario de la conciencia, que es como ponerse de rodillas ante Dios y descubrirle toda nuestra alma... el tal Valentinico me carga... Reconozco que allá nos vamos él y yo en candor infantil. Yo discurro, él no; pero ambos somos igualmente niños. Si yo, siendo como soy, estuviese ahora mamando, y tuviera mi nodriza correspondiente, no sería más hombre que él, aunque pegado a la teta resolviera en mi cabeza todas las filosofías del mundo. (*Pausa.*) ¿Por qué me causa profunda irritación el ver que mis hermanas no viven más que para él, y se preocupan de la ropita, de la teta, de si duerme o no, como si de ello dependiera la suerte de toda la humanidad? ¿Por qué, cuando oigo que le miman y le cantan y le saltan en brazos, rabio interiormente porque no me hagan a mí lo mismo? Esto es infantil, Señor; pero es como me lo digo, y no puedo remediarlo. Me confieso toda la verdad, sin omitir nada, y al hacerlo así, siento alivio, el único alivio posible... (*Pausa larguísima. Abstracción.*)

«Porque yo no sé lo que me pasa, ni cómo empieza el endiablado ataque. Estalla de súbito como un explosivo. Me invade todo el sistema nervioso en menos tiempo del que empleo en decirlo. Si el ataque me coge con mi sobrinito en brazos, necesito echarme con la voluntad cinturones de bronce para no dejarme caer sobre el pobre niño y ahogarle bajo mi cuerpo. O bien me da la idea de lanzarle contra la pared con la fuerza terrible que en mí se desarrolla. Una tarde llegué a ponerle mí mano en el cuello; lo abarqué fácilmente, porque no está gordo que digamos el príncipe de Asturias; apreté un poquitín, nada más que un poquitín. Le salvaron los gemidos que dio, y aquella ilusión que tuve... alucinación de oírle decir: «Tío, no me...» Fue un segundo espantoso. Mi conciencia venció... por nada, por la milésima parte del grueso de un pelo, que era la distancia que me separaba del crimen. Me temo que otra vez mi voluntad no llegue al punto crítico, y venza el impulso, y resulte que cuando me entero del acto de barbarie, ya está consumado y no lo puedo remediar. Yo lo siento, lo sentiré mucho; me moriré de vergüenza, de terror... Y cuando nos encontremos él y yo en el Limbo, víctima y verdugo, nos reiremos de nuestras discordias de por acá... ¡Cuánta miseria, cuánta pequeñez, qué estúpido combatir por quién es más! «Valentín —le diré—, ¿te acuerdas de cuando te maté porque no me hacía gracia que fueras más que yo? ¿Verdad que tú, allá en los albores de tu voluntad, querías anonadarme a mí, y me tirabas de los pelos con intención de hacerme daño? No me lo niegues. Tú eras muy malo; la sangre villana de tu padre no podía desmentirse. Si hubieras vivido, habrías sido el vengador de los Águilas deshonrados, y habrías dado tortura a tu madre, que hizo mal, muy mal en ser madre tuya. Reconócelo: mi hermana no debió casarse con el bruto de tu papá, ni yo debí ser tu tío. Y admitido que el casamiento tenía que efectuarse, no debiste nacer tú, no señor. Fuiste un absurdo, un error de la Naturaleza... (*Pausa*.) Y también te digo que la noche que naciste, tuve yo unos celos terribles, y cuando tu padre se acercó a mí para decirme que te había dado la gana de nacer, poco me faltó para llenarle de injurias... Con que ya ves... Y ahora estamos iguales tú y yo. Ninguno de los dos es más que el otro, y ambos nos pasamos la eternidad en esta forma impalpable, divagando por espacios grises sin término, sin más distracción que describir curvas, ni más juguete que nosotros mismos rasgando en medio del caos las masas de luz espesa...».

V

Su hermana Cruz solía sacarle de estos éxtasis dolorosos con el golpe seco de su razonamiento positivo. Poniendo en su lenguaje una de cariño y otra de severidad, le calmaba. Una tarde, hallándose Rafael con Zárate en el gabinete, fue bruscamente atacado de su arrechucho. Había puesto el ama en sus brazos a Valentín dormido, para ir en busca de unas piezas de ropa al aposento contiguo, y lo mismo fue sentir el peso del tierno infante, que se le descompuso la fisonomía, temblaron sus labios, como atacado de mortal frío, encendiose su rostro, se le contrajeron los brazos...

«Zárate, demonio de Zárate, ¿dónde estás?... Por amor de Dios... —clamaba con voz ronca—. Toma el niño, cógele, hombre, cógele pronto... que si no, le estrello contra el suelo... ¿Qué haces? No puedo más... Zárate, cógele... ¡Dios mío!

Acudió al instante el sabio, cogió casi en el aire al niño; despertose este dando berridos, y cuando apareció la madre presurosa, vio a su hermano que caía en el sofá con epilépticas convulsiones. Pero rápidamente se rehízo, y con nerviosa hilaridad, procurando estirar los músculos y serenar su alterado rostro, decía: «No es nada... nada... Esto que me da... una tontería... Parece que me crecen las fuerzas... que soy un Hércules, o que me vuelvo de trapo y no sé tenerme... no sé... ¡Cosa más rara!... Ya pasó, ya estoy bien... Quiero estar solo... Que me lleven, que me saquen de aquí... Y el niño... ¿le ha pasado algo? ¡Pobrecito... estas criaturas son tan débiles! De ciento, los noventa y ocho perecen...

Acudió también la hermana mayor, que con ayuda del pedante le llevó a su cuarto, donde un rato después hablaba tranquilamente con su amigo, recordando episodios de la época estudiantil. Ya cerca de la noche, pidió que se le llevara otra vez al gabinete de Fidela, y allí se entabló conversación amena, porque entró Cruz diciendo: «Parece cosa acordada que a tu marido le obsequiarán con un banquete monumental los leoneses, por su iniciativa en lo del ferrocarril.

Y Zárate, que era de los que mangoneaban en aquel asunto, confirmó la noticia, agregando que ya se habían inscrito unos ochenta, y que la *junta organizadora* había tomado el acuerdo de no limitar la fiesta al *elemento leonés*, sino que podía inscribirse y asistir todo el que quisiera, pues así se daba a la manifestación carácter nacional, público y solemne homenaje al hombre extraordinario que ponía sus capitales y su inteligencia al servicio de los intereses públicos.

Cuando esto decía, y antes que Fidela y Cruz añadieran ningún comentario, entraron Torquemada y Donoso.

«¿Con que, Tor, te van a dar un *comebú* muy grande? —le dijo su esposa—. Me alegro; que estas solemnidades no han de ser solo para los literatos y poetas.

—No sé a qué vienen esas comilonas... Pero se empeñan en ello, ¿y qué he de hacer yo? *Mi línea de conducta* será comer y callar.

—Eso no —dijo Cruz—. Pues flojito discurso tendrá usted que pronunciar.

—¡Yo...!

—Tú, sí. Querido Tor, la salsa de esos banquetes está en los brindis.

—Brindarán ellos. Pero yo... ¡hablar yo ante tanta gente ilustrada!

—No lo es usted menos —observó Cruz—. Y bien podrá decirles cosas muy saladas, si quiere; cosas de sentido práctico, y de verdadera elocuencia a estilo inglés.

—En ningún estilo abro yo la boca delante de tanto prohombre, y de tanta eminencia.

—No habrá más remedio, querido don Francisco —indicó Donoso—, que decir cuatro palabras. Por más que se acuerde *que no haya brindis*, alguien ha de hablar, al menos para exponer el objeto de la solemnidad; y naturalmente, usted tiene que dar las gracias... una manifestación sencilla, sin pretensiones de elocuencia, frases salidas del corazón...

El chiquillo soltó la risa, y todos, Torquemada el primero, considerando que se reía del discurso de su papá, corearon su infantil alegría.

«Mico de Dios, ríete, sí, del discursito que va a pronunciar Tor. ¿Verdad que tú sabes hablar mejor que él?... Déjate, que ya iremos los dos a silbarle.

—No tiene usted más remedio —dijo Zárate dejándose ir a la adulación—, que decirnos su pensamiento sobre ciertas y determinadas materias *que agitan la opinión*. Es más, lo esperamos ansiosos, y privarnos de oír su palabra sería defraudar las esperanzas de todos los que allí hemos de reunirnos.

—Pues *yo parto del principio* de que al buen callar llaman Sancho. Despotriquen ellos todo lo que quieran, y si veo que viene mucho incienso, les diré lacónicamente que yo no me pago de lisonjas, que soy muy práctico, y que me dejen en paz, ¡ea!

—Usted, prepárese —le dijo Cruz, que en aquella ocasión, como en todas, era maestra, sin alardear de ello—. Penétrese bien del motivo por que le dan el banquete. Fíjese en este punto y en el otro; haga su composición de lugar; escoja las frases que le parezcan más oportunas, elija las palabras, y pongo mi cabeza a que hace usted un discurso que llame la atención, y deje tamañitos a los demás oradores que salgan por allí.

—Dudo mucho, Crucita —afirmó Torquemada sentándose en el sofá junto al ciego—, que de esta boca, que es muy torpe *de suyo*, salgan buenas oratorias, como las que oímos en las *Cámaras*. Pero, en caso de que no tenga más remedio que romper, yo haré por dejar bien puesto el pabellón de la familia.

—También a mí —dijo el ciego, que hasta entonces había permanecido silencioso—, me da el corazón, como a mi hermana Cruz, que va usted a revelársenos orador de primer orden. Ya puesto a crecer, señor mío, crecerá usted en todas las esferas. Y si habla esa noche medianamente, el vulgo que le oiga saldrá diciendo que allá se va usted con Demóstenes, y así lo creerá, y así se forma la opinión. Cuanto haga y diga el señor Marqués de San Eloy, será hoy tomado por lindezas, porque está en la atmósfera del éxito. ¡Ah! si usted siguiera mis indicaciones, yo me levantaría, después que hubieran hablado todos, y les diría: «Señores...

Quiso interrumpirle Cruz, temiendo alguna salida impertinente; pero él no hizo caso, y alentado por el propio don Francisco, que le incitaba a exponer con entera ingenuidad su pensamiento, prosiguió así: «Señores, valgo más, infinitamente más que vosotros, aunque muchos de los que me escuchan se decoren con títulos académicos y con etiquetas oficiales que a mí me faltan. Puesto que vosotros arrojáis a un lado la dignidad, yo arrojo la modestia, y os digo que me tengo bien merecido el culto de adulación que me tributáis, a mí, reluciente becerro de oro. Vuestra idolatría me revolvería el estómago, si no lo tuviera bien fortalecido contra todos los ascos posibles. ¿Qué celebráis en mí? ¿Las virtudes, el talento? No; las riquezas, que son, en esta edad triste, la suprema virtud, y la sabiduría por excelencia. Celebráis mi dinero, porque yo he sabido ganarlo y vosotros no. Vivís llenos de trampas, unos en la mendicidad de la vida política y burocrática, otros en la religión del sablazo. Me envidiáis, veis en mí un ser superior. Pues bien, lo soy, y vosotros unos peleles que no servís para nada, muñecos de barro cincelado con cierta gracia: yo soy de estilo de Alcorcón; pero no de barro, sino de oro puro. Peso más que todos vosotros juntos, y si queréis probarlo, tomadme el tiento, arrimad el hombro a mi peana y llevadme en procesión, que no está de más que paseéis por las calles a vuestro ídolo. Y mientras vosotros me aclamáis con delirio, yo mugiré, repito que soy becerro, y después de felicitarme de vuestro servilismo, viéndoos agrupados debajo de mí, me abriré de las cuatro patas, y os agraciaré con una evacuación copiosa, en el bien entendido de que mi estiércol es efectivo metálico. Yo *depongo* monedas de cinco duros y aun billetes de Banco, cuando con esfuerzos de mi vientre quiero obsequiar a mis admiradores. Y vosotros os atropelláis para cogerlo; vosotros recogéis este maná precioso; vosotros...

Tan excitado se puso, gesticulando y alzando la voz, que Cruz hubo de cortarle el discurso, suplicándole que callara. Los que oían, tan pronto lo tomaban a broma, tan pronto se ponían serios, como queriendo apuntar la censura, y Donoso, principalmente, todo corrección y formulismo, se alegró mucho de que la primogénita tapase la boca a su hermano. En cambio, Torquemada celebró la perorata, y dando al orador palmetazos en la rodilla, le decía: «Bien, muy bien, Rafaelito. La *síntesis* del discurso me parece excelentísima, y por mi gusto, yo *pronunciaría* eso, si encontrara un vocabulario de mucha trastienda para poder soltar tales perrerías con lenguaje de doble fondo, de ese que dice lo que no dice. Pero verás como el pobre becerro no pronuncia más que un *mu* como una casa.

La aprobación de su cuñado le excitó más, y hubiera seguido en aquella locuacidad delirante, si Cruz no llevara con gran esfuerzo la conversación a otro asunto. Zárate hizo el gasto, charlando de mil cosas que trajo por los cabellos, y Rafael metía baza en todas, expresando opiniones graciosísimas, ya sobre las nuevas teorías de la degeneración, ya sobre la quiebra del Panamá, los anarquistas, o los diamantes del *Shah* de Persia. A la hora de comer, trataron Rafael y Cruz del deseo que este había manifestado diferentes veces de trasladarse al piso segundo, porque su habitación del principal era muy calurosa y estrecha, y en el segundo había dos hermosas piezas interiores, que no se utilizaban, y en las cuales el ciego podía vivir con más independencia. No había querido la hermana mayor consentir la traslación, porque abajo le tenía más cerca para vigilarle y cuidar de su persona; pero tanto insistió Rafael, que al fin, previa consulta con don Francisco, fue autorizada la mudanza, disponiéndose que Pinto durmiese en la habitación próxima para estar al cuidado del señorito. Contentísimo parecía este de su cambio de aposento, porque arriba disponía de dos piezas muy capaces, en las cuales podía pasearse con holgura; no le molestaría el ruido de la calle, y estaba más lejos del bullicio de la casa, que en noches de recepción o de gran comida era insoportable. Bromeando con Torquemada, le dijo: «Me voy con usted. ¡Qué apostasía! ¡Instalarme tan cerquita del becerro de oro!... Vueltas del mundo. Yo, que fui el mayor enemigo del becerro, ahora le pido hospitalidad en su sacristía...

VI

A principios de Mayo celebrose el banquete en honor del grande hombre, y por Dios que no hay necesidad de investigar los pormenores de la fiesta, porque la prensa de Madrid contiene en los números de aquellos días descripciones minuciosas de cuanto allí pasó. El local era de los más desahogados de Madrid, capaz para que comieran, en tres o cuatro mesas larguísimas, doscientas personas; pero como los inscritos pasaban de trescientos, por bien que quiso el fondista colocarles, ello es que estaban como sardinas en banasta; y si funcionaban medianamente con un brazo, el otro tenían que metérselo en el bolsillo. A las siete ya hervía el salón, y los de la junta organizadora, entre los cuales dicho se está que Zárate era uno de los más diligentes, se multiplicaban para colocar a todos, y procurar que en la designación de puestos *presidiese* un criterio jerárquico. Sentáronse acá y allí personajes de nombradía política, militares de alta graduación, ingenieros, algún catedrático, banqueros y hombres adinerados, periodistas pobres de bolsillo, si ricos de ingenio, alguno que otro poeta, y entre col y col, personas varias no mentadas aún por la fama, propietarios y rentistas de cuenta, y en fin, gente distinguidísima, títulos del reino, etc... Predominaba, como observó muy bien Donoso, el *elemento serio* de la sociedad.

Mientras se iban acomodando los comensales, picante confusión y bullicio reinaban en el local. Estos, sentados ya y con la servilleta prendida, charlaban y reían; aquellos dejaban un sitio para ponerse en otro, cerca del grupo de amigos más de su gusto. El adorno del salón era el que para estas solemnidades se usa comúnmente: cenefas de hojarasca verde, tarjetones con escudos de las provincias, deteriorados del uso que tienen en las verbenas, banderas nacionales tendidas en forma de ropa de baño puesta a secar. Todo ello es de la guardarropía patriótica del Ayuntamiento, que galantemente lo facilita, contribuyendo así al esplendor de la fiesta. Algunos tarjetones se añadieron, por iniciativa de Zárate, con los nombres de las cabezas de partido en la provincia de León, y en el centro de la anchurosa cuadra, hacia la cabecera de las mesas, veíase una laminota de la hermosa catedral con el lema, en cintas pintarrajeadas, de *pulchra leonina*.

Concuerdan los diferentes cronistas de aquel estupendo festín en la afirmación de que pasaban cinco minutos de las siete y media cuando entró don Francisco acompañado de su corte, Donoso, Morentín, Taramundi, y algún otro que no se menciona. En lo que no hay conformidad es en las indicaciones de la cara que llevaba el tacaño, pues mientras un periódico habla de su palidez y emoción, otro sostiene que entró risueño y con los colores algo subidos. Aunque no conste en las relaciones del acto, bien puede afirmarse que al tomar asiento don Francisco en la cabecera, sentáronse todos y empezó el servicio de la sopa. Daba gusto ver aquellas mesas, y aquellas filas de señores de frac, calvos unos, peludos los otros, casi todos de una gravedad chinesca. Escaseaba el *elemento joven*; mas no el bullicio y alegría, pues entre trescientas personas, aunque estas sean, por su edad y circunstancias, del género serio, nunca faltan graciosos que saben dar amenidad a los actos más fastidiosos de la vida.

Achantaditos en un extremo de la mesa lateral, a la mayor distancia posible de la cabecera, hallábase Serrano Morentín, Zárate y el *Licenciado Juan de Madrid*, este con la intención más mala del mundo, pues preparábase a tomar nota de todas las gansadas y solecismos que forzosamente había de decir, en su discurso de gracias, el grotesco tacaño, objeto de tan disparatado homenaje. Morentín anticipaba, con profético don, algunas ideas que don Francisco había de emitir, y hasta las palabras que emplear debía; Zárate aseguró conocer lo principal del discurso, induciéndolo de las preguntas que su amigo le hiciera en los días anteriores, y los tres, y otros que al grupo se agregaron, se relamían de gusto, esperando el divertidísimo sainete que a la hora de los brindis se les preparaba. Por supuesto, mientras más desatinos dijese el bárbaro, con más fuerza le aplaudirían ellos, para empujarle por el camino de la necedad, y reírse más, y pasar un rato tan delicioso como en función de teatro por horas.

Pero no en todos los grupos predominaba este sentimiento de burlona hostilidad. Hacia el centro de una de las mesas, Cristóbal Medina, Sánchez Botín y compinches expresaban su curiosidad por lo que diría o dejaría de decir *San Eloy* en su contestación a los brindis. «Es hombre tosco —afirmaba uno—, hombre de trabajo, y como tal, de palabra difícil. ¡Pero qué inteligencia, señores! ¡Qué sentido práctico, qué serenidad de juicio, qué puntería para dar en el blanco de todos los asuntos!». Y en otra parte: «Veremos por dónde sale este don Francisco. Hablará poco. Es *un tío muy largo* que esconde su pensamiento, como todas las inteligencias superiores.

En tanto, el Marqués tacaño experimentaba emociones diversas, conforme se iba cumpliendo aquel programa de viandas que iban y viandas que venían. Comía poco, y no elogió ningún plato. Todos le sabían igual; eran, ante su burdo criterio de gastrónomo de patatas y salpicón, las porquerías de siempre, lo mismo de su casa guisado con menos arte, todo como de batallón. Al principio, no se preocupó poco ni mucho de la soflama que tenía que pronunciar. Su vecino, un señor viejo, leonés, propietario rico, senador y algo beato, le entretuvo charlando de cosas y personas del Bierzo, y apartó su pensamiento del empeño literario en que le pondrían los brillantes oradores allí reunidos. Pero al tercer plato empezó el hombre a pensar en ello, y a refrescar las ideas que para el caso había traído de su casa, y que no estaban ya menos marchitas que los ramilletes de la mesa. Tan pronto se le escapaban, como le volvían al pensamiento, trayendo otras ideas nuevecitas, que parecían nacer en el caldeado ambiente del inmenso comedor: «¡Re-Cristo! —pensó, dándose ánimos—; que no me falten las palabritas que tengo bien estudiadas; que no me equivoque en el término, diciendo peras por manzanas, y saldremos bien. De las ideas responde Francisco Torquemada, y lo que debo pedir a Dios es que no se me atraviese el vocablo.

Aunque su propósito era no beber gota, para conservar su cabeza en absoluto despejo, alguna vez hubo de quebrantar su propósito, y cuando le sirvieron el asado, gallina o pavipollo más duro que la pata de un santo, con ensalada sin cebolla, desabrida y lacia, sintió que le subían vapores a la cabeza y que la vista se le turbaba. ¡Cosa más rara! Vio a doña Lupe, sentada hacia el promedio de una de las mesas centrales, y vestida de hombre propiamente, con la pechera de la camisa como un pliego de papel satinado, corbata blanca, frac, florecilla en el ojal... Apartó de la extraña figura sus ojos, y al poco rato volvió a mirar. Doña Lupe se había ido; buscola, examinando una por una todas las caras, y al fin la encontró de nuevo en uno de los mozos que iban pasando las fuentes de comida, el cual con servil amabilidad sonreía, exactamente lo mismo que ella. No había duda de que era la propia señora *de los pavos*, con su boquita plegada, y sus ojos vivarachos. Sin duda, al llamamiento patriótico de los leoneses, había salido del sepulcro, dejándose en él, por causa de la precipitación, algunas partes de su persona, verbigracia: el moño, la teta de algodón, y todo el cuerpo de la cintura abajo. Visto de cerca el camarero, resultaba tan exacto el parecido, que Torquemada sintió algo de miedo. «¡Ay, de mí! —pensó—; con estas cosas, se me trastorna la cabeza, y no es mal lío el que armaré. Anda, anda: ya se me ha olvidado todito lo que escribí anoche. ¡Y cuidado si estaba bien!... Me he lucido; ni una jota recuerdo.

Afanado buscó a Donoso entre los que a una banda y otra tenía en fila de honor, como los apóstoles en el cuadro de la *Cena*, y notó vacío el puesto de su amigo, que en aquel momento hubiérale sido de gran ayuda, pues solo con que él le alentara, recobraría la serenidad, y con la serenidad la memoria. «¿Qué ha sido de don José? —preguntó con viva inquietud. Pronto fue informado de que había tenido que abandonar la mesa, porque le avisaron que su esposa se hallaba en peligro de muerte. Contrariedad no floja era esta para el tacaño, pues solo con mirar a Donoso, las ideas se le refrescaban, y acudían a su mente las palabras finas, y el habla elegante, acompasada y ceremoniosa.

Pues señor, no había más remedio que salir del paso como se pudiera. Procuraría reconcentrar todas las energías del caletre, sin dejar de atender a la charla de los dos *apóstoles* que a su lado tenía. No tardaron en apuntar en su mente algunos conceptos de lo que había escrito la noche anterior; pero las ideas aparecieron en dos o tres formas, porque escribió primero algo que no hubo de parecerle bien, y lo rompió, y vuelta a escribir, y a romper... Vamos, que aquello era un cien pies. Por suerte suya, recordaba perfectamente diversas formulillas retóricas oídas en el Senado, y que se pegaban a su magín como líquenes a la roca... Luego, algo había que dejar a la inspiración del momento, sí señor...

Sirvieron una como torta que don Francisco no supo si era cosa de hielo, o de fuego, porque por un lado quemaba, y por otro ponía los dientes como si mascaran nieve... No se dio cuenta del curso del tiempo, y de pronto vio que entre él y el comensal de la derecha se introducía el brazo del mozo con una botella, y que le echaba *champagne* en la copa chata. En el mismo instante sintió tiroteo de taponazos, y una algazara, un murmullo sordo y penetrante... Levantose uno de aquellos *puntos*, y por espacio de medio minuto no se oyó más que el chicheo de los que mandan callar. Produjose al fin un silencio relativo, y... ahí va el discursito en nombre de la junta organizadora, explicando el objeto de aquel homenaje.

VII

En rigor de verdad, el primer orador (un señor Director, cuyo nombre no hace al caso), retinto, de libras, habló malditamente, aunque otra cosa dijeran, rindiendo tributo a la cortesía, los periódicos de la mañana. ¡Cuánta vulgaridad! Que le dispensaran si *hacía uso* de la palabra, *asumiendo la representación* de la junta organizadora, él tan humilde, él tan poca cosa, él, sin duda, el último... pero por lo mismo que era el último, hablaba el primero, para dar las gracias al ilustre hombre que se había dignado aceptar, etc... Enumeró las batallas que hubieron de librarse contra la modestia del grande hombre, lucha horrible, en la cual la modestia se defendió bravamente, y hubo que traer casi a rastras al señor Marqués de San Eloy, hombre de trabajo, hombre de aislamiento y soledad, hombre de silencio fecundo, hombre que huía del brillo social, y de los trompetazos de la fama. Pero no le valía. Forzoso era, para bien de la misma sociedad, sacarle a tirones de su retiro, traerle a donde pudiera recibir los plácemes que merecía... «rodearle de nuestros cariños, de nuestros homenajes, de nuestros... de nuestros *loores, señores*, para que sepa lo que vale, para que la sociedad pueda expresarle su inmensa gratitud por los beneficios que de su inteligencia poderosa ha recibido... He dicho. (*Grandes aplausos; el orador se sienta muy sofocado, limpiándose el sudor del rostro. Don Francisco le abraza con el brazo izquierdo nada más.*)

No se había calmado el barullo producido por el primer discurso, cuando allá, en el opuesto extremo del salón, surgió un señor alto y seco, que debía de tener fama de orador brillante, porque le precedió un murmullo de expectación, y todo el grave concurso se relamía de satisfacción por las sublimes cosas que pronto se oirían. En efecto, el demonio del hombre era una máquina eléctrica. Hablaba con la boca, con los brazos, que parecían aspas de molino, con las trémulas manos, que casi tocaban el techo, con los crispados dedos, con todo el semblante congestionado, echando fuego, con los ojos que se le salían del casco, con los lentes, tan pronto caídos, tan pronto puestos sobre el caballete de la nariz por la misma mano que quería horadar el techo. Tal era el desbordamiento de su oratoria enfática y caleidoscópica, que si aquello dura más de quince minutos, todos salen de allí con el mal de San Vito. ¡Qué acumular idea sobre idea, qué vértigo de figuras, corriendo como vagonetas descarriladas, que al chocar montan unas sobre otras, qué tono furiosamente altísono, desde el primer momento, tanto que no había gradación posible, y su oratoria era una sucesión delirante de finales de efecto! Como el tal ingeniero (no sé si por Madrid o por Lieja) iniciador de obras públicas tan grandiosas como impracticables, se despotricaba con un lío espantoso de retóricas del orden industrial y constructivo, y todo era carbón por allí, calderas al rojo cereza por allá, las espirales de humo *que escribían sobre el azul del cielo el poema* de la fabricación, el zumbido de los volantes, el chasquido de las manivelas; y tras esto, las dínamos, las calorías, la fuerza de cohesión, el principio vital, las afinidades químicas, para venir a parar al arco iris, a las gotas de rocío que descomponen el rayo solar, y qué sé yo, Dios de mi vida, todo lo que salió de aquella boca. Y a todas estas, nada había dicho aún de don Francisco, ni se veía la relación que el festejado pudiera tener con toda aquella monserga de gotas de rocío, dínamos y manivelas.

Sin abandonar el estilo vertiginoso y las gesticulaciones epilépticas, hizo la gradación gallardamente. Presentó a la humanidad dándose de cachetes con la ciencia, como quien dice. La ciencia bebía los vientos por redimir a la humanidad, y esta emperrada en no dejarse redimir. Naturalmente, nada se conseguiría hasta que aparecieran los *hombres de acción*. Sin ellos, era impotente la señora ciencia. Por fin ¡hosanna! aparecido había el hombre de acción. ¿Y quién dirán ustedes que era el hombre de acción? Pues don Francisco Torquemada. (*Grandes aplausos como salutación al nombre.*) Después de un breve panegírico del ilustre leonés, el orador se sentó, entre un diluvio de aclamaciones de entusiasmo. Desplomose sin aliento en la silla, como un obrero que se cae del andamio, con todos los huesos rotos, y hay que llevarle al hospital.

Siguió un paréntesis de bulla, risas y tiroteo ingenioso. «Que hable don Fulano, que hable el señor Tal». La concurrencia se hallaba en ese placentero estado psicológico, del cual se deriva toda la amenidad y gracia de esta clase de festines. A cada quisque tocaba un poquitín de la vis cómica que se derramaba por todo el ámbito del grandísimo comedor. Después de pinchar a este y al otro, levantose, no sin hacerse mucho de rogar, un señor pequeño y calvo. Había llegado el momento de la aparición del gracioso, pues en la solemnidad banquetil, para que el conjunto resulte completo, ha de haber una sección recreativa, un orador que trate por lo festivo las mismas cuestiones que los demás han tratado por lo grave. El indicado para *llenar este vacío* era un antiguo periodista, magistrado por poco tiempo, después diputado cunero, y en algunas épocas de su vida contratista de tablazón para envase de tabacos. Tal fama de gracioso tenía, que antes que hablara, ya se desternillaban de risa los oyentes.

«Señores —empezó—, nosotros hemos venido aquí con fines muy malos, con intenciones aviesas, y yo, porque así me lo dicta mi conciencia, pido al señor Gobernador, aquí presente, que nos lleve a todos a la cárcel (*Risas.*) Hemos traído engañado al excelentísimo señor Marqués de San Eloy. Él vino a honrarnos con su compañía en esta mesa pobre... y ahora resulta que le damos un *menú* (que algunos llaman *minuta*) de discursos, un verdadero *indigestivo* para que le haga daño la comida». El preámbulo fue muy divertido, y luego entró en materia diciendo: «Ninguno de los aquí presentes sabe quién es el Marqués de San Eloy, y yo, que lo sé, os lo voy a decir. El Marqués de San Eloy es un pobrecito, y los ricos, los poderosos somos los que le festejamos. (*Risas.*) Es un pobrecito que pasaba por la calle, y le hemos invitado a que entrara aquí, y entra, y participa de nuestro festín... No, no reírse; pobrecito dije y os lo voy a demostrar. No es rico el que poseyendo riquezas, las consagra a labrar el bien de la humanidad. Es tan solo un depositario, un administrador, no de lo suyo, sino de lo nuestro, porque lo destina a mejorar nuestra condición moral y material». (*Aplausos, aunque el argumento a nadie convencía.*) Prosiguió ensartando disparates, y jugando con la paradoja, hasta que terminó, ofreciendo cómicamente su protección al *administrador de la humanidad*, don Francisco Torquemada. Imposible mencionar todo lo que después se dijo, en varios tonos; hubo discursos buenos y breves, otros largos, difusos, y sin ninguna substancia. Un señor habló en nombre de la provincia de Palencia, limítrofe de la de León, asegurando que no hacían falta tantos ferrocarriles, aunque él no los combatía, ¡cuidado! y que los capitales deben emplearse en canales de riego. Otro habló en nombre del Ejército, a que pertenecía, y el de más allá en nombre de la Marina mercante. Alguien dijo también cosas muy entonadas en nombre de la clase aristocrática, y en nombre del Colegio de Notarios, y el Gobernador expresó su sentimiento por que el señor de Torquemada no fuese hijo de Madrid, idea contra la cual protestaron airados los leoneses; pero el Gobernador remachó la idea, asegurando que León y Madrid vivían en perfecta fraternidad. Saltó uno de Astorga, llamando a Madrid su segunda patria, patria primera de sus hijos, y al fin concluyó por echarse a llorar; y otro, que había venido de Villafranca del Bierzo, aseguró ser sobrino del cura que bautizó a don Francisco, lo cual fue el detalle tierno de la solemnidad. Gracias a un oportunísimo *quite*, se pudo evitar que unos *ñales* de poetas leyeran los versos que ya tenían medio desenvainados con la intención más alevosa del mundo. Por la calidad de las personas allí reunidas, y el objeto *serio* de la solemnidad, no *estaba en carácter* la lectura de composiciones poéticas. Y al fin, se aproximaba el momento culminante. El héroe de la fiesta, mudo y pálido, revolvía ya en su mente las primeras frases del discurso. En los breves instantes que le faltaban, hizo acopio de su valor, y fijó bien en su mente ciertas reglas que se había propuesto seguir, a saber: no citar autores en concreto, sin absoluta seguridad en la cita; expresar vagamente y con frases equívocas todo aquello de que no tuviese un gran dominio; quedarse siempre entre dos aguas sin decir blanco ni negro, como hombre que más peca de reservado que de comunicativo, y pasar, como sobre ascuas, sobre todo punto delicado de los que no pueden tomarse en boca profana sin peligro de soltar una barbaridad. Hecha esta preparación mental, y encomendándose a su ausente ídolo literario, el señor de Donoso, a quien creía llevar en esencia dentro de sí mismo, como una segunda alma, levantose y aguardó tranquilo a que se produjese el silencio augusto que necesitaba para empezar. Gracias a los diligentes taquígrafos que el narrador de esta historia llevó al banquete, por su cuenta y riesgo, han salido en letras de molde los más brillantes párrafos de aquella notable oración, como verá el que siga leyendo.

VIII

«Señores: no voy a pronunciar un discurso. Aunque quisiera, y vosotros... digo que aunque vosotros gustarais de oírmelo, yo no podría, por causa de mi pobreza... (*murmullos*) de mi pobreza de medios oratorios. Soy un individuo rudo, *eminentemente* trabajador, y de la clase de pueblo, artesano *por excelencia* del negocio honrado... (*Bien, bien*)... No esperéis en mí discursos más o menos floreados, porque no he tenido tiempo de aprender la ciencia oratoria. Pero, señores y amigos, no puedo faltar a lo que exigen de mí vuestra cortesía y mi gratitud y he de manifestar cuatro mal pergeñadas... manifestaciones, que si pobres de estilo y toscas de literatura, serán la expresión *sincera* de un corazón agradecido, de un corazón noble, de un corazón que late... ahora y siempre, al compás de todo sentimiento hidalgo y generoso. (*Muy bien.*)

»Repito que no esperéis de mí bonitos discursos, ni elocuentísimos períodos. Mis flores son los números; mis retóricas el cálculo; mi elocuencia... la acción. (*Aplausos.*) La acción, señores. ¿Y qué es la acción? Todos lo sabéis, y no necesito decíroslo. La acción es la vida, la acción es... lo que se hace, señores, y lo que se hace... dice más que lo que se dice. *Hase dicho...* (*pausa*) hase dicho que la palabra es plata, y el silencio es oro. Pues yo añado que la acción es toda perlas orientales, y brillantes magníficos. (*Aprobación calurosa.*)

»*Cábeme la satisfacción* de contestar a los señores que me han precedido en el uso de la palabra, y al hacerlo... (*pausa*) *cúmpleme declarar* que en manera alguna hubiera aceptado este inmerecido homenaje que me tributáis, absolutamente, si no me obligaran a ello consideraciones de este y el otro linaje, sin que *de cerca ni de lejos* me hayan traído aquí móviles de vanidad... hasta el punto de que... mi ánimo... vamos, que mi absoluto fin era prevalecer en la *línea de conducta* que he observado siempre, y afirmarme en la tesis de que debemos rehuir cuanto *tienda* al enaltecimiento personal... que ¡harta representación tienen *en el actual momento histórico* las personalidades, señores...! y es tiempo ya de que se glorifiquen los hechos, no las personas, los principios, no las entidades... que yo reconozco su mérito, señores, yo lo reconozco; pero ya es tiempo de que por encima del individuo personal estén los hechos, la acción, el gran principio de obrar (*alzando la voz*) cada cual en su propio elemento, y en *el círculo* de sus propias operaciones. (*Muy bien, bravo.*)

»¿Quién es el que tiene el honor de dirigiros su modesta palabra en este momento? Pues no es más que un pobre obrero, un hombre que todo se lo debe a su misma iniciativa, a su laboriosidad, a su honradez, a su constancia. Nací, como quien dice, en la mayor indigencia, y con el sudor de mi rostro he amasado mi pan, y he vivido, *orillando* un día y otro día las dificultades, cumpliendo siempre mis obligaciones, y *evacuando* mis negocios con la más estrictísima moralidad. Yo no he hecho ningún arco de iglesia; yo no he tenido arte ni parte con el demonio, como *errada y torpemente* creen algunos (*risas*) yo no tengo el don del milagro. Si he llegado a donde estoy, lo debo a que he tenido dos virtudes, y de ello me alabo con vuestro beneplácito, dos virtudes. ¿Cuáles son? *Helas aquí*: el trabajo, la conciencia. He trabajado en una *serie no interrumpida* de, de... de tareas *económico-financieras*, y he practicado el bien, haciendo todos los favores posibles a mis semejantes, y *labrando* la felicidad de cuantas personas me encontraba al alcance de mi acción. (*Bien, muy bien.*) Ese ha sido mi *desideratum*, y la idea que *he abrigado* siempre: hacer todo el bien que podía a mis semejantes. Porque el negocio, *vulgo* actividad, fijaos bien, señores, no está reñido con la caridad, ni con la humanidad más o menos doliente. Son dos elementos que se completan, dos *objetivos* que vienen a concurrir en un solo *objetivo; objetivo*, señores, del cual tenemos una imagen en nuestras conciencias, pero que reside en el Altísimo. (*Grandes, ruidosos y entusiastas aplausos.*)

»Pero si declaro que siempre fue mi *línea de conducta* hacer el bien a todos, sin distinción de clases, a todos, *tirios y troyanos*, también os digo que, como trabajador *por excelencia*, nunca, nunca he *dado pábulo* a la ociosidad, ni he protegido a gente viciosa, porque eso ¡cuidado! ya no sería caridad, ni humanidad, sino falta de sentido práctico; eso sería *dar el mayor de los pábulos* a la vagancia. De mí se podrá decir todo lo que se quiera; pero no se dirá nunca que he sido el Mecenas de la holgazanería. (*Delirantes aplausos.*)

»He partido siempre del principio de que cada cual es dueño de su propio destino; y será feliz el que sepa labrarse su felicidad, y desgraciado el que no sepa labrársela. No hay que dejarse de la suerte... ¡Oh, la suerte, pamplinas, tontería, *dilemas, antinomias, maquiavelismos*! No hay más desgracias que las que uno se *acarrea* con sus yerros. Todo el que quiere poseer los *intereses* materiales, no tiene más que buscarlos. Busca y encontrarás, que dijo el otro. Solo que hay que sudar, moverse, aguzar la entendedera, *en una palabra*, trabajar, *ora* sea en este, *ora* en el otro oficio. Pero, lo que es dándose la gran vida en paseos y jaranas, charlando en los casinos, o enredando con las buenas mozas (*risas*) no se gana el pan de cada día... y el pan está allí, allí, vedlo, allí. Pero es menester que vayáis a cogerlo; porque él, el pan, no puede venir a buscaros a vosotros. No tiene pies, se está muy quietecito esperando que vaya a cogerlo el hombre, a quien el Altísimo ha dado pies para correr tras el pan, inteligencia para saber dónde está, ojos para verlo, y manos para agarrarlo... (*Bravos y palmadas frenéticas.*)

»De suerte, que si os pasáis el tiempo en diversiones, no tendréis pan, y cuando el hambre os haga salir de coronilla en busca de él, ya otros más listos lo habrán cogido... los que supieron madrugar, los que supieron emplear todas las horas del día en el *clásico* trabajo, los que supieron *evacuar* todas sus diligencias en tiempo oportuno, no dejando nada para mañana, los que se plantearon la cuestión *de comer o no comer,* como el otro, que vosotros conocéis mejor que yo, y no necesito nombrarlo, como el otro, digo, planteó la cuestión de *ser o no ser.* (*Admiración, estrepitosos aplausos.*)

«Seamos prácticos, señores. Yo lo soy, y me alabo de ello, dejando a un lado la careta de la modestia, que ya con tanto quita y pon se va cayendo a pedazos de nuestros rostros. (*Ruidosos aplausos, y voces de sí, sí.*) Seamos prácticos, digo, *serlo* vosotros, y yo, que soy perro viejo, os recomiendo que lo seáis. *Ser* prácticos sí no queréis que vuestra vida *revista los caracteres* de una *tela de Penélope.* Si hoy tejéis el bienestar con *elementos* superiores a vuestros medios, o *séase* posibles, mañana el *déficit* os obligará a destejerlo... y siempre tendréis suspendida sobre vuestras cabezas *la espada de Aristóteles...* (*Rumores.*) Quiero decir... He dicho Aristóteles, porque... (*se ríe, y ríen todos esperando un chiste*) tengo verdadera manía por este filósofo, que es el más práctico de todos. (*Sí, sí.*) Es mi hombre; le llevo en el pensamiento a todas horas del día. Y como *tengo para mí* que el tal Damocles, el de la espada, era un hijo de tal... o nadie sabe quién es... ¿Alguno de los que me escuchan sabe quién era ese Damocles? (*Risas: voces de «no, no... no lo sabemos».*) Pues yo estoy a matar con esas maneras de hablar, y he decidido que la famosa espada sea de Aristóteles... vamos, que le armo caballero, porque es el hombre de mi devoción, es mi ídolo, señores, el hombre más grandioso de la antigua Grecia, y del siglo de oro de todos los tiempos. (*Bravo, muy bien.*)

»Perdonadme la digresión, y volvamos a la tesis. Atendamos más a la acción que a la palabra, obremos, obremos mucho y hablemos poco. Trabajar siempre, de *consuno* con nuestras necesidades, y con el *valioso concurso* de todos los elementos que *concurran* a nuestro lado. Y hechas estas manifestaciones, que creo me imponía mi presencia en este augusto recinto... (*enmendándose*) y lo llamo augusto, porque en él se reúnen tantas eminencias científicas, políticas y particulares... (*bien, bravo*); hechas estas declaraciones, paso a concretar la cuestión. «¿*A qué obedece* esta comida? ¿Qué peculiar objetivo lleváis al festejarme, a mí, tan humilde? Pues habéis visto en mí un hombre activo, de *suyo*, dispuesto a patrocinar los grandes adelantos del siglo, a llevarlos al *estadio* de la práctica. Yo pongo mi corta inteligencia y mis ahorros al servicio de la patria, yo no miro a mi interés, sino al interés general, al interés público de la humanidad, que bien necesitada está la pobrecita de que se interesen por ella. *Heme* lanzado a emprender obras muy importantísimas, sin ambición alguna de lucro privado, podéis creérmelo, y a favorecer a mi patria natal llevando la locomotora *con su penacho de humo* a través de los campos. Si yo no idolatrara la ciencia y la industria como las idolatro, si no fuera mi *bello ideal* el progreso, yo no patrocinaría la locomotora, patrocinaría el carromato, y no vería más *lazo de unión* entre los pueblos que el *ordinario de Astorga*, o *el ordinario de Ponferrada*. Pero no, señores; yo soy hijo de mi siglo, del siglo eminentemente práctico, y patrocino el ordinario, mejor dicho, la ordinaria del mundo entero, la locomotora. (*Frenéticos aplausos.*)

»Adelante con la ciencia, adelante con la industria. El mundo se transforma con los adelantos, y hoy nos maravillamos de ver la claridad preciosísima de la luz eléctrica donde antes lucían velones de aceite, velas de sebo, bujías esteáricas, y el petróleo refinado. De donde saco la consecuencia de que lo moderno acaba con las antiguallas. ¡Cuán gran verdad es, señores, que *esto matará aquello...* como dijo, y dijo muy bien... quien todos sabéis! (*Aplausos prolongados.*)

»Yo, señores, no me canso de repetíroslo, soy un hombre muy humildísimo, muy llano, de cortas facultades (*voces de no, no*), de pocas luces (*no, no*), de escasa instrucción; pero a formalidad no me gana nadie. ¿Queréis que *os defina mi actitud* moral y religiosa? Pues sabed que mis dogmas son el trabajo, la honradez (*murmullos de aprobación*), el amor al prójimo, y las buenas costumbres. De estos principios parto yo siempre, y por eso he podido llegar a labrarme una posición independiente. Y no creáis que doy de lado, *por decirlo así*, al dogma sagrado de nuestros mayores. No; yo sé dar *al César lo que es del César*, y al Altísimo... también lo suyo. Porque a buen católico no me gana nadie, bien lo sabe Dios, ni en lo de defender las *veneradas creencias*. Adoro a mi familia, en cuyo... *foco*, en cuyo seno encuentro la felicidad, y os aseguro que de mi casa al Cielo no hay más que un paso... (*Con ternura.*) Yo no debía hablar de estas cosas, que son del *elemento privado...* (*Voces: sí, sí, que siga.*) Pero mi familia, o *séase* el *círculo* del hogar doméstico, es lo primero en mi corazón, y pienso en ella siempre, y no puedo apartar del pensamiento aquellos pedazos de... No, no sigo; permitidme que no siga... (*Gran emoción en el auditorio.*)

»De política nada os digo. (*Voces: sí, sí.*) No, no señores. No he llegado a saber todavía qué partidos tenemos, ni para qué nos sirven. (*Risas.*) Yo no he de *ser poder*, ni he de repartir credenciales... no, no... Veo que *pululan* los empleados, y que no hay nadie que se decida a *castigar* el presupuesto. Claro, no *castigan* porque a los mismos castigadores les duele. (*Risas.*) Yo me lavo las manos: *blasono* de obedecer al que manda, y de no *barrenar las leyes*. Respeto a *tirios y troyanos*, y no regateo *el óbolo* de la contribución. *A fuer* de hombre práctico, no hago la oposición sistemática, ni me meto en *maquiavelismos* de ningún género. Soy *refractario* a la intriga, y no acaricio más idea que el bien de mi patria, tráigalo Juan, Pedro o Diego. (*Muy bien.*)

»Concluyo, señores... porque ya estaréis fatigados de oírme (*no, no*), y yo también fatigado de hablar, pues no tengo costumbre, ni sé expresarme con todo el brillo peculiar... ni... ni con la prosa correcta... que... En fin, señores, concluyo con las manifestaciones de mi gratitud por vuestras manifestaciones... por este *holocausto*, por este homenaje magnánimo y verídico. Lo digo y lo repito: yo no merezco esto; yo soy indigno de obsequios tan... sublimes, y que no tienen *punto de contacto* con mis cortos merecimientos. No me atribuyáis a mí *rasgos* que no me pertenecen. La verdad ante todo. En la cuestión del ferrocarril no he hecho más que obedecer al impulso de un ilustre y particular amigo mío, aquí presente, y a quien no nombro por no ofender su *considerable* modestia. (*Todos miran al señor Marqués de Tara-mundi, que baja los ojos y se sonroja ligeramente.*) Este amigo es el que ha movido toda la tramoya de la vía férrea, y a él se debe *la coronación* del éxito, porque aunque no ha figurado para nada, *detrás de la cortina* ha manejado todo muy lindamente, de modo que bien puedo deciros que ha sido... pasmaos, señores, el *Deus ex machina* del ferrocarril de Villafranca al Berrocal. (*Ruidosísimos aplausos. Los leoneses se rompen las manos.*)

»Pues... ya no me resta más que deciros sino que mi gratitud será eterna, y en ningún modo efímera, no, y que todos los presentes, sin distinción de *tirios* ni de *troyanos* (*risas*), me tienen incondicionalmente a su disposición. No es por alabarme; pero sé distinguir, y nadie me gana en servir a mis amigos y ayudarlos en... lo que necesiten, quiero decir, que en *cualesquiera* cosa en que necesiten de mi modesto concurso, pueden mandarme, en la seguridad de que tendrán en mí un seguro servidor, un amigo del alma y... un compañero, dispuesto a prestarles... todo el concurso *desinteresado*, todo el favor, todo el apoyo moral y moral, toda la confianza del mundo... siempre con el alma, siempre con el corazón... Les ofrezco, pues, con fina voluntad mi hacienda, mi persona, y todo cuanto soy y cuanto valgo. He dicho. (*Aplausos frenéticos, delirantes aclamaciones, gritos, tumulto. Todo el mundo en pie, palmoteando sin cesar, con estrépito formidable. La ovación no tiene término.*)

IX

Los más próximos se precipitaron a abrazar al orador triunfante, y aquello fue el delirio. ¡Qué estrujones, qué vaivenes, qué sofocación! Por poco hacen pedazos al pobre señor, que con cara reluciente, como si se la hubieran untado de grasa, los ojos chispos, la sonrisa convulsiva, no sabía ya qué contestar a tan estrepitosas demostraciones. Y luego fueron llegando en confuso tropel los comensales, disputándose el paso, y todos le achuchaban, algunos con fraternal efusión y cierta ternura, efecto del ruido, de los aplausos, de esa sugestión emocional que se produce en las muchedumbres. Don Juan Gualberto Serrano, entrecortada la voz, rojo como un pavo, y sudando la gota gorda, no le dijo más que: «Colosal, amigo mío, colosal.

Y otro le aseguró no haber oído nunca un discurso que más le gustase.

«¡Y cómo se ve al hombre práctico, al hombre de acción! —dijo un tercero.

—Tenemos aquí al apóstol del Sentido común. Así, así se piensa y se habla. Mi enhorabuena más entusiástica, señor don Francisco.

—Sublime... Venga un abrazo. ¡Qué cosas tan buenas ¡oh! nos ha dicho usted...!

—Y también ha sabido hablar al corazón. ¡Qué hombre...! Vaya, que de esta le hacemos a usted ministro.

—¿Yo? Quítese allá —replicó el tacaño, que ya se iba cargando de tanto estrujón—. He dicho cuatro frases de cortesía, y nada más.

—Cuatro frases, ¿eh? Diga usted cuatro mil ideas magníficas, estupendas... Venga otro abrazo. Francamente, ha sido un asombro.

De los últimos llegó Morentín, y le abrazó con fingido cariño, y sonrisa de hombre de mundo, diciéndole:

«¡Pero muy bien! ¡Qué orador nos ha salido esta noche! No lo tome usted a broma; orador y de los grandes...

—Quite usted... por Dios.

—Orador, sí señor —añadió Villalonga, con la seriedad que sabía poner en su rostro en tales casos—. Ha dicho usted cosas muy buenas, y muy bien parladas. Mi enhorabuena.

Y luego fue Zárate, que le abrazó llorando, pero llorando de verdad, porque además de pedante, era un consumado histrión, y le dijo: «¡Ay, qué noche, qué emociones!... Mi enhorabuena en nombre de la ciencia... sí... de la ciencia, que usted ha sabido enaltecer como nadie. ¡Qué síntesis tan ingeniosa! ¡*La ordinaria* del mundo entero! Bien, amigo mío. No lo puedo remediar: se me saltan las lágrimas.

Y al despedirse de todos, más abrazos, más apretones de manos, y nuevos golpes de incensario. Asombrado de aquel bárbaro éxito, don Francisco llegó a dudar de que fuese verdad. ¡Si se burlarían de él! Pero no, no se burlaban, porque en efecto, había hablado *con sentido*; él lo conocía y se lo declaraba a sí mismo, *eliminando* la modestia. No se consolaría nunca de que no le hubiera oído el gran Donoso.

Acompañáronle hasta su casa los más íntimos, y allá otra ovación. Noticias exactas habían llegado del exitazo, y lo mismo fue entrar en la sala, que todas aquellas señoras se tiraron a abrazarle. Cruz y Fidela, que antes de la llegada de don Francisco, al enterarse de la gravedad de su amiga la señora de Donoso, habían pasado malísimo rato, desde que vieron entrar al héroe de la noche saltaron bruscamente de la pena al júbilo, y no pensaron más que en añadir sus voces al coro de plácemes. «A mí no me sorprende tu triunfo, querido Tor —le dijo su esposa—. Bien sabía yo que hablarías muy bien. Tú mismo no has caído aún en la cuenta de que tienes mucho talento.

—Yo, la verdad, esperaba un éxito —dijo Cruz—, pero no creí que fuera tanto. No sé a qué más puede usted aspirar ya. Todo lo tiene: el mundo entero parece que se postra a sus pies... Vamos, ¿qué pide usted ahora?

—¿Yo? nada. Que a usted no se le ocurra ensanchar más el círculo... Señora mía. Bastante círculo tenemos ya. Ya no más.

—¿Que no? —dijo la gobernadora riendo—. Ya verá usted. Si ahora empezamos... Prepárese.

—Pero todavía... —murmuró Torquemada temblando como la hoja en el árbol.

—Mañana hablaremos.

Estas fatídicas palabras amargaron la satisfacción del flamante orador, que pasó mala noche, no solo por la excitación nerviosa en que le pusiera su *apoteosis*, sino por las reticencias amenazadoras de su implacable tirana.

Al día siguiente, trató en vano de recibir los plácemes de Rafael. Una ligera indisposición le retenía en su aposento del segundo piso, y no se dejaba ver más que de su hermana Cruz. Los periódicos de la mañana colmaron la vanidad oratoria del grande hombre, poniéndole en las nubes, y enalteciendo, conforme a la opinión del momento, su sentido práctico y su energía de carácter. Todo el día menudearon las visitas de personajes *propios* y *extraños*, algún diplomático, Directores de Hacienda y Gobernación, Generales, Diputados y Senadores, y dos Ministros, todos con la misma cantinela: que el orador había dicho cosas *de mucha miga*, y que había logrado *poner los puntos sobre las íes*. No faltaba ya si no que fuesen también el Rey, y el Papa, y hasta el propio Emperador de Alemania. La Iglesia no careció de representación en aquel jubileo, pues llegaron también, para incensar al tacaño, el Reverendísimo Provincial de los Dominicos, Padre Respaldiza, y el señor Obispo de Antioquía, los cuales agotaron el vocabulario de la lisonja. «Bienaventurados —dijo con unción evangélica Su Ilustrísima—, los ricos que saben emplear cristianamente sus caudales, en provecho de las clases menesterosas.

Cuando se fue la última visita, respiró el grande hombre, gozándose en la soledad de su casa y familia. Pero muy poco le duró el contento, porque le abordaron Fidela y Cruz en actitud hostil. Fidela callaba, asintiendo con la expresión a cuanto su hermana con fácil y altanera voz decía. Desde las primeras palabras, don Francisco se puso lívido, se mordía el bigote comiéndose más de la mitad de las cerdas entrecanas que lo componían, y se clavaba los dedos en los brazos o en las rodillas, presa de terrible inquietud nerviosa. ¿Qué nueva dentellada daba la gobernadora a sus considerables *líquidos*, que más bien eran sólidos? Pues era de lo más atroz que imaginarse puede, y el tacaño se quedó como si sintiera que la casa se venía abajo y le sepultaba entre sus ruinas.

En el arreglo de la deuda de Gravelinas, el palacio ducal, tasado en diez millones de reales, era una de las primeras fincas que saldrían a subasta. Decíase que con dificultad se hallaría comprador, como no le metiese el diente Montpensier, o algún otro individuo de la familia Real, y se gestionaba para que lo adquiriese el Gobierno con destino a las oficinas de la Presidencia. Finca tan hermosa y señoril no podía ser más que del Estado o de algún Príncipe. ¡Vaya con las ideas de aquel demonio en forma femenina, la primogénita del Águila, y oráculo del hombre práctico y sesudo por excelencia! Júzguese de sus audaces proyectos por la respuesta que le dio don Francisco, casi sin aliento, tragando una saliva más amarga que la hiel.

«¿Pero ustedes se han vuelto locas, o se han propuesto mandarme a mí a un manicomio? ¡Que me adjudique el palacio de Gravelinas, esa mansión de príncipes coronados... vamos, que lo compre...! Como no lo compre el Nuncio...

Rompió en una carcajada insolente, que hizo creer a la dama gobernadora que por aquella vez encontraría en su súbdito resistencias difíciles de vencer. Sintiose fuerte el tacaño en los primeros momentos, al desgarrar el hierro sus carnes, y sus resoplidos y puñetazos sobre la mesa habrían infundido pavor en ánimo menos esforzado que el de Cruz.

«¿Y tú qué dices? —preguntó don Francisco a su esposa.

—¿Yo?... Pues nada. ¡Pero si en el negocio con la casa del Duque, comprendido el palacio y las fincas rústicas, has ganado el oro y el moro! Adjudícate el palacio, Tor, y no te hagas el pobrecito. Vamos, ¿a que te ajusto la cuenta, y te pruebo que comprándolo tú viene a salirte por unos seis millones nada más?

—Quita, quita. ¿Qué sabes tú?

—Y en último caso, ¿qué son para ti seis ni diez millones?

Mirola don Francisco con indignación, balbuciendo expresiones que más bien parecían ladridos; pero pasado aquel desahogo brutal de su avaricia, el hombre se desplomó, sintiendo, ante las dos damas, una cobardía de alimaña indefensa, cogida en trampa imposible de romper. Cruz vio ganada la batalla, y por consideración al vencido, le argumentó cariñosamente, ponderándole las ventajas materiales que de aquella compra reportaría.

«Nada, nada; concluiremos en la miseria... —dijo el avaro con amargo humorismo—. Desde el campanario de San Bernardino, cuarenta siglos nos contemplan. Bien, bien; palacitos a mí. ¡Ay, mi casuca de la calle de San Blas, quién te volviera a ver! Que avisen a la Funeraria; que me traigan el féretro; yo me muero hoy. Este golpe no lo resisto; ¡que me muero...! Ya lo dije yo en mi discurso: *esto matará a aquello*... Y yo pregunto a ustedes, señoras de palacio y corona, ¿con qué vamos a llenar aquellos inmensos salones, que parecen el Hipódromo, y aquellas galerías más largas que la Cuaresma?... Porque todo ha de corresponder...

—Pues... muy sencillo —respondió Cruz tranquilamente—. Ya sabe usted que ha muerto don Carlos de Cisneros, la semana pasada.

—Sí señora... ¿y qué?

—Que sale a subasta su galería.

—Una galería, ¿y para qué quiero yo galerías?

—Los cuadros, hombre. Los tiene de primer orden, dignos de figurar en reales museos.

—¡Y los he de comprar yo!... ¡yo! —murmuró don Francisco, que de tanto golpe tenía el cerebro acorchado, y estaba enteramente lelo.

—Usted.

—¡Ay, sí, Tor! —dijo Fidela—, me gustan mucho los cuadros buenos. Y que Cisneros los tenía magníficos, de los maestros italianos, flamencos y españoles. ¡Pero qué tonto, si eso siempre es dinero!

—Siempre dinero —repitió el tacaño, que se había quedado como idiota.

—Claro: el día en que a usted no le acomoden los cuadros, los vende al Louvre, o a la *National Gallery*, que pagarán a peso de oro los de Andrés del Sarto, Giorgione, Guirlandajo, y los de Rembrandt, Durero y Van Dick...

—¿Y qué más?

—Para que todo sea completo, adjudíquese usted también la armería del Duque, de un valor histórico inapreciable; y según he oído, la tasación es bajísima.

—El *Bajísimo* ha entrado en mi casa, y ustedes son sus ayudantes. ¡Con que también armaduras! ¿Y qué voy yo a pintar con tanto hierro viejo?

—Tor, no te burles —dijo Fidela, acariciándole—. Es un gusto poseer esas preseas históricas, y exponerlas en nuestra casa a la admiración de las personas de gusto. Tendremos un soberbio Museo, y tú gozarás de fama de hombre ilustrado, de verdadero príncipe de las artes y de las letras; serás una especie de Médicis...

—¿Un qué?... Lo que yo compraría de buen grado ahora mismo es una cuerda para ahorcarme. Me lo puedes creer: no me mato por mi hijo. Necesito vivir para librarle de la miseria, a que le lleváis vosotras, y de la desgracia que le *acarreáis*.

—Tonto, cállate. Pues mira; yo que tú, me quedaría también con el archivo de Gravelinas; se lo disputaría al Gobierno, que quiere comprarlo. ¡Vaya un archivo!

—Como que estará lleno de ratas.

—Manuscritos preciosísimos, comedias inéditas de Lope, cartas autógrafas de Antonio Pérez, de Santa Teresa, del Duque de Alba y del Gran Capitán. ¡Oh, qué hermosura! Y luego, códices árabes y hebreos, libros rarísimos...

—¿Y también eso lo compro?... ¡Ay, qué delicia! ¿Qué más? ¿Compro también el puente de Segovia, y los toros de Guisando? ¿Con que manuscritos, quiere decírse, muchas Biblias? Y todo para que vengan a casa cuatro zánganos de poetas a tomar apuntes, y a decirme que soy muy ilustrado. ¡Ay, Dios mío, cómo me duele el corazón! Ustedes no quieren creerlo, y yo estoy muy malo. El mejor día reviento en una de estas, y se quedan ustedes viudas de mí, viudas del hombre que ha sacrificado su natural ahorrativo por tenerlas contentas. Pero ya no puedo más, ya no más. Lloraría como un chiquillo, si con estos resquemores no se me hubiera secado el *foco* de las lágrimas.

Levantose al decir esto, y estirándose como si quisiera desperezarse, lanzó un gran bramido, al cual siguió una interjección fea, y tan pesadamente cayeron después sus brazos sobre las caderas, que de la levita le salió polvo.

Todavía hubo de rebelarse en los últimos pataleos de su voluntad vencida y moribunda, y encarándose con Cruz, le dijo:

«Esto ya es una picardía... ¡Saquearme así, *dilapidar* mi dinero estúpidamente! Quiero consultar esta socaliña con Rafael, sí, con ese, que parecía el más loco de la familia, y ahora es el más cuerdo. Se ha pasado a mi partido, y ahora me defiende. Que venga Rafaelito... quiero que se entere de esta horrible cogida... El cuerno, ¡ay de mí! me ha penetrado hasta el corazón... ¿Dónde está Rafaelito?... Él dirá...

—No quiere salir de su cuarto —dijo Cruz serena, victoriosa ya—. Vámonos a comer.

—A comer, Tor —repitió Fidela colgándosele del brazo—. Tontín, no te pongas feróstico. Si eres un bendito, y nos quieres mucho, como nosotras a ti...

—¡Brrrr...!

X

Grave, gravísima la señora de Donoso. Las noticias que aquella mañana (la del *tantos* de Abril, que había de ser día memorable) llegaron a la casa de los Marqueses de San Eloy, daban por perdida toda esperanza. Por la tarde se le llevó el Viático, y los médicos aseguraban que no pasaría la noche sin que tuvieran término los inveterados martirios de la buena señora. La ciencia perdía en ella un documento clínico de indudable importancia, por cuya razón, habría deseado la Facultad que no se extinguiera su vida, tan dolorosa para ella, para la ciencia tan fecunda en experimentales enseñanzas.

Deprisa y sin gana comieron Fidela y Cruz para ir a casa de Donoso. Se convino en que don Francisco se quedaría custodiando al pequeñuelo. La madre no iba tranquila si el papá no le prometía montar la guardia con exquisita vigilancia. También le encargó Cruz que cuidase de Rafael, que aquellos días parecía indispuesto, si bien sus desórdenes mentales ofrecían más bien franca sedación, y mejoría efectiva. Mucho agradeció el tacaño que se le ordenara quedarse, porque se hallaba muy abatido y melancólico, sin ganas de salir, y menos de ver morir a nadie. Anhelaba estar solo, meditar en su desgraciada suerte, y revolver bien su propio espíritu en busca de algún consuelo para la tribulación amarguísima de la compra del palacio, y de tanto lienzo viejo y armadura roñosa.

Fuéronse las dos damas, después de recomendarle que avisara al momento, si alguna novedad ocurría, y haciendo bajar algunos papelotes, se puso a trabajar en el gabinete. El chiquitín dormía, custodiado de cerca por el ama. Todo era silencio y dulce quietud en la casa. En la cocina charlaban los criados. En el segundo, Argüelles Mora, el tenedor de libros, a quien Torquemada había encargado un trabajo urgente, escribía solo. El ordenanza dormitaba en el banco del recibimiento, y de vez en vez oíase el traqueteo de los pasos de Pinto que bajaba o subía por la escalera de servicio.

Al cuarto de hora de estar don Francisco haciendo garrapatos en la mesilla del gabinete, vio entrar a Rafael, conducido por Pinto.

«Pues usted no sube a verme —díjole el ciego—, bajo yo.

—No subí, porque tu hermana me indicó que estabas malito, y no querías ver a nadie. *Por lo demás*, yo tenía ganas de verte, y de echar un párrafo contigo.

—Yo también. Ya sé que tuvo usted anteanoche el gran éxito. Me lo han contado muy detalladamente.

—Bien estuvo. Como todos eran amigos, me aplaudieron a rabiar. Pero no me atontece el zahumerio, y sé que soy un pobre *artista* de la *cuenta* y *razón*, que no ha tenido tiempo de ilustrarse. ¡Quién me había de decir a mí, dos años ha, que yo iba a largar discursos delante de tanta gente culta y *facultativa*! Créelo; mientras hablaba, *para entre mí* me reía del atrevimiento mío, y de la tontería de ellos.

—Estará usted satisfecho —dijo Rafael serenamente, acariciándose la barba—. Ha llegado usted en poco tiempo a la cumbre. No hay muchos que puedan decir otro tanto.

—Es verdad. ¡Dichosa cumbre! —murmuró don Francisco en un suspiro, rumiando los sufrimientos que acompañaban a su ascensión a las alturas.

—Es usted el hombre feliz.

—Eso no. Di que soy el más desgraciado de los individuos, y acertarás. No es feliz quien está privado de hacer su gusto, y de vivir conforme a su natural. La *opinión pública* me cree dichoso, me envidia, y no sabe que soy un mártir, sí, Rafaelito, un verdadero mártir *del Gólgota*, quiero decir, de la *cruz* de mi casa, o en otros términos, un atormentado, como los que pintan en las láminas de la Inquisición o del Infierno. *Heme aquí* atado de pies y manos, obligado a dar cumplimiento a cuantas ideas *acaricia* tu hermana, que se ha propuesto hacer de mí un duque de Osuna, un Salamanca, o el Emperador de la China. Yo rabio, pataleo, y no sé resistirme, porque o tu hermana sabe más que todos los Padres y que todos los Abuelos de la Iglesia, o es la *Papisa Juana* en figura de señora.

—Mi hermana ha sacado de usted un partido inmenso —replicó el ciego—. Es artista de veras, maestro incomparable, y aún ha de hacer con usted maravillas. Alfarero como ella no hay en el mundo: coge un pedazo de barro, lo amasa...

—Y saca... Vamos, que aunque ella quiera sacarme jarrón de la China, siempre saldré puchero de Alcorcón.

—¡Oh, no... ya no es usted puchero, señor mío!

—Se me figura que sí. Porque verás...

Estimulado por la paz silenciosa de su albergue, y más aún por algo que bullía en su alma, sintió el tacaño, en aquel *momento histórico*, un grande anhelo de espontanearse, de revelar todo su interior. Lo raro del caso fue que Rafael sentía lo mismo, y bajó decidido a desembuchar ante el que fue enemigo irreconciliable los secretos más íntimos de su conciencia. De suerte que la implacable rivalidad había venido a parar a un ardiente prurito de confesión, y a comunicarse el uno al otro sus respectivos agravios. Contole, pues, Torquemada, el conflicto en que se veía de tener que *hacerse con* un palacio y *la mar de* pinturas antiguas, *diseminando* el dinero, y privándose del gusto inefable de amontonar sus ganancias para poder reunir un capital fabuloso, que era su *desideratum*, su *bello ideal* y su *dogma*, etc. Se condolió de su situación, pintó sus martirios, y el desconsuelo que se le ponía en la caja del pecho cada vez que aprobaba un gasto considerable, y el otro trató de consolarle con la idea de que el tal gasto sería fabulosamente reproductivo. Pero Torquemada no se convenció, y seguía echando suspiros tempestuosos.

«Pues yo —dijo Rafael, muellemente reclinado en el sillón, la cara vuelta hacia el techo, y los brazos extendidos—, yo le aseguro a usted que soy más desgraciado, mucho más, sin otro consuelo que ver muy próxima la terminación de mis martirios.

Observábale don Francisco atentamente, maravillándose de su perfecta semejanza con un Santo Cristo, y aguardó tranquilo la explicación de aquellos sufrimientos, que superaban a los suyos.

«Usted padece, señor mío —prosiguió el ciego—, porque no puede hacer lo que le gusta, lo que le inspira su natural, reunir y guardar dinero; como que es usted avaro...

—Sí lo soy... —afirmó Torquemada con verdadero delirio de sinceridad—. Ea, lo soy, ¿y qué? Me da la gana de serlo.

—Muy bien. Es un gusto como otro cualquiera, y que debe ser respetado.

—¿Y usted, por qué padece; vamos a ver? Como no sea por la imposibilidad de recobrar la vista, no entiendo...

—Ya estoy hecho a la oscuridad... No va por ahí. Mi padecer es puramente moral, como el de usted, pero mucho más intenso y grave. Padezco porque me siento de más en el mundo y en mi familia, porque me he equivocado en todo...

—Pues si el equivocarse es motivo de padecer —replicó vivamente el tacaño—, nadie más infeliz que un servidor, porque *este cura*, cuando se casó, creía que tus hermanas eran unas hormiguitas capaces de guardar la Biblia, y ahora resulta...

—Mis equivocaciones, señor Marqués de San Eloy —afirmó el ciego sin abandonar su actitud, emitiendo las palabras con tétrica solemnidad—, son mucho más graves, porque afectan a lo más delicado de la conciencia. Fíjese bien en lo que voy a decirle, y comprenderá la magnitud de mis errores. Me opuse al matrimonio de mi hermana con usted, por razones diversas...

—Sí, porque ella es de sangre azul, y yo de sangre... verde cardenillo.

—Por razones diversas, digo. Llevé muy mal la boda; creí a mi familia deshonrada, a mis hermanas envilecidas.

—Sí, porque yo daba un poquito de cara con el olor de cebolla, y porque prestaba dinero a interés.

—Y creí firmemente que mis hermanas rodaban hacia un abismo donde hallarían la vergüenza, el fastidio, la desesperación.

—Pues no parece que les ha pintado mal... el abismo de *ñales*.

—Creí que mi hermana Fidela, casándose por sugestiones de mi hermana Cruz, renegaría de usted desde la primera semana de matrimonio, que usted le inspiraría asco, aversión...

—Pues me parece que... ¡digo!

—Creí que una y otra serían desdichadas, y que abominarían del monstruo que intentaban amansar.

—¡Hombre, tanto como monstruo...!

—Creí que usted, a pesar de los talentos educativos de la *papisa Juana*, no encajaría nunca en la sociedad a que ella quería llevarle, y que cada paso que el advenedizo diera en dicha sociedad, sería para ponerle más en ridículo, y avergonzar a mis hermanas.

—Me parece que no desafino...

—Creí que mi hermana Fidela no podría sustraerse a ciertos estímulos de su imaginación, ni condenarse a la insensibilidad en los mejores años de la vida, y aplicándole yo la lógica vigente en el mundo para los casos de matrimonio entre mujer joven y bonita, y viejo antipático, creí, como se cree en Dios, que mi hermana incurriría en un delito muy común en nuestra sociedad.

—Hombre, hombre...

—Lo creí, sí señor; me confieso de mi ruin pensamiento, que no era más que la proyección en mi espíritu del pensamiento social.

—Ya, se le metió a usted en la cabeza que mi mujer me la pegaría... Pues mire usted, jamás pensé yo tal cosa, porque mi mujer me dijo una noche... en confianza *de ella para mí*: «Tor, el día que te aborrezca, me tiraré del balcón a la calle; pero faltarte, nunca. En mi familia es desconocido el adulterio, y lo será siempre.

—Cierto que ella pensaría eso; mas no se debe a tal idea su salvación. Sigo: yo creí que usted no tendría hijos, porque me pareció que la Naturaleza no querría sancionar una unión absurda, ni dar vida a un ser híbrido...

—Eh, hazme el favor de no poner motes a Valentín.

—Pues bien, señor mío, ninguna de estas creencias ha dejado de ser en mí un tremendo error. Empiezo por usted, que me ha dado el gran petardo, porque no solo le admite la sociedad, sino que se adapta usted admirablemente a ella. Crecen como la espuma sus riquezas, y la sociedad que nada agradece tanto como el que le lleven dinero, no ve en usted el hombre ordinario que asalta las alturas, sino un ser superior, dotado de gran inteligencia. Y le hacen senador, y le admiten en todas partes, y se disputan su amistad, y le aplauden y glorifican, sin distinguir si lo que dice es tonto o discreto, y le mima la Aristocracia, y le aclama la Clase Media, y le sostiene el Estado, y le bendice la Iglesia, y cada paso que usted da en el mundo es un éxito, y usted mismo llega a creer que es finura su rudeza, y su ignorancia ilustración...

—Eso no, no, Rafaelito.

—Pues si usted no lo cree, lo creen los demás, y váyase lo uno por lo otro. Se le tiene a usted por un hombre extraordinario... Déjeme seguir; yo bien sé que...

—No, Rafaelito: ténganme por lo que me tuvieren, yo digo y declaro que soy un bruto... claro un bruto *sui generis*. A ganar dinero, eso sí, ¡cuidado! nadie me echa el pie adelante.

—Pues ya tiene usted una gran cualidad, si es cualidad el ganar dinero a montones.

—*Seamos justos*: en negocios... no es por alabarme... doy yo quince y raya a todos los que andan por ahí. Son unos papanatas, y yo me los paso por... Pero fuera de negocios, Rafaelito, *convengamos* en que soy un animal.

¡Oh! no tanto: usted sabe asimilarse las formas sociales; se va identificando con la nueva posición. Sea como quiera, a usted le tienen por un prodigio, y le adulan desatinadamente. Lo prueba su discurso de la otra noche, y el exitazo... Hábleme usted con entera ingenuidad, con la mano en el corazón, como se hablaría con un confesor literario: ¿qué opinión tiene usted de su discurso y de todas aquellas ovaciones del banquete?

XI

Levantose Torquemada, y llegándose pausadamente al ciego, le puso la mano en el hombro, y con voz grave, como quien revela un delicadísimo secreto, le dijo:

«Rafaelito de mi alma, vas a oír la verdad, lo mismísimo que siento y pienso. Mi discurso no fue más que una *serie no interrumpida* de vaciedades, cuatro frases que recogí de los periódicos, alguna que otra expresioncilla que se me pegó en el Senado, y otras tantas migajas del buen decir de nuestro amigo Donoso. Con todo ello hice una ensalada... Vamos, si aquello no tenía pies ni cabeza... y lo fui soltando conforme se me iba ocurriendo. ¡Vaya con el efecto que causaba! Yo tengo para mí que aplaudían al hombre de dinero, no al *hablista*.

—Crea usted, don Francisco, que el entusiasmo de toda aquella gente era un entusiasmo verdad. La razón es bien clara: crea usted que...

—Déjamelo decir a mí. Creo que todos los que me oían, salvo *un núcleo* de dos o tres, eran más tontos que yo.

—Justo; más tontos, sin exceptuar ningún núcleo. Y añadiré: la mayor parte de los discursos que oye usted en el Senado son tan vacíos, y tan mal hilvanados como el de usted; de todo lo cual se deduce que la sociedad procede lógicamente ensalzándole, pues por una cosa o por otra, quizá por esa maravillosa aptitud para traer a su casa el dinero de las ajenas, tiene usted un valor propio muy grande. No hay que darle vueltas, señor mío; y vengo a parar a lo mismo: que yo he padecido una crasa equivocación, que el tonto de remate soy yo.

Al llegar a este punto, empezó a perder aquella serenidad triste con que hablaba, y ponía en su voz más vehemencia, mayor viveza en sus ademanes.

«Desde el día de la boda —prosiguió—, desde muchos días antes, se trabó entre mi hermana Cruz y yo una batalla formidable; yo defendía la dignidad de la familia, el lustre de nuestro nombre, la tradición, el ideal; ella defendía la existencia positiva, el comer después de tantas hambres, lo tangible, lo material, lo transitorio. Hemos venido luchando como leones, cada cual en su terreno, yo siempre contra usted y su villanía grotesca; ella siempre a favor de usted, elevándole, depurándole, haciéndole hombre y personaje, y restaurando nuestra casa; yo siempre pesimista, ella optimista furibunda. Al fin, he sido derrotado en toda la línea, porque cuanto ella pensó se ha realizado con creces, y de cuanto yo pensé y sostuve no queda más que polvo. Me declaro vencido, me entrego, y como la derrota me duele, yo me voy, señor don Francisco, yo no puedo estar aquí.

Hizo ademán de levantarse, pero Torquemada volvió hacia él, sujetándole en el asiento.

«¿A dónde tiene usted que ir? Quieto ahí.

—Decía que me iba a mi cuarto... Me quedaré otro ratito, pues no he concluido de expresarle mi pensamiento. Mi hermana Cruz ha ganado. Era usted... quien era, y gracias a ella es usted... quien es. ¡Y se queja de mi hermana, y la moteja y ridiculiza! Si debiera usted ponerla en un altar y adorarla.

—Te diré: yo reconozco... Pondríala yo en el sagrario bendito, si me dejara capitalizar mis ganancias.

—¡Oh! para que sea más asombrosa la obra de mi hermana, hasta le corrige a usted su avaricia, que es su defecto capital. No tiene Cruz más *objetivo*, como usted dice, que rodearle de prestigio y autoridad. ¡Y cómo se ha salido con la suya! ¡Ese sí que es talento práctico, y genio gobernante! Por supuesto, hay algo en mis ideas que queda fuera de la equivocación, y es la idea fundamental: sostengo que en usted no puede haber nunca nobleza, y que sus éxitos y su valía ante el mundo son efectos de pura visualidad, como las decoraciones de teatro. Solo es efectivo el dinero que usted sabe ganar. Pero siendo su encumbramiento de pura farsa, es un hecho que me confunde porque lo tuve por imposible, reconozco la victoria de mi hermana, y me declaro el mayor de los mentecatos... (*Levantándose bruscamente.*) Debo retirarme... abur.

Otra vez le detuvo don Francisco obligándole a sentarse.

«Tiene usted razón —añadió Rafael con desaliento, cruzando las manos—; aún me falta la más gorda, la confesión de mi error capital... Sí, porque mi hermana Fidela, de quien pensé que le aborrecería a usted, sale ahora por lo sublime, y es un modelo de esposas y de madres, de lo que yo me felicito... Diré, poniendo toda la conciencia en mis labios, que no lo esperaba; tenía yo mi lógica, que ahora me resulta un verdadero organillo, al cual se le rompe el fuelle. Quiero tocar, y en vez de música salen resoplidos... Sí señor, y puesto a confesar, confieso también que el chiquitín, que ha venido al mundo contraviniendo mis ideas y burlándose de mí, me es odioso... sí, señor. Desde que esa criatura híbrida nació, mis hermanas no hacen caso de mí. Antes era yo el chiquitín; ahora soy un triste objeto que estorba en todas partes. Conociéndolo he querido trasladarme al segundo, donde estorbo menos. Iré ascendiendo hasta llegar a la buhardilla, residencia natural de los trastos viejos... Pero esto no sucederá, porque antes he de morirme. Esta lógica sí que no me la quita nadie. Y a propósito, señor don Francisco Torquemada,

¿me hará usted un favor, el primero que le he pedido en mi vida, y el último también?

—¿Qué? —preguntó el Marqués de San Eloy, alarmado del tono patético que iba tomando su hermano político.

—Que trasladen mi cuerpo al panteón de los Torre Auñón en Córdoba. Es un gasto que para usted significa poco. ¡Ah! otra cosa: ya me olvidaba de que es indispensàble restaurar el panteón. Se ha caído la pared del Oeste.

—¿Costará mucho la restauración? —preguntó don Francisco con toda la seriedad del mundo, disimulando mal su desagrado por aquel imprevisto dispendio.

—Para dejarlo bien —respondió el ciego en la forma glacial propia de un sobrestante—, calculo que unos dos mil duros.

—Mucho es —afirmó el tacaño Marqués dando un suspiro—. Rebaja un poquito; no, rebaja un cuarenta por ciento lo menos. Ya ves: el *llevarte* a Córdoba ya es un pico... Y como somos Marqueses, y tú de la *clásica* nobleza, el funeral de primera no hay quien te lo quite.

—No es usted generoso, no es usted noble ni caballero, regateándome los honores póstumos que creo merecer. Esta petición que acabo de hacerle, hícela por vía de prueba. Ahora sí que no me equivoco: jamás será usted lo que pretende mi hermana. El prestamista de la calle de San Blas sacará la oreja por encima del manto de armiño. Aún no se ha perdido toda la lógica, señor Marqués consorte de San Eloy. Lo del panteón y lo de llevarme a Córdoba es broma. Écheme usted a un muladar: lo mismo me da.

—Ea, poco a poco. Yo no he dicho que... Pero, hijo, tú estás en babia, o te has propuesto tomarme el pelo, *por decirlo así*. Si no has de morirte, ni ese es el camino... En el caso de una peripecia, ¡cuidado! yo no habría de reparar...

—A un muladar, digo.

—Hombre, no. ¡Qué pensarían de mí! Esta noche, tan pronto te da por lo *poético* como por lo gracioso... Pero qué, ¿te vas al fin?

—Ahora sí que es de veras —dijo el ciego levantándose—. Me vuelvo a mi cuarto, donde tengo que hacer. ¡Ah! Se me olvidaba. Rectifico lo del odio al chiquitín. No es sino en momentos breves, como el rayo. Después, me quedo tan tranquilo, y le quiero, crea usted que le quiero. ¡Pobre niño!

—Durmiendo está como un ángel.

—Crecerá en el palacio de Gravelinas, y cuando vea en aquellos salones las armaduras del Gran Capitán, de don Luis de Requesens, Pedro de Navarro, y Hugo de Moncada, creerá que tales santos están en su iglesia propia. Ignorará que la casa de Gravelinas ha venido a ser un Rastro decente, donde se amontonan, hacinados por la usura, los despojos de la nobleza hereditaria. ¡Triste fin de una raza! Crea usted —añadió con tétrica amargura—, que es preferible la muerte al desconsuelo de ver lo más bello que en el mundo existe en manos de los Torquemadas.

A responderle iba don Francisco; pero él no quiso oírle, y salió tentando las paredes.

XII

Llevole Pinto pausadamente a su cuarto del segundo, y en el principal quedó el tacaño lleno de confusión por los extravagantes conceptos que a su dichoso cuñadito acababa de oír; de la confusión hubo de pasar a la inquietud, y recelando que estuviese enfermo, subió, y con discreto golpe de nudillos llamó a la cerrada puerta.

«Rafaelito —le dijo—, ¿piensas acostarte? *Me inclino a creer* que no estás muy en caja esta noche. ¿Quieres que avise a tus hermanas?

—No, no hay para qué. Me siento muy bien. Mil gracias por su solicitud. Pase usted. Me acostaré, sí señor; pero esta noche no me desnudo. Me da por dormir vestido.

—Hace calor.

—Frío tengo yo.

—Y Pinto, ¿dónde está?

—Le he mandado que me traiga un poco de agua con azúcar.

Hallábase ya el ciego en mangas de camisa, y se sentó cruzando una pierna sobre otra.

«¿Necesitas algo más? ¿A qué esperas para acostarte?

—A que venga Pinto a quitarme las botas.

—Te las quitaré yo si quieres.

—*Nunca fuera caballero... de Reyes tan bien servido* —dijo Rafael alargando un pie.

—No es así —observó don Francisco, con alarde de erudición, sacando la primera bota—. *De damas* se dice, no de Reyes.

—Pero como el que ahora me sirve no es dama, sino Rey, he dicho *de Reyes... Velay*, como dicen ustedes, los próceres de nuevo cuño.

—¿Rey?... ja, ja... También me da tu hermana este tratamiento tan augusto... Guasón está el tiempo.

—Y tiene razón. La Monarquía es una fórmula vana, la Aristocracia una sombra. En su lugar, reina y gobierna la dinastía de los Torquemadas, *vulgo* prestamistas enriquecidos. Es el imperio de los capitalistas, el patriciado de estos Médicis de papel mascado... No sé quién dijo que la nobleza esquilmada busca el estiércol plebeyo para fecundarse y poder vivir un poquito más. ¿Quién lo dijo?... A ver... Usted que es tan erudito...

—No sé... Lo que sé es que *esto matará aquello.*

—Como dice Séneca, ¿verdad?

—Hombre, Séneca no... No *tergiverses...* —observó el Marqués sacando la segunda bota.

—Pues yo añado que la ola de estiércol ha subido tanto que ya la humanidad huele mal. Sí señor, y es un gusto huir de ella... Sí señor, estos Reyes modernísimos me cargan, sí señor, sí. Cuando veo que ellos son los dueños de todo, que el Estado se arroja en sus brazos, que el Pueblo les adula, que la Aristocracia les pide dinero, y que hasta la Iglesia se postra ante su insolente barbarie, me dan ganas de echar a correr, y no parar hasta el planeta Júpiter.

—Y uno de estos Reyes de pateta soy yo... ja, ja... —dijo don Francisco festivamente—. Pues bueno, como Soberano, aunque de sangre y cepa de plebe arrastrada, ordeno y mando que no digas más tonterías, y que te acuestes, y a dormir como un bendito.

—Obedezco —replicó Rafael echándose vestido sobre la cama—. Participo a usted, después de darle las gracias por haberse prestado ¡todo un señor Marqués! a ser esta noche mi ayuda de cámara, que de hoy en adelante seré la misma sumisión, y la *obediencia personificada*, y no daré el menor disgusto, ni a usted mi cuñado ilustre, ni a mis buenas hermanas.

Dijo esto sonriendo, los brazos rodeando la cabeza, en actitud semejante a la de la maja yacente de Goya.

—Me parece bien. Y ahora... a dormir.

—Sí señor; el sueño me rinde, un sueño reparador, que me parece no ha de ser corto. Crea usted, señor Marqués amigo, que mi cansancio pide un largo sueño.

—Pues te dejo. Ea, buenas noches.

—Adiós —dijo el ciego con entonación tan extraña, que don Francisco, ya junto a la puerta, hubo de detenerse y mirar hacia la cama, en la cual el descendiente de los Águilas era, salvo la ropa, una perfecta imagen de Cristo en el Sepulcro, como lo sacan en la procesión del Viernes Santo.

—¿Se te ofrece algo, Rafaelito?

—No... digo, sí... ahora que me acuerdo... (*Incorporándose*.) Se me olvidó darle un besito a Valentín.

—¡Qué tontería! ¿Y por eso te levantas? Yo se lo daré por ti. Adiós. Duérmete.

Salió el tacaño, y en vez de bajar, metiose en la oficina donde trabajaba el tenedor de libros. Como sintiera al poco rato los pasos de Pinto, le llamó. Díjole el criadito que don Rafael se hallaba aún en vela, y que después de tomar parte del agua con azúcar, le había mandado por una taza de té.

—Pues tráesela pronto —le ordenó el amo—, y no te muevas del cuarto hasta que veas que está bien dormido.

Transcurrió un lapso de tiempo que el tacaño no pudo apreciar. Hallábanse él y Argüelles Mora revisando una larga cuenta, cuando sintieron un ruido seco y grave, que lo mismo podía ser lejano que próximo. Segundos después, alaridos de la portera en el patio, gritos y carreras de los criados en toda la casa... Medio minuto más, y ven entrar a Pinto desencajado, sin aliento.

«Señor, señor...

—¿Qué, con mil Biblias?

—¡Por la ventana... patio... Señorito... pum!

Bajaron todos... Estrellado, muerto.

Fin

Santander. La Magdalena.— Junio de 1894.

Libros a la carta

A la carta es un servicio especializado para

empresas,

librerías,

bibliotecas,

editoriales

y centros de enseñanza;

y permite confeccionar libros que, por su formato y concepción, sirven a los propósitos más específicos de estas instituciones.

Las empresas nos encargan ediciones personalizadas para marketing editorial o para regalos institucionales. Y los interesados solicitan, a título personal, ediciones antiguas, o no disponibles en el mercado; y las acompañan con notas y comentarios críticos.

Las ediciones tienen como apoyo un libro de estilo con todo tipo de referencias sobre los criterios de tratamiento tipográfico aplicados a nuestros libros que puede ser consultado en Linkgua-ediciones.com.

Linkgua edita por encargo diferentes versiones de una misma obra con distintos tratamientos ortotipográficos (actualizaciones de carácter divulgativo de un clásico, o versiones estrictamente fieles a la edición original de referencia).

Este servicio de ediciones a la carta le permitirá, si usted se dedica a la enseñanza, tener una forma de hacer pública su interpretación de un texto y, sobre una versión digitalizada «base», usted podrá introducir interpretaciones del texto fuente. Es un tópico que los profesores denuncien en clase los desmanes de una edición, o vayan comentando errores de interpretación de un texto y esta es una solución útil a esa necesidad del mundo académico.

Asimismo publicamos de manera sistemática, en un mismo catálogo, tesis doctorales y actas de congresos académicos, que son distribuidas a través de nuestra Web.

El servicio de «libros a la carta» funciona de dos formas.

1. Tenemos un fondo de libros digitalizados que usted puede personalizar en tiradas de al menos cinco ejemplares. Estas personalizaciones pueden ser de todo tipo: añadir notas de clase para uso de un grupo de estudiantes,

introducir logos corporativos para uso con fines de marketing empresarial, etc. etc.

2. Buscamos libros descatalogados de otras editoriales y los reeditamos en tiradas cortas a petición de un cliente.